Ein paar kurze Jahre

TWENTYSIX
Eine Marke der Books on Demand GmbH
© 2021, Ida Manko
Herstellung und Verlag:
BoD – Books on Demand, Norderstedt
ISBN: 9783740705572

In den großen Beiträgen die wir lesen, stehen Worte zur Sehnsucht, zum Verlangen und zur bittersüßen Affäre zweier Leute unter dem unaufgeforderten Ausschluss einer dritten Person. Ich lege es allerdings ab nur an die verheißungsvollen Momente zu denken, wenn es doch so viele andere wichtige Momente gibt. Ich kann Voltaire und McCartney wahrscheinlich nicht in poetischem Stil übertreffen, aber ich kann und will von all den Momenten meines Lebens berichten, die mich unbedeutend und bedeutend prägten. Ich führe ab jetzt also eine Art Tagebuch.

Weil das Schicksal oft anders kommt als man plant
und die Liebe einem dabei hilft es zu ertragen.

„Und wenn ich nun doch etwas vergesse? Ich bin doch noch nie auf so einer Reise gewesen. Ich habe nur im Fernseher gesehen, man packt drei Sachen in einen coolen Backpacker ein und ist bereit wochenlang durch die Gegend zu reisen, ohne Probleme und auch ohne die Notwendigkeit ein Hotel vorab zu buchen".

„Ava, du machst dir viel zu große Gedanken, ich meine, dort leben die Menschen doch auch, wir können bestimmt alles, was wir eventuell vergessen auch dort finden. Vergiss nur nicht ein paar enganliegende Kleider einzupacken für die möglichen spontanen Begegnungen dort. Ich kenn dich doch mit deinem Schlabberlook und das obwohl du die beste Figur von uns hast".

„Ich hab einen Schlabberlook?"

„Du hast einen so tollen Look, dass du ihn jetzt einfach möglichst klein zusammenlegen und fertig werden solltest. Von den gesagten Sachen, die möglicherweise anstößig gemeint sein könnten, kümmert dich nur der Kleidungsstil, das ist definitiv positiv zu vermerken."

„Ich bin fertig, denke ich."

„Na dann, auf auf, die anderen sind wahrscheinlich schon am Flughafen".

„Welche anderen erwähnst du die ganze Zeit? Ich meine mich zu erinnern, dass wir zu zweit fliegen!"

„Na klar, aber die anderen Fluggäste. Na eben alle, die einen dann in der Warteschlange belächeln wenn man als letztes ankommt und die damit sagen wollen, ha, ich werde mich vor dir anschnallen im Flieger und ohne Probleme mein Handgepäck verstauen."

„Ich glaube, zwei verkrampftere Backpacker als uns beide hat es noch nie gegeben".

„Ich denke, wenn wir verkrampft wären, würden wir uns ein Hotel buchen und nicht dorthin fliegen ohne weitere Pläne vollendet zu haben. Sag nicht es ist verkrampft darüber nachzudenken, dass man theoretisch hätte etwas buchen können".

„Sei es drum, ich denke das Taxi wartet schon eine Weile, ich will nicht mein ganzes Bargeld auf die Fahrt verschwenden."

„Zum Flughafen bitte", sagte Ava fröhlich und selbstbewusst, als würde ihr die Welt gehören und dennoch konnte man im Rückspiegel sehen, dass sie ein wenig nervös war und die Aufregung quasi in ihren Händen hin und her drückte.

„Wohin geht's denn?"

„Na, zum Flughafen", sagte sie wieder leicht irritiert.

„Ich meine, wohin die Reise geht?".

„Ich, also wir wollen Malaysia und die Ecke bereisen".

Ehe sie weiter sprechen konnte, klingelte ihr Handy, eine Nachricht die sie zum Lachen brachte. Unmittelbar nach dem lesen, verpasste sie ihrer Freundin einen Stoß gegen die Schulter und lachte durch das Fenster schauend noch ein paar Sekunden lang weiter.

„Ich denke dort werdet ihr gut essen können und da ich mal davon ausgehe, dass ihr auch Singapur bereist, solltet ihr unbedingt in das Szenenviertel gehen".

„Wieso denken sie dass wir Singapur bereisen?"

„Ich zähle eins und eins zusammen. Zwei Studentinnen, wahrscheinlich zum ersten Mal auf einer weiten Reise, den Rucksack viel zu voll gepackt. Außerdem hast du gesagt Malaysia und die Ecke dort, klingt halbinformiert aber so als würdest du wissen, dass es da diesen berühmt sauberen Inselstaat gibt", bevor ich fortfahren konnte, unterbrach sie mich.

„Ich habe so wenig gepackt wie im Leben nie zuvor. Das meiste sind Medikamente.

" Ich musste in den Rückspiegel einen ironischen Blick schmeißen und erst danach fuhr ich fort. „Ich denke ihr werdet euch an mich erinnern, denn euch wird nach zwei Stunden der Rücken wehtun. Ich denke außerdem, dass es dort massenhaft Medikamente gibt".

Die Freundin lachte nun auch, beide immer noch aus dem Fenster guckend.

„Ich denke, dass wir nur etwas vorsichtig sind, denn woher soll ich wissen, wo ich meine Wäsche waschen kann und wo ich einen Arzt finde oder eine Apotheke, beziehungsweiße wie die dort Englisch sprechen können. Ich bin ganz locker."

Sie war nun schon leicht aufgebracht, denn sie wollte unbedingt cool wirken, aber die Panik in ihren Augen war groß.

„Wie lang seid ihr denn unterwegs?"

„Wir planen zwei Monate".

„Mehr gibt die Kasse nicht her", schmiss die Freundin nach.

„Ella!"

„Na er hat doch schon gemerkt, dass wir studieren, da liegt das doch schon recht nah, außerdem fährt er Taxi, der wird den Struggle kennen".

Ava sah beschämt nach vorne, schon fast so, als würde sie ihrer Freundin gern den Mund zukleben oder ihn vielleicht auch zunähen, aber ich beruhigte sie mit einem Grinsen. Der Rückspiegel war quasi unser Ding, darüber verstanden wir uns gut und die Schüchternheit ließ sie sich darüber auch kontrollieren. Mich richtig umzudrehen hätte ich mich nicht gewagt, das wäre zu forsch gewesen. Oder genauer gesagt, war ich auch nicht sicher, ob das komisch käme, ob Taxifahrer sowas machen oder ob ich einfach immer gelassen auf die Straße und in den Rückspiegel schauen soll. In den meisten Serien sind die Taxifahrer immer neugierige, mit ins Gespräch involvierte, etwas verstörende, aber dennoch gemochte Männer und Frauen. Naja, schon fast am Flughafen angekommen, fragte ich, ob sie mir Bescheid geben, ob sie zu viel eingepackt haben.

„Ich denke, also… zum einen bin ich mir sicher, dass es so passen wird und zum anderen..", „würde sie nie zugeben, dass es ihr eventuell beide Schultern gebrochen hat, wenn sie sich denn dann outen müsste als die Tussi mit zu vielen Schlabberklamotten".

Ich mochte die Art der Freundin, sie war frech und das tat ihnen gut.

„Ich habe keine Schlabberklamotten, außerdem sage ich natürlich Bescheid danach. Ich bin mir nur ziemlich sicher, dass es meinen Schultern blendend gehen wird."

Ich wiederrum war mir nur dabei sicher, dass die Fahrt eine der wenigen war, die mir im Kopf geblieben ist. Ich wusste natürlich auch, dass wir weder Nummern ausgetauscht haben noch große Berührungspunkte haben würden, wenn sie denn zurück kommen nach Europa und ich somit wohl auch nicht erfahren werde, ob meine Rucksacktheorie sich bestätigt hat, aber in dem Moment schien das in Ordnung zu sein für mich.

„Der war so unfassbar gutaussehend. Wie kann man nur so perfekte Locken haben?"

„Ella beruhig dich."

„Wir haben uns doch ganz nett unterhalten, was stellst du dich jetzt so an?

„ Ich habe lediglich versucht, deine peinlichen Kommentare ungeschehen zu machen".

„Indem du ihn so angrinst, als hättest du grad euer drittes Kind zur Welt gebracht und er dir einen Schlabberpulli schenkt?"

„Ich…, du weißt doch, dass ich einen Freund hab und du hast auch gegrinst und sogar geflirtet." „Ah stimmt, dein Freund. Der eine, der noch schüchterner ist als du."

„Dessen Namen du gut kennst, weil er oft mit uns rumhängt".

„Tut er das? Nie bemerkt. Also ich finde den Taxifahrer sehr gutaussehend. Ich denke er mochte uns. Ich mochte ihn definitiv."

Mit einem lauten Lachen von beiden hat das Gespräch ein Ende gefunden.

So stelle ich es mir zumindest vor.

Ich stelle mir auch vor, dass die Nachricht die Ava zum Lachen gebracht hat,
eine ihrer Freundin war, die etwas über mich geschrieben hat.

Die Zeit, in denen die beiden Mädels auf Reisen waren, vergingen nur sehr langsam.

Von dem Moment an, in dem ich dachte es sei in Ordnung keine Nummern
auszutauschen, habe ich mich innerlich mehrfach selbst beleidigt oder um es höflich
auszudrücken: Es war nicht in Ordnung.

Ich lebte aber weiter meinen gewohnten Alltag, ich schaute nur nicht mehr in den
Rückspiegel, aus Angst dieser magische Moment von damals
würde mir genommen werden und auf einmal hätte ich ständig solche Momente mit
hübschen Frauen.

Nach circa drei Wochen jedoch habe ich es dann doch mal gewagt und definitiv
keinen Filmmoment erlebt. Keine Frau mehr, die im Taxi saß,
hatte diesen schüchternen und dennoch lebendigen Blick, diese dunklen Augen
und so zierliche Hände, die zwar zugegebenermaßen hätten etwas Creme vertragen
können, die aber dennoch zu ihr passten.

Sie war absolut durcheinander und bis dahin wusste ich nicht,
dass mir sowas gefällt. Selbst nach Wochen dachte ich mir,
dieses sture Mädel, sie geht mir nicht aus dem Kopf. Aber natürlich habe ich Ava
ja nicht nach zwei Monaten wieder am Flughafen abgeholt und die Freundin
konnte auch nicht aus unerklärlichen Gründen nicht mehr mit zurückfahren,

sodass wir uns direkt verlieben könnten. Ich schweife immer wieder ab, ich bin jetzt irgendwo bei Cary Grant und Sophia Loren gelandet,
im alten Hollywood. Oder vielleicht bei Audrey Hepburn und ihrem verrückten Kater.

Mein Kopfkino ist immer sehr vielfältig. Es verlief jedenfalls so, dass ich sie eine ganze Weile nicht sah und das Sprichwort ‚aus den Augen aus dem Sinn' sich beinahe bestätigt hat. Zumindest dachte ich nicht mehr an sie. Ich war wie gewohnt, oft nach meinen Schichten noch im Pub und ich traf andere Frauen. Als ich dann aber an einem Tag über den Campus gelaufen bin, auf der Suche nach dem richtigen Stand für Konzertkarten, welche ich nur kaufte um meinen Freund und seine Band zu unterstützen, stand sie da auf einmal an genau dem richtigen Stand. Ich war richtig perplex, klopfte ihr auf die Schulter und sie machte große Augen.

„Na war der Backpacker zu schwer?" Sie lachte kurz auf und machte mit ihrem Kopf kleine Bewegungen, die wie ein Nicken aussahen, aber doch keins waren.

„Ich hätte definitiv weniger Medikamente einpacken können".

„Welch ehrliche Antwort von jemanden der gebrochene Schultern verstecken würde".

„ Es war nur eine Schulter", fing sie an höhnisch zu erzählen während sie immerzu wegschaute in Richtung eines benachbarten Standes an dem Petitionen unterschrieben wurden. Ehe ich mich versah, strich ihr ein junger Kerl über den Rücken und stellte sich lachend zu uns.

„Hi, ich bin Bernard".

Ich streckte meine Hand entgegen und versuchte so freundlich wie möglich mich vorzustellen. „Ich bin Theo, freut mich".

Ich weiß nicht warum ich mich in dem Moment schuldig fühlte und mich so angestrengt habe freundlich zu wirken, schließlich habe ich nichts angestellt. Ich wusste nicht mal, wie die beiden zusammenhängen oder warum ich mich wegen ein paar Blicken von vor einigen Monaten so seltsam fühlte. Na gut, durch seine Geste konnte ich mir fairerweise schon denken wie sie zusammengehören. Ihr schien es aber ähnlich zu gehen wie mir.

„Das ist Theo und Theo ist Taxifahrer. Er brachte mich und Ella zum Flughafen als wir auf Backpackerreise gegangen sind und er hat damals ganz richtig angemerkt, dass wir zu viel Gepäck haben".

„Du meinst die Reise, von der ihr früher als gedacht..“

„Ja, also jedenfalls es ist nett dich wieder zu sehen, holst du hier Jemanden ab?“

„Um genau zu sein, studiere ich hier. Ich fahre nur nebenbei Taxi um es mir finanzieren zu können“.

Sie schien sichtlich irritiert in dem Moment und ich hatte das Gefühl, sie kam sich irgendwie hintergangen vor, dann starrte sie wieder zum anderen Stand.

„Cool, das hab ich ja selten erlebt, dass man neben dem Studium auch Taxi fährt. Ist das nicht anstrengend mit den Nachtschichten?“ sagte Bernard, der zugegebenermaßen wie ein feiner Kerl wirkte. Ich versuchte einen Witz zu machen und tat so, als würden Studenten doch sowieso nie schlafen. Doch ihr irritierter Blick hat sich quasi versteinert.

„Ich studiere Mediendesign“, fuhr ich fort, in der Hoffnung es würde das ganze wieder auflockern. Bernard schien locker zu sein.

„Na wenn du schon hier studierst, können wir doch auch gemeinsam auf das Konzert gehen. Ella kommt auch mit, die scheinst du ja dann auch zu kennen“.

Bernard nickte kurz zum anderen Stand und nun habe ich Ella auch erst dort entdeckt. Weshalb Ava aber ständig zu ihr starrte, verstand ich nicht.

„Bernard, er kennt uns doch gar nicht richtig..“.

„Doch, na klar, in der Band sind Freunde von mir, wir können ja alle zusammen hin, hätte sonst sowieso alleine hingemusst, da die anderen spielen“.

Ich versuchte cooler zu wirken als es war. Ich kam aus Frankreich nach Deutschland und studierte dort Mediendesign. Ich schien der Prototyp Student zu sein, den man mochte. Vor allem weil ich so einen schönen Akzent hatte beim Deutsch sprechen, aber anscheinend reichte es schon, dass ich mich bemühte um gemocht zu werden. Wenn ich zurückdenke, gab es so viele Situationen, in denen ich unsicher war.
In denen wahrscheinlich jeder unsicher war. Schließlich waren wir quasi erst aus der Schule in die Welt gelassen worden.
Ohne dass ich weitere Fragen stellte, verabredeten wir uns für das Konzert und dann gingen die beiden ihren Weg und ich meinen. Wenn ich mich nicht ganz täusche, kam Ava ein paar Tage nach unserem zufälligen Zusammentreffen mit immer noch

irritierter Miene zu dem Konzert, zu welchem wir uns verabredet hatten.

Bernard mit seiner ruhigen und zurückhaltenden Art schien nicht aus der Ruhe zu bringen zu sein und merkte keinerlei Seltsamkeit in der Situation. Vielleicht hieß dies, dass ich mir diese Anspannung nur einbildete, oder aber nur ich angespannt war und das ganze irrational übertragen habe auf sie. Ella war auch dabei, sie grüßte mich auf genau die gleiche freche Art wie sie damals im Taxi auch gesprochen hatte. Ich weiß, es ist seltsam dass ich mich an diese eine kurze Fahrt so gut erinnern kann.

„Warum habt ihr eure Reise abgebrochen?",

„Was? Wie kommst du drauf, dass wir sie abgebrochen haben? Ich höre dich außerdem nicht besonders gut, die Musik ist zu laut."

Die Musik spielte noch gar nicht, es waren lediglich Tonproben, die zugegebenermaßen nicht besonders gut klangen, aber die einen auch nicht so sehr störten. Sie fing wieder an ihre Hände nervös zu drücken und ich begann mir sicher zu sein, dass ich mir die Anspannung nicht nur vorstellte. Anderenfalls hätte sie sich nicht fast selbst die Hand quasi amputiert durch das Drücken.

„Ich dachte Bernard meinte ihr hättet die Reise abgebrochen als du ihn unterbrochen hast im Reden."

„Das habe ich nicht gehört, bestimmt sind da verschiedene Reisen durcheinander gekommen. Ich bin letztes Jahr nach New York geflogen und früher zurück geflogen, weil es mir nicht gefallen hat."

Sobald sie ausgesprochen hatte, dass ihr New York nicht gefallen hat und ich mir versuchte zu überlegen, ob sie der einzige Mensch auf der Welt ist, der dieser Meinung ist, sprang Ella ihr förmlich ins Gesicht mit den Worten: „Was zum Teufel nochmal erzählst du da?"

Ich wusste nicht genau, ob sie mich loswerden wollten oder ich zu weit gegangen bin mit meiner Frage, wo wir uns doch quasi kaum kannten. Vielleicht war Ella auch einfach betrunken oder ebenso wie ich sie mir auch nüchtern als gute Freundin vorstelle. Aber ich fühlte mich unwohl bei der ganzen Sache. Nicht nur, weil ich mir eingestehen muss, dass ich nach der einen Taxifahrt ständig an Ava dachte und mir wie ein kleines Mädchen lauter Szenarien einer gemeinsamen Zukunft vorstellte (ich hätte mir Popcorn besorgen können für das Lauschen meiner eigenen Gedanken), sondern weil sie ziemlich sicher eine Abneigung gegen mich oder Gespräche mit mir hatte. Bisher dachte ich es sei ein schüchterner Flirt, aber es ist mehr ein Ausweichen. Ich war froh, dass das Konzert endlich startete und ich mich nach ein paar Liedern verziehen konnte mit der Ausrede Kopfschmerzen zu haben. Ich finde, Bernard mit seiner freundlichen Art und der aufmerksamen Geste, ob ich wegen der Kopfschmerzen Hilfe brauche, hat es eigentlich verdient, dass ich mich in ihn verliebe.

Ja, ich weiß. Verlieben. Ich kenne sie nicht und sie will mich, glaube ich, nicht kennen.

Ein paar Tage später

07-2002

„Was ein Zufall, treffen wir uns ab jetzt wohl immer zufällig auf dem Campus", lachte Bernard und zeigte kumpelhaft mit seiner Handpistole auf mich.

Ich versuchte ihm auch mit einer coolen Geste entgegen zu kommen, aber mir fiel nicht mehr als das Surfzeichen und ein Schnipser ein. Das wirkte wie ein Surfer Boy, der gerade aber einen Anfall hat. Darum hoffte ich einfach, er würde nichts weiter sagen als wir uns kurz nach dem Konzert wieder über den Weg gelaufen sind.

„Wohin gehst du, kommst du mit uns essen?"

Bevor ich eine Antwort parat hatte, erwischte ich mich selbst dabei wie ich nickte und schon wechselte ich die Richtung und Bernard und ich liefen nun in fast synchronen Bewegungen. Er war ein etwas schlaksiger Kerl, was aber auch zu ihm passte. In etwa so groß wie ich, wobei meine Locken mich größer wirken lassen. Er war nicht der Typ Schönling, sondern vielmehr der intelligente, ruhige Mann fürs Leben. Jede Frau, die eine sichere Beziehung ohne viele Höhen und Tiefen haben wollte, wäre bei ihm genau richtig. Wie wir so liefen und ich über Bernard nachdachte, sagte er auf einmal: „Weißt du Theo, ich denke wir sind auf einer Wellenlänge. Kann ich dir etwas anvertrauen?"

Hilfe. Ich war nun inmitten einer Freundschaft mit einem Kerl, der als Partner der Unbekannten gilt in die ich wohl irgendwie verliebt war. Das einzig richtige zu antworten war, „natürlich, wenn immer du was brauchst, lass es mich wissen."

Ich hätte eigentlich nur noch eine Hotline Nummer anhängen müssen und schon hätte es geklungen wie eine Selbsthilfehotline oder etwas pornographisches (was wiederrum ganz lustig gewesen wäre).

„Ich habe die Möglichkeit bekommen an eine super Uni zu wechseln, mit Stipendium, 500 km weit weg von hier."

Damit hatte ich nicht gerechnet. Vor allem aber, fragte ich mich warum das ein Vertrauensgespräch zwischen zwei Männern sein sollte. Es ging um einen Universitätswechsel. Darüber redet man mit einem Professor, seinen Eltern, Ava, na eigentlich der ganzen Welt, weil es keinen interessiert. Man beteiligt sich kurz an der Freude und ist wahrscheinlich auch tatsächlich stolz oder freudig für die Person, aber im Endeffekt passiert danach nichts weltbewegendes mehr. Ich nahm also Anteil daran.

„Ich gratuliere dir, das ist eine super Leistung", sagte ich und fühlte mich wie ein Mathelehrer, der jemanden gerade erfolgreich den Satz des Pythagoras erklärt hat.

„Ich werde Ava fragen, ob sie mitkommen möchte".

Na, da war es. Mein Interesse, meine volle Aufmerksamkeit, meine Anteilnahme ohne den Drang eine Professur an der Universität zu beantragen um Leuten ständig für ihren Erfolg zu gratulieren. Bevor ich jedoch reagieren konnte, fuhr er fort.

„Ava, sie ist ganz besonders. Sie ist weder eifersüchtig noch anhänglich, oder in irgendeiner Art und Weise nervös. Ich habe noch nie erlebt, dass sie aufgeregt war, sie ist die Ruhe in Sich und auch meine Ruhe."

Redete er von der gleichen sich ständig selbst widersprechenden, total seltsam reagierenden und vor Nervosität händedrückenden Person die ich kennenlernen konnte? Die Person, die alle Medikamente Deutschlands nach Malaysia bringt? In mir machte sich ein Gefühl von Glück und Unsicherheit zur gleichen Zeit breit. In Angesicht der Tatsache, dass mir soeben klar wurde, dass sie ihn nicht liebt sowie der Tatsache, dass mir ein Fremder seine Gefühle offenbart, blieb mir keine Wahl als den Fall neu aufzurollen. Würd sie ihn lieben wäre sie mehr von dem was ich von ihr kennenlernen konnte, nur ohne das Ausweichen denke ich. Außer er hatte ihr volles Vertrauen, aber so schien es nicht, sie ist doch eigentlich wie ein hibbeliges Kind. Ich musste mich zusammenreißen, denn ich bildete mir gerade eine Meinung über Jemanden den ich zwei Mal gesehen habe und ich tat so als würde ich sie besser kennen als er. Ich spule zurück.

„Ich freue mich für dich und auch über die Entscheidung die du getroffen hast. Würde ich dich oder euch besser kennen, würde ich dich wahrscheinlich jetzt auf ein Bier einladen und das Ganze feiern. Weißt du was, ich lade dich ein."

Ich wusste natürlich nicht, warum ich das tat und wie ich aus der Sache rauskommen sollte, aber darüber würde ich mir dann ab Morgen Gedanken machen. Wir gingen in das Pub, wo ich so oft bin, setzten uns an einen Tisch und bevor wir bestellen konnten tauchten Ava und Ella auf.

„Ich habe die beiden auch eingeladen, ich hoffe es stört dich nicht. Ich wollte Ava einweihen", sagte Bernard.

„Einweihen in was?" Sagte sie gespannt und ihn direkt in die Augen schauend. Ich selbst suchte auch den Augenkontakt zu ihm, denn ich konnte mir keinen schlechteren Ort oder Moment dafür vorstellen Jemanden von einer grundlegenden Lebensänderung zu erzählen. Die sind wohl alle sehr vertrauenswürdig oder geben eben gerne in der Öffentlichkeit an Fremde weiter, was bei Ihnen so passiert. Ich bin vielleicht in einer Reality Show und gleich kommt ein Moderator um die Ecke und fragt mich, ob ich Spaß verstehe. Typische Show meiner Jugend. Ich schweife wieder einmal ab und er schaut mich keine Sekunde an. Bevor ich mir also bis morgen versuchen konnte zu überlegen, was ich hier tue und was das mit den beiden ist, werde ich heute in einer Bar wahrscheinlich viel Trinken um das Geschehen um mich herum auszublenden. Ella saß einfach da, kaum interessiert und so als wäre Bernard nicht dabei ihr aller Leben ändern zu wollen.

„Du siehst schon, wo wir hier rein geraten?" Sie schaute mich an und sagte „Wieso?" Ich vergaß, dass nur ich wusste, worum es geht. Die beiden konnten von A bis Z durchraten und sich wahrscheinlich alles Mögliche einfallen lassen, außer dass Ava umziehen soll mit ihrem Freund. Er stand auf und klopfte mit seinem Finger gegen das Bierglas, was irgendwie dämlich war, weil dabei nichts zu hören war.

„Ava, Liebling, ich habe eine wichtige Frage an dich."

Was dann in Sekundenschnelle geschah irritierte wahrscheinlich sogar den Barkeeper. Ehe er weiter reden konnte, sagte sie „nein". Vielmehr kam das Nein rauskatapultiert, mitten in seinen unvollendeten Satz. Ich machte eine Geste mit meinem Mund, die irgendwo zwischen Verdutzen, Schock, Mitleid und Freude lag und nippte dann an meinem Glas.

„Nein, zu was?" Bernard stand immer noch in meinem Lieblingspub mit dem Glas in der Hand und seinem dämlichen Finger nach vorne gerichtet. Wahrscheinlich wird das nicht mehr mein Lieblingspub sein, wenn die Situation sich heute noch unangenehmer entwickelt und es scheint so als würde sie es.

„Ich will dich nicht heiraten", sagte Ava.

„Ich wollte dich nicht fragen, ob du mich heiraten willst. Hast du schon mal Jemanden gesehen, der an sein Glas schlägt und sich hinstellt um zu fragen, ob jemand ihn heiraten will? Da hätte ich doch wohl gekniet oder sonst was."

Zu ihrer Verteidigung, man konnte nicht hören, dass er an sein Glas schlägt.

„Ich habe ein Stipendium bekommen für eine Universität 500 km von hier und ich wollte wissen, ob du mir hinziehen willst."

Ich wusste nicht ob er jetzt einfach rekapituliert, was er vor hatte, oder ob die Frage noch im Raum stand. Auch konnte ich nicht interpretieren, ob er schon gemerkt hat, wozu sie gerade nein gesagt hatte. In dem Moment als ich darüber nachdachte, stand Ella auf und sagte *Ding-Ding*, was wohl das Geräusch sein soll, wenn man mit einem Löffel an ein Glas schlägt. Ich muss schon sagen, das war tatsächlich ganz lustig und vielleicht ein guter Versuch die Situation wieder aufzulockern. Bevor sie jedoch etwas sagen konnte, drehte Ava sich zu mir, schaute mich an, schaute dann Bernard an und wieder mich. Ich hätte in dem Moment am liebsten *Ding-Ding* ausgesprochen um die Bar zu verlassen. Ganz im Stil der Gruppe eben. Er setzte sich nun auch endlich wieder.

„ Du hast direkt nein gesagt, ohne dass ich dir eine Frage gestellt habe."

„Ich dachte es ginge ums Heiraten", schrie sie ihm entgegen.

„Nein, das tut es nicht. Aber es geht irgendwie auch doch darum. Ich meine es wäre zusammen entscheiden, zusammen wegzuziehen."

„In eine gemeinsame Wohnung?" Sie machte es mit jedem Satz und jeder Frage nur noch schlimmer mitanzusehen. In Frankreich sind wir zwar impulsiv, aber solche Sachen besprechen wir nicht in einem Pub mit fremden Freunden.

„Wir sind schon eine Weile zusammen und ich habe das Gefühl dass wir gut zusammen passen."

„Ja, das tut ihr, wenn man bedenkt, dass du einem quasi gar nicht auffällst, bist du perfekt in deiner Rolle", sagte Ella und erwischte sich unmittelbar nach dem sie es ausgesprochen hatte dabei, dass sie es laut sagte. Ich nippte einfach weiter an meinem Bier und ein Teil von mir war froh um die Situation. Ein anderer Teil hatte ein schlechtes Gewissen wegen genau dieser Gefühle und ein dritter Teil wollte Bernard helfen mit seiner Freundin. Das war der Beginn des unmöglichen Versuchs Gefühle, die ich empfand richtig auszudrücken. Denn wie geht das überhaupt, alles von Freundschaft, Empathie, Mitleid, Trauer, Liebe bis hin zu Freude auf einmal zu fühlen? Oder wie wir Männer normal sagen würden, nichts zu fühlen. Eine große Mischung aus vielen Nichts eben. Ganz klar.

„Ich wusste nicht, dass ich nein sagen würde."

Ava sah ihren Noch-Freund mit großem Kummer in den Augen an.

„Willst du jetzt nicht heiraten oder willst du mich gar nicht heiraten?"

Nach diesem Satz dürfte keine lange Pause folgen. Es folgte eine Pause.

„Ich weiß es nicht." Fest entschlossen Bernard beizustehen und mit ihm aufzustehen und zu gehen, wagte ich es Ava kurz anzusehen. Sie sah wie auch sonst einfach toll aus. Sie hatte zwar ein trauriges Gesicht, doch ihre Augen waren im Grunde genommen immer irgendwie fröhlich. Auf einmal sah sie mich auch an. Ich denke es sind einige Sekunden verflogen, in denen ich alles um mich herum ausgeblendet habe und nur sie wahrnahm. Diese Sekunden mussten sich für Bernard allerdings wie Stunden angefühlt haben.

„Ava, ich werde umziehen und diese Chance nutzen, die mir gegeben wird und ich hoffe du entscheidest dich dafür mitzukommen. Ich unterstütze dich und du kannst an dieser Uni alle deine bisherigen Kurse anerkennen lassen und weiter machen. Ich habe mich bereits informiert. Mehr will ich dir nicht in die Entscheidung reden. Ich wäre bereit dazu deine Unsicherheit vorerst zu akzeptieren und dir weiterhin ein guter Partner zu sein. Wir können dann sehen was die Zukunft uns bringt."

Wow. Ich bin überwältigt von diesem Typen und seiner solch bodenständigen Art. Jeder sonst wäre doch gegangen. Jeder hätte gesagt, wenn du jetzt nicht sicher bist, wann sollst du es dann sein? Ich wäre gegangen, demonstrativ. Ich glaube er ist ein Heiliger, ein Heiliger, der verdammt klar denken kann und sie liebt. Obwohl ich gestehen muss, dass ich die ganze Zeit schon irritiert war, warum er nie den Namen der Universität erwähnt, sondern lediglich alles wichtige dazu beschreibt. War aber auch nicht wichtig in dem Moment. Nach seiner kurzen Ansprache (dieses Mal allerdings im Sitzen), verabschiedete er sich dann doch und wollte auch nicht dass ich ihn begleite. Auch Ella sagte, sie sei müde und müsse früh raus. Da es keinen Grund zum Feiern mehr gäbe, würde sie gehen. Ava allerdings saß ganz ruhig da und dachte nach, so als wären ihre Beine schwer wie blei und sie sich nicht bewegen könnte. Wenn ich jetzt einfach aufgestanden wäre, als letzter im Kreis um zu gehen wäre das für sie möglicherweise peinlich gewesen. Aber mit ihr hier zu sitzen, das erste Mal ganz allein, ist für mich irgendwie peinlich, wenn man bedenkt was gerade passiert ist. Wenn ich sie was fragen würde, würde sie wahrscheinlich ohnehin ausweichen oder kurz ausrasten. Da sie emotional aufgewühlt ist heute, könnte es ja sogar passieren, dass sie mir eine ordentliche Backpfeife verpasst. Nun denn. Nach kurzer Zeit wurde die Stille wirklich beunruhigend am Tisch.

„Willst du noch etwas trinken?" sagte ich.

Sie schüttelte den Kopf, dann nickte sie und dann zuckte sie mit den Schultern. Ich brachte ihr einfach ein Glas Wasser, damit wären wir insofern auf der sicheren Seite, dass sie nicht denken kann ich will sie abfüllen, aber sie dennoch was zu trinken bekommt. Sie saß an dem Tisch so, wie Jemand, dem gerade erst selbst etwas bewusst geworden ist und nicht wie Jemand, der ein Herzensbrecher ist. Ich meine, wer kann schon sagen, die Person ist mies, weil sich ihrer Gefühle unsicher ist? Schon immer fand ich es schwierig, wenn Paare sich trennten oder in Begriff waren sich zu trennen und die meisten gemeinsamen Freunde sich dann solidarisiert haben mit der verlassenen Person. Denn wenn man einen Blick auf die Person wirft, deren Gefühle aus welchen Gründen auch immer nicht passen, sieht man, dass diese mindestens genau so verletzt ist, nur eben noch mit der Last jemanden wehgetan zu haben. Ich nehme hier natürlich alle Menschen raus, die absichtlich betrügen, lügen und ihr Ding machen. Solch ein

Verhalten ist für mich inakzeptabel. Fast schon barbarisch. Denn, obwohl ich nicht gerne Schleimspuren hinterlasse beim Sprechen und mich auch nicht wie Voltaire ausdrücke, weiß ich dass Jeder einen respektvollen Umgang verdient. Nehmen wir mal die paar Jahre meines Lebens raus, in denen ich mich ausprobieren wollte.

Ich denke, die stehen jedem jungen Menschen zu. Meine doppelte Moral bezieht sich auf bestimmte Lebensphasen und somit wird die Dopplung wieder rausgenommen. Das rede ich mir ein.

„Welcher Mensch bringt einem in der Bar ein Wasser?".

Ich war mir nicht sicher, wie ich ihr das erkläre ohne das Wort abschleppen zu verwenden.

„Ist ja auch egal, vielleicht ist es besser so", warf sie nach bevor ich auf die erste Frage reagieren konnte.

„Ava, mach dir nicht so viele Gedanken, das wird schon wieder".

Ich wurde mit finsterer Miene angesehen und wie so oft zuvor im Gespräch mit ihr, wusste ich nicht was mich nun erwartet. Ein Schrei, Nervosität oder gar tatsächlich die Backpfeife, die ich mir vorhin fantasievoll hab vorstellen wollen.

„Diese Floskel, alles wird gut, wem hat die im Leben schon mal was gebracht? Natürlich wird alles gut. Ich bin ja nicht todkrank und Bernard auch nicht. Alles andere kann man beeinflussen. Aber ich habe dennoch ein Gewissen und ich würde gerne wissen, was mich manchmal reitet."

Ich nahm einen großen Schluck von meinem Bier um mir das Lachen zu verkneifen. Denn wenn mir auch klar ist was sie meint, klingt es doch irgendwie spaßig, das Reiten. Ich nahm einen Schluck Bier. Es gibt immer diesen normalgroßen Schluck Bier den man nehmen kann, den keiner hört, der vielleicht ein bisschen zwickt im Hals weil man ja doch schon nervös wurde beim Trinken. Dann gibt es auch diesen großen Schluck, der sich gigantisch anfühlt und den auch meine Großmutter in Paris noch hören kann. Dieser tut nicht nur weh, sondern führt dazu dass man einen leichten Hops macht und aussieht als ob man sich entweder gleich übergeben oder rülpsen muss. Beides wäre gerade unpassend gewesen. Es ist genauso, wie wenn man in der Bibliothek oder sonst einem ruhigen Ort sitzt an dem es unfassbar leise ist und man sich versucht zu konzentrieren, leise zu trinken, leise seine Sachen auszupacken, sich leise zu setzen und dann auf einmal alles vom Tisch fällt und man sich das Wasser beim Trinken überschüttet. Ich wurde also nervös, was sie merkte. Ich war aber auch beeindruckt über diese Nüchternheit, keinerlei Drama. Ich hätte zwar etwas mehr herzhaftes ‚hoffentlich geht es ihm gut' Gerede erwartet, aber so war das ganze deutlich angenehmer für mich. Die Frage war nur, ob sie vielleicht doch eine miese Herzensbrecherin war und ich meine vorab aufgestellte Theorie revidieren muss. Ich wünschte Ella wäre hier gewesen und hätte mit ihrer frechen Zunge einfach das ausgesprochen, was in der Luft lag, wahrscheinlich war sie deswegen so schnell weg, um sich davor zu schützen hier mit reingezogen zu werden.

„Ich denke wirklich, wenn wir uns schon Freunde nennen und gemeinsam im Pub sind und ich quasi keine andere Option habe als mit dir über Bernard zu reden, sollten wir uns ein wenig kennenlernen. Also ich bin Ava, ich bin 22 Jahre alt und ich studiere Literaturgeschichte und Englisch."

Ich fühlte mich ein wenig wie in einem Vorstellungsgespräch oder aber im Schulkreis in der 5. Klasse, nur dass ich da vermutlich nicht mal wusste was Literaturgeschichte ist. Ich war dennoch froh darüber, dass ich die Person, in die ich mich scheinbar verliebt habe nun biographisch kennenlernen konnte.

„Nennen sie mir ihre Stärken und Schwächen", lachte ich in mein Glas hinein. Ava schien nicht zu verstehen, worauf ich hinaus will und fing an zu überlegen. Ich hatte Angst sie würde mir wirklich gleich sagen, dass sie kollegial aber manchmal zu perfektionistisch sei. „Ich, ich bin Theo, wie du schon weißt. Ich bin ein Jahr älter als du und studiere immer noch Mediendesign. Ich weiß nicht, ob du noch Angaben brauchst.

„Immer noch?" „Ich habe euch das schon mal gesagt, also, als wir uns am Campus das erste Mal zufällig wieder getroffen hatten, daher mein leicht ironisches immer noch."

„Ahso. Ja. Da war ich ein wenig abgelenkt, sorry." Ich war schon froh und überrascht, dass sie mal drei normale Sätze mit mir gewechselt hat, auch wenn es Robotersätze waren.

„Willst du reden?"

Sie nahm ihr Glas in die Hand und schob es hin und her, über den Tisch in alle Richtungen. Man könnte meinen ich habe ihr Vodka gegeben und kein Wasser. Aber diesmal schien sich die Nervosität einfach nicht im Drücken, sondern im Schieben widerzuspiegeln.

"Ich weiß ja gar nicht so genau über was oder ob ich mit ihm mitgehen soll. Bernard ist sehr aufmerksam und ich weiß dass ich ihm sehr viel bedeute, wir sind auch schon lange zusammen. Alles, vor allem die Vernunft, spricht für diese Beziehung.

Als er mich aber vorhin so wichtig etwas fragen wollte und es auch so angekündigt hat, da blieb mir die Luft weg. Ich wünschte es wäre dieses gute Gefühl wenn die Luft wegbleibt. Aber es war ein Einengendes, so als würde man mir kein bisschen Raum zum Leben lassen. Ich war so verwundert auf meine körperliche Reaktion, dass in meinem Kopf nur noch <nein(s)> herumgeflogen sind und eine wilde Party gemacht haben. Ich weiß, ich bin nicht in einer Liebeskomödie und ich erwarte auch nicht vom Hocker zu fallen wegen eines Antrags oder Mannes, dazu bin ich viel zu sehr ich, aber ich kann es einfach nicht interpretieren."

„Interpretieren? Du willst diesen wirklich ziemlich eindeutigen Moment vorhin auch noch interpretieren? Ich denke, du weißt genau was es heißt, aber du bist noch nicht so weit es zu akzeptieren."

Sie schob ihr Glas ganz weit weg von sich.

„Ich weiß die Zeit und das Gespräch sehr zu schätzen, aber ich brauch Frauen, die gemeinsam interpretieren bis man irre wird und am Ende sagen, sie wüssten es nicht, es würde irgendwann ein Gefühl dafür kommen, was richtig ist und dann müde einfach einschlafen. Um genau zu sein, wäre Ella jetzt eigentlich eine Hilfe."

In der Vorstellung eines Mannes, dem dieses Szenario geschildert wird, ist es genau die Art „Pyjamaparty der Trauer" bei der man(n) meistens auch gerne teilnehmen würde. Aber diesmal musste ich mir eingestehen, dass ich nicht zu dem Kreis dazugehöre und es akzeptieren sollte. „Na los, wir gehen nach Hause, ich denke du brauchst vor allem ein wenig Schlaf jetzt Ava."

09-2002

Es gibt so manche Situationen im Leben, die wir einfachen Menschen nicht verstehen können. Weder bei Handlungen, die uns selbst betreffen, noch bei solchen, die andere betreffen. Am wenigsten aber die, die die Menschen betreffen, für die wir meinen Gefühle zu haben. Ich habe die letzten zwei Monate damit verbracht, Ava und Bernard beim packen zu helfen. Sie zu unterstützen. Wir sind keine fremden Freunde mehr. Wir sind lediglich ein Paar, Ella und ein Student, der seine Gefühle nicht offen ausdrückt, sondern Scharade spielt. Der einzige Moment, in dem ich einmal dachte sie würde für mich empfinden, was ich auch für sie, war in dem Pub an dem Abend als all die Veränderungen in Gang getreten wurden und ich meinte sie wüsste was los sei, allerdings schien nur ich sie nicht gut genug zu kennen zu dem Zeitpunkt. Die Blicke zwischen uns, ich dachte die würden etwas anderes bedeuten. Ich muss sagen, in dieser Zeit, in der die beiden sich auf diesen neuen Lebensabschnitt vorbereiteten, habe ich diese Clique intensiv kennenlernen können. Ich war auf einmal ständig dabei. Ich wusste nicht so Recht, ob Bernard mich da integriert hatte, weil er dachte, ich sei ein guter Freund oder ob ich irgendwie da rein gerutscht bin, weil es allen unangenehm war mich des Besseren zu belehren oder ob ich in Avas Nähe sein wollte. Was ich also definitiv sagen konnte, kurz bevor die beiden umziehen sollten, war, dass Bernard eine ganz schön unordentliche Wohnung hatte. Das heißt nicht schmutzig, sondern tatsächlich einfach so als würde es ihn nicht stören, wenn ihm etwas drei Wochen lang mitten im Weg läge, obwohl es da nicht hingehört. Er hatte eine beträchtlich große Menge an Bildern von allen möglichen Menschen. Ich vermutete er hat eine überdimensional große Patchworkfamilie oder er hängt sich einfach Bilder von Irgendwem hin. Er war weiterhin ein echt feiner Kerl, der zu dem stand, was er Ava im Pub sagte und der es einfach weiterhin mit ihr probieren wollte und hinnahm, dass es schief gehen könnte. Die Tatsache, dass er so nett war, erschwerte es mir natürlich noch mehr, dass ich sie so sehr mochte. Ella, die zwar nicht umgezogen ist, aber dennoch ähnlich oft dabei war wie ich, konnte ich auch etwas besser kennenlernen. Sie war frech, keine Frage, aber es war viel mehr so etwas wie eine Fassade, denn in manchen Momenten merkte man wie sensibel sie wurde oder aber auch, dass sie eigentlich genau wusste dass Bernard ein guter Kerl ist und ihn zuvor nur so aufzog. Was ich allerdings am meisten behalten habe von dieser Zeit, war natürlich das Verhalten von Ava.

Nachdem wir damals das Pub verlassen hatten, war ich mir sicher, sie würde sich trennen, denn solch eine Reaktion von Ihr bei dem Gedanken an eine gemeinsame Zukunftsplanung schien eindeutig. Was ich aber danach herausgefunden habe, ist, dass sie viel zu vernünftig ist um sich rein von Gefühlen leiten zu lassen. Ich hätte es wissen müssen, durch den Rucksack und diese Backpackersache, bei der ich immer noch nicht wusste, was passiert war. Jedenfalls wusste Sie genau das, was auch ich über ihren Freund wusste und ich denke, dass war der Grund warum sie überhaupt mit ihm zusammen war. Er liebte sie mehr als sie ihn und er war die bodenständige und sichere Wahl für eine Zukunft mit perfekten Kindern und einem kleinen Reihenhaus in der besten Gegend Deutschlands, wahrscheinlich irgendwo in Bayern.

Er war jemand, der sie nicht hängen lassen würde. Sie musste sich keine Gedanken machen womöglich ein Risiko einzugehen oder verletzt zu werden. Warum sollte man, wenn man solch eine Absicherung hat, das Ganze aufgeben? Als wir ihre Sachen zusammenpackten, habe ich nicht nur die besagten Schlabberklamotten gesehen die Ella immer erwähnte, sondern auch, dass sie ihre sonst so vernünftige Ader bei der Wohnung etwas zurückschraubte. Ich hätte erwartet, alles akkurat und sortiert vorzufinden, mit weißen Wänden in einem Neubau, aber sie war bunt und hatte witzige Poster überall. Sie war eben doch auch Studentin. Sie erklärte uns immer nach welchem Prinzip sie ihre Kartons gepackt hat und von diesem System machte nichts wirklich Sinn. Ich habe sie sogar manchmal aufgezogen. Aber, auch wenn sie nicht mehr panisch den Gesprächen ausgewichen ist und mich irgendwie auch wie einen Freund behandelte, war eine gewisse Distanz zwischen uns. Sie schien unantastbar, sowohl emotional als auch physisch. Der einzige Trost, den ich hatte, war, dass sie umziehen würde und ich mich auskurieren kann mit irgendeinem Hexenzauber gegen Gefühle. Ja genau, ich dachte an Bier. Ich wollte ihr gerne sagen was in mir vorging, aber sie hat ihre Vernunft siegen lassen. Ich wäre definitiv eine unvernünftige Wahl gewesen.

Ich bin in keiner auch nur denkbaren Art so aufmerksam wie Bernard. Ich habe oft die Geburtstage von meinen Exfreundinnen vergessen oder sogar ihr Alter, weil diese Dinge so belanglos sind für mich. Frauen scheinen das aber als Desinteresse zu interpretieren. Ich bin auch kein großer Romantiker. Ich kann nicht mal so einen Satz bilden, wie, „das Romantischste, was ich mir mal überlegt habe war", weil mir einfach nichts einfällt, was ich mir in dem Sinne mal überlegt hatte. Ich konnte auch nicht mit aller Sicherheit sagen, ob und wann ich heiraten wollte und ob Sie die Person wäre, die ich da im Bild sehe. Ich konnte also nicht nur den Mut nicht zusammen nehmen offen mit meinen Gefühlen zu sein, weil ich ihr nicht die Sicherheit nehmen wollte. Ich konnte auch mir selbst nicht eingestehen, dass ich vielleicht doch nicht so eine unvernünftige Wahl wäre. Zu dem Zeitpunkt. Am Tag der Abreise von den Beiden haben Ella und ich sie noch vom Campus begleitet, denn dort haben beide bisher gelebt, nicht zusammen. Ella war sichtlich weniger mitgenommen als ich erwartet hatte und irgendwie auch weniger mitgenommen als ich es war. Vielleicht war sie doch nicht so sensibel, wie vorher angemerkt, es war schließlich ihre beste Freundin, die gerade abreisen wollte. Ich stand einfach da, Ava wirkte aufgeregt, ob gut oder schlecht konnte ich gar nicht sagen, obwohl ich sie die ganze Zeit anstarrte und mein Herz sich so anfühlte als würde es gleich aus der Brust springen.

Sie hatte sich warm angezogen und das in mehreren Schichten. Sie lachte kurz als sie sich selbst ansah, denn ihr fiel glaub ich zum ersten Mal ihr eigener Stil auf. Sie stand da vor dem Wagen und wusste nicht genau wie sie sich von mir verabschieden sollte. Ich wusste es auch nicht. Ich wünschte ich hätte sie geküsst, ihr irgendwas gesagt, dieses blöde vernünftige Rad, in das wir alle verfallen sind, verlassen. Aber ich tat nichts davon. Ich hob meine Hand, ich winkte, ich wünschte ihnen nur das Beste und ich denke ein Teil von mir meinte es auch so. Bernard umarmte mich. Sie starrte nur zurück. Sie zog sich ihre Mütze über und ich tat so, als würde ich nicht jedes Detail an ihr bemerken. So als wären ihre Haare nicht total zerzaust von den letzten Vorbereitungen und so als gäbe es nichts was zwischen uns ist außer ihre panische Art und meiner Hilflosigkeit. Von einem auf den anderen Moment konnte ich nur noch dem Wagen hinterherschauen und alles was um uns herum passierte, schien an mir vorbei gegangen zu sein. Wie sie sich ins Auto gesetzt haben, wie ich mich letztendlich verabschiedet hab und was sie zum Abschied gesagt haben, ich weiß es nicht. Ella stand noch neben mir, ähnlich in die Richtung schauend wie ich. Da wären wir also doch wieder bei dem sensiblen Teil ihrer Persönlichkeit, nur dass sie ihn wohl nicht in Worten ausdrückt. Einige offene Fragen für mich, unter anderem sogar ob die freche Ella und ich denn jetzt weiterhin rumhängen würden oder ob wir das ganze nun auch hier beenden. Sie schien auch nicht so Recht zu wissen, was jetzt passieren soll. In einem Moment hätte ich schwören können, dass sie mir etwas sagen wollte und im anderen war sie desinteressiert und eben doch wieder so wie sie immer schon war. Mir wiederrum war der Moment des Abschieds noch im Gesicht anzusehen. Ich war überfragt was ihren Abgang betraf, auch ob ich mir nur einbildete da wäre was. Ich wusste nicht was ich von nun an tun sollte oder in welchem Moment ich meine lockere Art verloren habe. Allerdings war mir schnell klar, dass ich sie vermisste. Dabei war es egal, ob freundschaftlich oder als Liebespaar. Ab einem bestimmten Punkt verlaufen diese Richtungen sowieso in einander. Ich denke nicht, dass ich in Jemanden verliebt sein könnte, in dem ich nicht auch einen Freund sehen würde. Ich denke, immer wenn man Kinder nach der Liebe fragt, beschreiben sie es auf ihre ehrliche und noch naive Art, die wir Erwachsenen eigentlich abstempeln, doch dennoch am besten. Ich denke die Naivität ist Teil der Liebe. Es ist ein Kribbeln im Bauch und Zuneigung, die man empfindet. Der körperliche Aspekt ist natürlich auch entscheidend. Nicht das Aussehen. Sondern die Vorstellung, ob man die Person küssen, berühren will, ob man sie an der Hand nehmen will.

Es war bei mir kein Wollen, es war schon fast das Bedürfnis danach. Im Leben hatte ich sowas noch nicht gespürt. Ich war zugegebener Maßen jung und die eigene Vernunft (alias meine Eltern) sagte mir immer, dass man im Leben mehr brauche als sich wie Feuer und Flamme hinzugeben. Außerdem sind stürmische Liebesgeschichten zwar das französische Klischee, aber ich solle schauen, ob dieses Gefühl das ich kurzzeitig spüre auch länger währt. Ich bin mir unsicher wie lange „lang genug" ist. Ich hätte am liebsten mathematische Formeln dazu aufgestellt. In diesem Fall aber, bezog ich das Gefühl auf unveränderten und beschissenen Liebeskummer. Ist es eine Woche, ein Monat, ein Jahr? Wie lang ist langer Liebeskummer? Ich für meinen Teil dachte die ersten Tage seien schwer, aber die Realität würde mich schnell einholen. Dann dachte ich, die ersten Wochen müsse man nur überstehen und sich ablenken. Man kann einer Person nicht länger nachtrauern als man sie überhaupt richtig kennt. Ich traf mich mit Freunden, ich studierte, ich war einfach weiterhin der beliebte Typ, mit dem man abhängt. Nach ein paar Monaten allerdings, traf ich Ella auf dem Campus. Die Frage ob wir weiterhin zusammen rumhängen, hatte sich damals recht schnell selbst beantwortet. Wir hatten ja nicht mal so getan als würden wir uns anrufen oder schreiben. Als wir da also standen und uns kurz unterhielten, dachte ich, es sei nur höflich zu fragen, ob sie weiß wie es Ava geht. Ava und Bernard. Sie musterte mich einen Moment und dann öffnete sich in ihrer Antwort so etwas wie eine zweite Bühne die parallel zu dem gelaufen ist, was ich seit kurzer oder langer Zeit versuche hinter mir zu lassen. Oder zumindest tat ich so als würde ich es versuchen. Meine Hände wurden schwitzig und ich wurde hibbelig. Ich fuhr mir oft durch die Haare, denn alles in mir raste und die einzige Bewegung, die ich in dem Moment tun konnte ohne durchzudrehen war diese eine Armbewegung. Ich konnte nicht sagen was lang oder kurz ist in Sachen Liebe, aber dieses zufällige Aufeinandertreffen fühlte sich an wie eine Ewigkeit. In Situationen der absoluten Unruhe, in denen man sich selbst nicht erklären kann, was gerade in einem passiert, wenn einem so vieles zu Kopf steigt und man vergisst, wo man ist und was man vorhatte, ob es noch Tag oder schon Nacht ist, wie alt oder jung man ist, was genau fühlt man da?

Ella

05-2003

„Ich weiß, du fragst dich vielleicht warum ich dir jetzt erst diese Dinge erzähle, nachdem die beiden weggezogen sind".

Mit einem leisen Ton unterbrach ich sie direkt, denn es war mir egal. Warum sie es mir jetzt sagte, spielte keine Rolle. Die ständigen Erklärungen um die Dinge herum, die eigentlich relevant sind, das sind die Steine, die wir Menschen uns immer selbst in den Weg legen. Ich bin oft überzeugt von dem was ich sage und doch folge ich oft nicht meinen eigenen Gedanken. Wahrscheinlich auch so etwas, was wir Menschen miteinander teilen. Es ist irre, wie in einem Moment oder einem Gespräch, alles was man sich monatelang zusammengesetzt hat, zusammenbrechen kann. Jeder Gedanke wäre völlig überflüssig gewesen. Die investierte Zeit in diese kurze Freundschaft hätte man so viel besser nutzen können. Die Bühnenaufführung, auf die mich die freche Freundin, die heute ausnahmsweise ziemlich zurückhaltend erschien, als Zuschauer nun hat teilnehmen lassen, war alles andere als erwartet. Die Vorstellung war packend, überraschend und doch auch irreführend und traurig.

Ich wusste auch nicht, ob ich applaudieren und die Aufführung verlassen oder aber eine Karte kaufen und das Stück nochmal schauen sollte. Wenn man Dinge besonders gut findet oder mag, so wie gute Theateraufführungen, Bücher oder Filme, dann schaut man sich das ganze Genauer an. Immer wieder mal. Man nennt es dann Lieblingsstück, Lieblingsbuch, Lieblingsfilm. Ich entschied, einen Lieblingsmenschen zu haben. Gleich danach entschied ich, nicht mehr in Metaphern zu sprechen, da ich ab einem bestimmten Punkt den Faden verlieren könnte. Ich fasse nun also kurz zusammen was geschehen war, bei jenem Zusammentreffen mit Ella. Ava mochte mich. Ich konnte zu dem Zeitpunkt noch nicht sagen wie sehr oder wie wenig, aber sie empfand Sympathie für mich. Meine Theorie zur Vernunft stimmte nur in dem Teil der sagt sie sei vernünftig, nicht aber in dem, worauf es bezogen war. In jenen Momenten, die ich als spezielle Momente zwischen Ava und mir interpretiert hatte, vergaß ich, dass Menschen gleiche Situationen völlig anders wahrnehmen können. Als ich dachte, wir hätten einen flüchtigen Flirt im Taxi erlebt, dachte Jemand anderes ich würde versuchen dem frechen Mädchen durch Ignoranz zu zeigen, dass ich sie mochte. Als wir uns wiedersahen, auf dem Campus und Bernard mir sagte dass Ella mitkommen würde zu dem Konzert, dachte ich mir überhaupt nichts dabei während Jemand anderes mich zuvor auf dem Campus bemerkt hatte und ihre Freunde unauffällig und völlig „zufällig" vorschickte. Ich verstand nun das Starren von Ava zum anderen Stand hin. Wenn immer ich Ava etwas fragte und sie so seltsam reagierte oder Ella reinplatze mit einem Kommentar, war es der Versuch von Ava genau das richtige zu sagen, jedoch die Aufmerksamkeit von sich abwendend. Die unfreundlichen Reaktionen waren wohl ein ungewollter Schutzmechanismus. Als Ella das Pub am Abend verlassen hatte, als Bernard in seinen schlimmsten Albtraum gerutscht war, dachte ich, sie wäre einfach nur müde und gelangweilt, aber eigentlich realisierte sie in diesem Moment etwas und rannte davor weg. Jedes weitere Wiedersehen nach dem Umzug der gemeinsamen Freunde war für sie überflüssig. Ella hatte sich in mich verliebt. Ich kann natürlich nicht genau sagen wie sie es empfunden hatte, aber wenn es für sie so ähnlich war, wie für mich mit Ava, dann muss es schwer für sie gewesen sein. Sie ging an besagtem Abend aus dem Pub, weil sie die Blicke sah von Ava, von mir. Avas Reaktion auf Bernard.

Sie wusste bis dahin nicht, dass Ava mich auch mochte. Sie wusste auch nicht, dass Ava so vernünftig sein würde, die Freundschaft zu wahren und ihr etwas Gutes zu tun. Sogar so sehr, dass sie einfach bei dem Mann bleiben würde, der offensichtlich nicht der Eine für sie war. Alles was danach passiert ist, lief in einem leisen Geschehen ab, eine Abfolge von Treffen in denen alle vier Menschen nicht aussprachen, was sie wussten, in denen jeder so viel Rücksicht auf mindestens einen der Anderen genommen hatte, dass wir uns alle verloren haben. Ich meine, jeder sich selbst. Bernard akzeptierte eine vermeintlich einseitig empfundene Zukunft. Ava schien mit gemischten Gefühlen umgezogen zu sein. Ich wollte ihr die sichere Zukunft wünschen und dachte nicht einen Moment daran, dass Ella mich mögen könnte und Ella, schien weder bereit zu sein mir zu sagen was sie empfand, noch offen mit ihrer Freundin darüber zu reden, was sie erkannt hatte. Wen sie dabei am meisten schützen wollte, konnte ich nicht genau sagen. Die Fragen die sich daraus ergaben, wie beispielsweise ob dieser komische Kreis den wir dabei gebildet haben nun zu verurteilen war? Hat Jemand einen Fehler gemacht? Waren wir alle glücklicher, dadurch, dass wir einander die Freiheit lassen wollten seine Gefühle geltend zu machen? Ich kann diese und viele weitere Fragen, die sich daran anschließen, vielleicht versuchen viele Jahre später zu beantworten. Man kann nicht sagen, es sei ein Fehler, andere Menschen schützen zu wollen. Man kann aber definitiv sagen, dass es ein Fehler ist, seine Gefühle zurückzuhalten. Wir sind dazu verpflichtet der Person zu sagen was wir empfindet. Anderenfalls zerreißt es einen. Hinzu kommt nur, dass damit nicht nur romantische Beziehungen gemeint sind, sondern auch freundschaftliche oder gar die zwischen fremden Freunden. Ich denke jeder Außenstehende hätte damals ganz klar erkennen können, dass wir in dem Versuch einander gut zu tun das Wesentliche aus den Augen verloren haben. Jeder hat dem anderen die Chance darauf genommen nochmal klar zu denken. Durch das Verbergen von Gefühlen ersparten wir uns den direkten Konflikt und diesen empfundenen Moment Jemandem wehgetan zu haben. Aber durch das Offenlegen von Gefühlen hätten wir uns eine Welle von Veränderungen die daraufhin automatisch folgten und mindestens genau so belastend waren ersparen können. Warum war ich in der Situation nicht so weise, wie ich es jetzt bin? Voltaire wäre definitiv spätestens jetzt stolz auf mich und Elvis würde mich einen Song schreiben lassen für seinen nächsten Auftritt vor seinem Babe. Nun war es offiziell, ich musste an meinem Gedankenkino arbeiten.

Ava

01-2004

„Ich denke wir sollten diesen letzten noch verpackten Kisten endlich die Möglichkeit geben sich von deinen Büchern zu trennen, Ava, wir leben hier schon eine Weile zusammen."

Ava lachte und schaute mit einem kritischen Blick die letzten verpackten Kisten an, von denen sie keine Ahnung hatte, wohin sie sie stellen sollte.

„Wenn du sie nicht auspacken willst, dann geben wir eben was von den Möbeln zurück und benutzen sie als Tische oder Hocker oder sonst was Klotziges".

Sie wusste nicht, ob er sauer war oder es tatsächlich als Scherz in den Raum geschmissen hatte. Sie fing jedoch an die eine Kiste aufzudrücken und ihren gesamten

Inhalt auf dem Boden auszubreiten, in der Hoffnung etwas davon nicht mehr gebrauchen zu können und sich der Wohnsituation anzupassen. Um genauer zu sein, in der Hoffnung etwas wegschmeißen zu können, da es einfach kein bisschen freien Stellraum mehr gab. Ein paar Minuten später legte sie alles ordentlich in die Kiste zurück und sagte „die Kiste kann sich einfach noch nicht von den Sachen trennen. Sie sind noch nicht so weit und es ist ja auch nicht so einfach, denn sie verstehen sich so gut". Während sie das ganze Aussprach verzog sie ihren Mund leicht, strich sich durch die Haare und ließ auf ihre süße Art und Weise den Quatsch, den sie fabrizierte, den Rest erledigen, um die Diskussion an diesem Morgen zu beenden oder aber auch um ihre Frage, ob Ernst oder Spaß, definitiv in Richtung Spaß zu lenken.

„Ava, bitte sag mir, dass du nicht einfach aus einem blöden Gefühl heraus heiraten willst. Du musst das nicht. Wir leben in einer Zeit in der man mit dem Partner einfach zusammen leben kann und schauen kann, wo sich das Ganze hin entwickelt. Wir können es uns erlauben einfach etwas wild zu sein und in Sünde zu leben. Ich weiß nicht, warum ich die Sünden, die meine Großmutter gerne erwähnt, in solche Gespräche einbeziehe. War das jetzt kontraproduktiv zu meiner eigentlich emanzipiert angehauchten Rede von einem Freigeist?" Sie schaute Ava eindringlich an.

Beide lachten.

„Ich weiß den Rat von dir und deiner Großmutter sehr zu schätzen, aber ich habe nichts gegen das Heiraten, ich bin ja schon mit ihm zusammengezogen. Es macht einfach Sinn. Du weißt, dass ich sowas nicht romantisiere."

„Ja, weil du noch nicht bereit zum romantisieren bist. Ich denke eigentlich willst du auf einem weißen Pferd in einem Traum von Kleid und einem Paar gläsernen Schuhen zum Alter reiten".

Ava unterbrach ihre Freundin Marleen, mit der sie sich nach dem Kistenfauxpas getroffen hatte. „Reiten, gläserner Schuh? Kennen wir uns?"

Marleen und Ava waren gute Freundinnen geworden. Von dem Moment an als Ava den Hörsaal an ihrer neuen Universität betrat und nicht wusste wo sie sich hinsetzen sollte und Marleen sie rettete vor dem zurückfallen in ein Trauma von Zahnspange und vielen gewonnenen Lesewettbewerb.

"Kommst du nun mit zur Kleideranprobe? Ich denke wenn ich Aschenputtel nett darum bitte, dann ladet sie die Mäuse auch dazu ein und leiht mir ihre gute Fee für den besonderen Touch am Kleid".

„Wir sehen uns vor dem Laden und komm bloß nicht ohne Schminke und in Schlabberklamotten. Wir müssen den Eindruck machen als wüssten wir, was du da gerade vor hast".

„Ich weiß, was ich da vor hab und meine Kleider sitzen ganz normal."

Ihre Augen leuchteten wie immer und ihre gerade fröhliche Unterhaltung hatte sie durch die Klamottensache so sehr an Ella erinnert, dass sie einen kurzen Moment doch nicht mehr wusste was genau passiert.

„Alles in Ordnung? Du scheinst verwirrt und schaust in die Gegend als wärst du grad einem Geist über den Weg gelaufen. Weißt du noch den Namen von deinem Ehemann?" sagte Marleen sichtlich scherzend.

„Er heißt Davud und du solltest lieber aufpassen, dass ich deinen Namen nicht vergesse".

Wieder lachend gingen sie zu ihren Autos und verabschiedeten sich. Erinnert man sich zurück an die zweite Bühne, die Ella eingeführt hatte und von der bereits berichtet wurde, könnte man nun quasi von einem zweiten Akt in der Aufführung sprechen. Ganz richtig. Der vermeintlich zukünftige Ehemann von Ava hieß nicht Bernard, sondern Davud. Als Ella mir einige Monate nach dem Umzug der beiden die ganze Geschichte zu ihren Gefühle erzählte, rechnete ich im Kopf aus, wie lange der Umzug nun genau her gewesen sein musste. Es waren sieben Monate vergangen und wie mir scheint, war für Ava ein ganzes Leben vergangen und ein neues hat begonnen. Man könnte meinen, nachdem ich die Wahrheit wusste und auch, dass wir beide Gefühle füreinander hatten, habe ich meine Sachen gepackt und bin direkt los um sie in einer stürmischen Nacht mit meiner Liebe zu überraschen. Während sich mein Gedankenkino wieder anbahnte und ich mich schon in Ritterrüstung zu meiner holden Braut reiten sah, packte mich die Realität meiner Person. Ich meine die Realität, in der ich nicht mal einen romantischen Satz zusammen bekomme. Auch wenn die Möglichkeit bestand nun klarer zu sehen, waren die Dinge so wie sie sind. Zu diesem Zeitpunkt dachte ich aber auch noch, das Ava mit Bernard zusammen leben würde und in eine sehr ruhige aber sichere Zukunft blicken würde. Ich entschied nichts zu tun. Diese ganze Vierecks Geschichte fühlte sich nicht richtig an. Man könnte denken solche Geschichten sind aus Filmen oder Büchern, aber beim Kennenlernen von Leuten auf dem Universitätscampus oder auch so, merkte ich wie oft es solche dubiosen Situationen eigentlich gab. Auseinandergehende Freundschaften oder das Wechseln von Partnern in einer Freundschaftsgruppe. Das fühlte sich aber nicht nach mir an. Mir reicht da mein Gedankenkino. Ich fühlte mich auch eigentlich schon besser. Erneut muss ich feststellen, dass verliebt sein, bei noch so starken Gefühlen niemanden daran hindert weiterzumachen und darüber wegzukommen. Oder meine Gefühle waren vielleicht doch nicht so stark, ich kannte sie ja kaum.

„Du redest schon ganz schön viel über sie, dafür dass du immer betonst, dass du sie kaum kennst und schon vergessen hast", sagte mein Vater mir am Telefon, als ich eines verzweifelten, leicht angeschwipsten Abends mit ihm telefonierte und er wissen wollte, was ich denn in letzter Zeit so erlebte.

Mein Vater und ich hatten nie die klassische Vater-Sohn Beziehung. Es war auch keine Freundschaft, was man jetzt vielleicht meinen würde. Es war vielmehr einfach ein verständnisvolles Beisammensein, meistens ohne viele Worte. Wir konnten gemeinsam Zeit verbringen, dabei nur drei Sätze wechseln und dennoch wäre es ein wirklich toller Tag gewesen in unserer beider Beschreibung. Wenn er denn aber dann was sagte, dann traf er den Nagel auf den Kopf. Also habe ich mich nach einem Jahr, zwei Monaten und 17 Tagen doch entschieden dem ganzen in mir entstandenen Chaos auf den Grund zu gehen. Erstmals ohne ein Gedankenkino habe ich mich auf den Weg gemacht um sie zu finden und dabei noch nicht einmal darüber nachgedacht, was ich ihr sagen wollte oder wie ich sie aufsuchen wollte. Ob Bernard mich womöglich schlagen würde? Aber seinen wahrscheinlich schlaksigen Schlag würde ich schon irgendwie wegstecken können. Mein lieber Voltaire, du konntest besser zu Papier bringen was du sagen wolltest, jetzt weiß ich auch warum.

Um damals zu deiner geliebten Frau zu kommen musstest du Hürden und tagelanges Reisen auf dich nehmen. Es gab richtige Kämpfe und keine schlaksigen Schläge. Außerdem, setzt man sich heute einfach in einen Zug oder ein Flugzeug und bekommt dabei auch noch etwas Essen und Trinken, gönnt sich vielleicht ein Urlaubsbier, pardon, ein Eroberungsbier, und schon ist man bereit sich zu offenbaren.

Wie sollte ich herausfinden wo sie lebt? Bernard hatte damals nicht den Namen der Universität erwähnt, fast so als wäre es ein wichtiges Geheimnis und wir dürften nur die

Distanz bis dorthin wissen. Zum Glück hatte Ava zu Beginn noch Kontakt mit Ella, sie konnte mir weiterhelfen. Es war München. Und wo würde ich beginnen wenn ich sie sehe? Ich konnte letztendlich doch nicht einfach vor ihrem Haus auftauchen, ich bin ja im Grunde genommen kein Stalker.

Ich würde an der Universität in einem der Kurse auf sie treffen, sie wird ja schon noch das gleiche studieren wie hier, denn Bernard hatte sich dazu ja informiert. Dieser gute Kerl. Dieser gute Kerl, dem ich entschied in den Rücken zu fallen.

So wie ich damals dachte. Angekommen an der Universität, suchte ich verzweifelt nach einem Hörsaal, der im Internet für Literaturgeschichte angegeben war.

Ich muss schon sagen, die Uni war recht groß, zumindest wenn man gerade nervös ist und ungeduldig und das Gefühl hat, seine Locken würden wegen den Schweißattacken gleich glatt werden. Ich fragte mich auch die ganze Zeit, ob ich hätte ein Geschenk oder sowas besorgen sollen für meine romantische Geste.

Damals hatte ich den Vorläufer des High School Musical im Kopf, einfach nur, weil es in solchen Schulanlagen gespielt hat, alle gesungen haben und das Drama sie beschwingt. Ich rechnete damit, dass mich gleich eine blonde Tussi von der Seite mit einer Intrige überrascht und ich dann meinen Rucksack (den ich nicht anhatte) hinschmeiße und ihr vorsinge wie unmoralisch sie ist.

Ich schweife mal wieder ab.

„Kann ich dir helfen?", tatsächlich war es ein blondes Mädel, nur nicht singend oder eine Intrige planend.

„Vielen Dank, ich dachte schon hier würde mich nie einer fragen, ob er helfen kann."

„Für gewöhnlich fragt man ja auch eher die Anderen, ob sie einem helfen können, aber du siehst so verloren aus, schaust die ganze Zeit in eine Richtung und dein Kopf hat sich immer leicht bewegt."

In diesem Moment habe ich zum ersten Mal erfahren, wie ich aussehe, wenn ich gerade mein Gedankenkino in vollem Gang habe, ich wusste nicht dass ich meinen Kopf dazu bewege, wenn ich innerlich singe.

„Siehst du, schon wieder schaust du ins Leere."

„Ich, also ich danke dir zunächst einmal. Ja, du kannst mir helfen, denn ich suche den Kurs zu Literaturgeschichte."

„Welchen genau?"

„Ich, also ich denke, da ist ein Raum und den ganzen Tag über sind dort genau diese Kurse?"

„Ich hätte nicht gedacht, dass du Literaturgeschichte studierst, siehst mir eher so aus wie ein Mediendesigner oder Musiker."

Ich muss schon sagen, ich war in dem Moment unsicher, ob ich sauer sein sollte, weil ich in eine Schublade gesteckt wurde und somit abgestempelt oder, ob ich beeindruckt sein sollte, weil sie sowohl mein Kopfkino wahrgenommen hat als auch wusste, was ich studiere.
Ich wollte natürlich nicht sagen, warum ich gekommen war und was mein Plan war, denn das wäre schräg. Ich hätte dann quasi nur noch ein Glas in die Hand nehmen müssen, wie Bernard damals, um in einer Rede anzukündigen, was er vor hatte und der Peinlichkeit ihren Lauf zu lassen.
Damals fand man ja so gut wie alles peinlich, was hätte zeigen können, dass man im Grunde einfach nur ein normaler Kerl ist.

„Ich wollte nur mal in die Kurse reinsehen um zu entscheiden, ob ich vielleicht hin wechsle, mein Hauptfach gefällt mir nicht."

Sie schien es mir nicht abzukaufen, vielleicht war sie ja so etwas wie eine allwissende Hellseherin, aber sie brachte mich zu diesem besagten Raum und zu meinem Verwundern, oder auch zu meinem Entsetzen, setzte sie sich rein, anstelle davon sich einfach zu verabschieden.

„Ich studiere Literaturgeschichte, mein Name ist Cecile. Ich wünsch dir viel Glück."
Sagte sie trocken, dann ging sie ein paar Stufen hoch um sich in dem Hörsaal einen guten Platz zu ergattern, aber dennoch die Tür zu sehen und ich ging vor den Raum um auf Ava zu warten.
Ich fragte mich, warum sie mir Glück wünschte, aber ich wollte es vermeiden noch einmal rein zu gehen um zu fragen.
Denn in dem Moment könnte Ava kommen und dann könnte ich meinen gerade einstudierten Text womöglich vergessen. Vor dem Raum waren Spinte und ich konnte mich gut hinter einem anlehnen und quasi auch verstecken falls ich doch kneifen sollte.
Was ich dann auch tat. Mein Herz rutschte mir fast in die Hose, denn Sie kam tatsächlich zu dem Kurs. Sie war wie immer leicht zerzaust, trug ein

Kleid, das aber ihrem Stil vollkommen entsprach und schien sich nicht verändert zu haben. Ihr Gesicht war immer noch makellos, zumindest für mich.

Sie trug ein paar Bücher in der einen Hand und in der anderen Hand hielt sie die Hand von einem Mann, der nicht Bernard war.

Ich bin nicht oft verwundert, entsetzt oder todtraurig, aber bei Ava war es immer ein Schlag mitten ins Gesicht oder mitten in die Bauchgrube.

Es war irritierend, denn ich fühlte nicht nur meine Trauer, sondern dachte in dem Moment auch an Bernard. Was muss passiert sein und wo ist der arme Kerl.

Vorhin habe ich noch gescherzt über seine Reden zu Ankündigungen und jetzt hielt sie die Hand von einem anderen Kerl.

Die Luft blieb mir allerdings erst dann stehen, als ich an ihrer Hand den Verlobungsring bemerkte. Sie standen vor dem Raum, um sich zu verabschieden und dabei strich sie sich wie immer durch die Haare. Nur der Ring war neu. Man könnte jetzt meinen, ich habe es geschafft ordentlich zu kneifen, unbemerkt zu bleiben, aber der Spint war, wie gesagt, zwar eine gute Tarnung, aber auch nur für ein paar Sekunden.

Also eben eher so eine Tarnung, aus der man dann mit einem Schritt nach vorne tritt und voll präsent ist.

Es war schließlich direkt vor dem Raum. Ich stolperte also quasi in meinem Schock heraus mitten in diese Verabschiedung.

Ava erstarrte. Ich erstarrte.

Er schaute uns einfach nur an. Ich verspürte schon wie sie dazu angesetzt hat mich zu fragen, was zum Teufel ich hier tue. In meiner Verwirrung dachte ich einen Moment dran, trotzdem aufzusagen, was ich vorbereitet habe.

Ich habe es sogar im Zug aufgeschrieben und könnte es einfach vorlesen, denn die ursprüngliche geplante Planlosigkeit wollte ich vermeiden.

Aber eigentlich starrte ich nur auf ihren Ring.

„Du bist verlobt?" Von allen Dingen, die ich in dem Moment hätte sagen können, sagte ich natürlich etwas, was völlig irrational aus mir herausschoss und nicht etwas, was auf meinem Zettel stand.

Sie starrte ihren Ring an, fast so als würde sie ihn gerne verstecken oder wegpacken. Stattdessen aber sagte sie nur "ja, ich bin verlobt."

Erneut starrten wir uns an.

Komischerweise weiß ich nicht mehr, was ihr Verlobter in diesen Sekunden oder Minuten tat, ich habe mich so auf diesen Ring fokussiert, dass alles um mich herum wieder verblasste.

Es war ein ähnliches Gefühl, wie bei der Verabschiedung vor ihrem Umzug, oder allgemein wie auch sonst, wenn ich Ava gesehen habe in der Vergangenheit.

Was war eigentlich los mit mir, ich wollte ihr ja keinen Antrag machen, ich wollte nicht mal sagen, dass ich sie liebe, ich wollte einfach nur sagen, dass ich in sie verliebt bin und es probieren will.

Ich dachte ich breche Bernard das Herz und nicht, dass ich einem anderen Verlobten versuchen würde das Herz zu brechen. Dieser könnte mich womöglich sogar umhauen.

Im Endeffekt war aber klar, dass es nur mein Herz war, was gebrochen werden sollte.

Es schien letztendlich doch nicht so zu sein, als würde sie fragen wollen, was ich hier tue. Es schien fast sogar als würde sie diese Frage gar vermeiden um Nichts erklären zu müssen, für keinen. Erneut befanden wir uns in einer seltsamen Situation und es war fast so als würde das Universum mir sagen wollen, ich solle es lassen.

Ehe ich mich versah, stand Cecile neben uns und gab mir eine Umarmung.

„Schön, dass du es geschafft hast Schatz.“

Ich starrte nun nicht mehr Avas Ring an, sondern Cecile und sie versuchte mir mit den Augen zu sagen, ich solle lieber mitspielen, bevor ich hier nicht mehr raus komme.

„Ja, mein Flug hatte wie immer ein wenig Verspätung.“

Avas Verlobter schien sichtlich erleichtert, er verabschiedete sich und ging seinen Weg. Er ging, ohne mich zu fragen, wer ich sei, ohne sie zu fragen, wer ich sei und vor allem ohne mich eines weiteren Blickes zu würdigen nachdem Cecile kam.

„Ich muss jetzt in den Kurs, aber du kannst ja einfach schon mal zu mir vorgehen oder einen Kaffee trinken in der Zwischenzeit.“

Ich nickte und Cecile verabschiedete sich ein zweites Mal in ihren Kurs. Also standen wir nun da, zu zweit.

„Ava, ich“, doch sie unterbrach mich.

„Du hast also eine Freundin, genau an dieser Uni?“

Ich dachte eigentlich das Schauspiel sei so offensichtlich, dass ich nicht mehr dazu sagen müsste.

„Also", erneut unterbrach sie mich.

„Ich freue mich für dich. Ich meine, erst war ich überrascht, weil ich nicht wusste, was du genau hier tun würdest, aber es ist schön dich mal wieder zu sehen."

Ich wollte noch ein drittes Mal ansetzen und mich nicht in eine Scharade verheddern, denn es konnte nicht sein, dass sie das ernst meinte.
Aber mir fiel ihr nervöses Händedrücken wieder auf.
Ihr Ring an den nervösen Händen.

„Was ist passiert Ava?"

Ihr Gesicht wurde bleich und ihre Körper sackte leicht ineinander, so als würde sie zum ersten Mal ihre Maske vor mir absetzen und sich in der Wahrheit verlieren. Zumindest in ihren Gedanken. Sie begleitete mich also zu einem Kaffee und wir sprachen.

„Ich habe sobald wir hier angekommen sind gemerkt wie sehr es Bernard belastet, dass ich so unsicher in der Beziehung war. Er war immer so verdammt zuvorkommend und höflich, doch wenn er mal nicht gemerkt hat, dass ich ihn sehe oder dass ich da bin, da war die Traurigkeit in seinem Gesicht so groß geschrieben.
Keiner hätte es übersehen können. Wir haben ca. 2 Monate zusammengelebt.
Ich habe mein Bestes gegeben, mich auf eine gemeinsame Zukunft einzustellen und er hat sein Bestes gegeben, so zu tun als würde es wirklich passieren irgendwann.
Aber an einem Abend hatten wir einen Streit. Es war kein wilder Streit, eine Alltäglichkeit. Er fing an zu weinen. Es war glasklar, dass er nicht weint wegen dieser Belanglosigkeit. Er weinte wie verrückt.
Ich weiß ihr Männer redet nicht oft darüber, aber er ließ jeder Emotion freien Lauf, die er sonst so gut vor mir versucht hat zu verstecken.
In diesen Minuten, in denen er sich so öffnete und man quasi die Unsicherheit in den Tränen erkennen konnte, da war klar, dass es vorbei ist.
Es war klar, dass es vorbei sein musste. Wir haben uns umarmt, in all diesen Tränen, laufenden Nasen und zitternden Hüpfern wegen der Nervosität.
Es war nicht nötig es auszusprechen. Es war ein Moment purer Liebe in einer Beziehung, die keine künftige Romantik versprach. Es war die Liebe,
die man empfindet, wenn man weiß, dass Jemand ein guter Mensch ist.

Wenn man Jemanden respektiert, weil er so gut zu dir war.

Es war auch die Liebe, die sich aus der Angst ergab. Die Angst, man würde gerade etwas aufgeben ohne zu wissen was danach passiert.

Am nächsten Tag bin ich aufgewacht und er war bereits weg.

Seine Sachen haben Freunde für ihn abgeholt."

„Wow, es tut mir echt Leid. Ich mag Bernard. Ich wäre wahrscheinlich auch nicht mehr aufgetaucht. Ich meine, er hat dich wirklich geliebt."

„Ich habe es einfach nicht hinbekommen. Ich hätte nicht mit ihm zusammen ziehen sollen, nach diesem Abend im Pub. Ich hätte Ihm gerne gesagt, wie viel er mir bedeutet hat, auch wenn es nicht die Beziehung war, die ein Leben lang halten sollte.

Aber nachdem er gegangen ist und seine Freunde kamen, musste ich respektieren, was er für sich entschied."

Ja, sie erklärte weiterhin und ich hatte den Abend im Pub nochmal glasklar vor Augen. Ich hatte schon damals gedacht, sie wüsste was zu tun ist und was sie fühlt.

Was sie offensichtlich auch tat, es aber verdrängte.

Nun bestätigte sich auch nochmal was Ella mir erzählte. Als ich sie nun in dem Moment ansah, in dem ich sie eigentlich nochmal belehren wollte, wie an dem besagten Abend, musste ich respektieren dass es sie auch hart getroffen hat also wollte ich sie nicht weiter quälen.

„Ich weiß, dass es gerade unpassend ist, aber ist dir bewusst, dass du das erste Mal eine normale Unterhaltung mit mir führst?

Ich hatte bisher nur roboterartige Kennenlernmomente, gruppenintegrierende Unterhaltungen oder eine Art ausweichenden Prolog von dir erlebt."

Sie lachte tatsächlich kurz auf, bevor sie wieder todernst wurde und sich eine Träne unter der Augengrube schnell wegstrich. Es war nun eigentlich an der Reihe über den Ring-Mann zu sprechen, irgendwie auch über Cecile, was total verrückt war, denn sie gehörte sicher nicht zu meinem Plan oder zu mir.

Ich wollte aber noch nicht diesen Moment der Wahrheit zerstören, in dem noch nicht klar ausgesprochen wurde, was ich bereits wusste.

„Er heißt Davud", da war nun also der selbstzerstörerische zweite Teil des Gesprächs.

„Ich habe ihn relativ kurz nach der Trennung kennengelernt und es hat direkt gut gepasst. Wir leben jetzt seit ca. 3 Monaten zusammen und verlobt haben wir uns direkt nachdem wir ein paar Wochen zusammen waren."

„Bist du schwanger?"

„Ich versuche diese Frage mal so zu beantworten als wäre es eine angebrachte Frage. Nein, ich bin nicht schwanger.

Ich denke nur, dass es in Ordnung ist verheiratet zu sein, wenn man sowieso schon zusammen lebt. Ich habe diesen Schockmoment, den ich bei Bernard hatte, überwunden und mich auf den Gedanken Ehe eingelassen."

Ich war, weiß Gott, nicht romantisch, aber Voltaire hätte seinen Stift bei dieser Erklärung hingeschmissen und sich der Liebe abgewendet.

„Bist du glücklich?",

„und du?".

Ich hoffte inständig sie meinte nicht mit Cecile, denn es kann nicht sein, dass sie es nicht verstanden hatte.

Wobei es schon seltsam für sie sein musste, dass ich hier jemanden kenne, wenn ich doch eigentlich gekommen war um Ava von mir zu überzeugen.

Aus diesem Sichtwinkel habe ich es nicht betrachtet bisher.

„Ich bin glücklich. Ich bin 24 Jahre alt und in einem Jahr ist viel passiert.

Ich denke mal, dass es einen Grund gibt, warum ich Davud getroffen habe und warum ich hier bleibe. Es muss einen Grund geben.

Ich habe schließlich mein Leben auf den Kopf gestellt um eine vernünftige Entscheidung zu treffen und kurz nach dieser schlimmen Trennung habe ich ihn getroffen."

Da war sie wieder, die Vernunft, von der wir schon eine reichliche Portion hatten in unserer ersten Kennenlernphase, die bei weitem nicht so intensiv war wie das heutige offene Gespräch.

Schließlich war ich in eine Illusion verliebt, die sich einfach jedem Kontakt entzogen hatte. „Hast du noch Kontakt zu Ella?", sie schaute mich ein wenig traurig an, aber reagierte recht schnell.

„Wir haben uns ein bisschen aus den Augen verloren, ich meine die letzte Zeit war sehr stressig und alles war so Neu."

Es war die klassische Ausrede, wenn man für sich Etwas beendet hat aber noch nicht dazu bereit war es offen auszusprechen. Was für eine Ironie, wenn man bedenkt, wie die Situation vor dem Umzug war und in Anbetracht der Tatsache, dass die beiden einander nicht im Weg stehen wollten wegen der großen Freundschaft.

Zumindest zu diesem Zeitpunkt dachte ich, es sei ironisch.

Je älter man wird desto öfter erkennt man die Ironie im Leben und lernt damit umzugehen. Ich weiß nicht warum, aber ich kaufte es ihr ab.

Sie schien glücklich zu sein. Sie wollte dem ganzen Umzug und dem Wechsel einen Sinn geben und schien bereit zu sein dafür zu heiraten.

Ich wollte nicht derjenige sein, der in dem Ganzen wieder ein Chaos auslöst. Nicht derjenige sein, der sie verunsichert. Vor allem nicht derjenige, der ihr nur ein verliebtes Gefühl bieten konnte, während dieser Typ ihr die Ehe angeboten hat.

Erneut musterte ich sie einen Moment lang intensiv.

In all ihren Strukturen und vernünftigen Handlungen war sie doch eigentlich gefangen in einem Labyrinth.

So sehr wollte sie immer das Richtige tun oder einen Sinn in Allem erkennen, was ihr wiederfährt. So sehr wollte sie vermeiden, mich zu fragen, was ich hier tue.

„Weißt du Ava, ich denke, du wirst eine tolle Ehefrau sein."

Ein kurzes Stirnrunzeln, gefolgt von einem ganz leisen grinsen,

„ich denke, du kennst mich einfach nicht gut genug um das zu beurteilen. Aber es ist nett, danke."

Sie fing an die Hände, die sie die ganze Zeit hin und her knetete ruhig zu stellen und schaute mich einen Moment an.

Ihr Blick war ganz neutral, ich wusste nicht was es heißen würde.

„Ich denke, du wirst auch mal ein guter Ehemann. So macht man das mit den Floskeln, man gibt sie zurück, oder?"

Ich wusste zu dem Zeitpunkt nicht einmal, ob ich mal einer werden will, aber es von ihr zu hören, auch als Floskel, tat mir gut.

Auch wenn es irgendwie wie die Verabschiedung zu einer Gefühlswelt, die wir nicht offenbart hatten, klang. So, als wüssten wir beide, dass Etwas zwischen uns ist, aber es nicht gegen das ankam, was sonst so war.

Es war erneut so als wäre ich in einem Interview mit ihr.

Nur dass sie mich nicht passiv aggressiv mit Fragen löchert wie damals im Pub, sondern mich bereits kennengelernt hat, mein Profil nett findet, sich aber dennoch gegen mich entscheidet aufgrund besserer Bewerber oder weil gerade keine Stelle verfügbar war. Mein Part war das Zurückziehen der Bewerbung.

Ich beschloss an dieser Stelle also mich zurückzuziehen und sagte, das einzige was für mich in dem Moment vernünftig war.

„Es war schön dich mal wieder zu treffen. Wir sollten definitiv Freunde bleiben."

Ich revidiere, dass es vernünftig war.

Aber ich hatte die Wahl zwischen überhaupt keinem Kontakt, was wahrscheinlich das Vernünftige gewesen wäre, oder eben der Freundschaft. Es ist ja meist sowieso nur so daher gesagt, vor allem wenn man so weit weg von einander lebt.

Es sollte vielmehr mir das Gefühl geben, ich müsste nicht komplett abschließen mit ihr.

Auch wenn ich nicht dachte, dass nach Bernard und Davud noch Platz ist für einen Theo. In dem Moment als ich ausgesprochen habe, was ich sagte, sprang sie vom Tisch und umarmte mich.

Ich drückte sie auch an mich und das ohne zu verstehen warum.

Die Umarmung war perfekt.

Bevor wir beide unseren Weg gegangen sind, sagte sie

„Viel Glück mit Cecile".

Ich hatte den Namen nie erwähnt und auch so, kannte ich diese Person nicht.

Obwohl sie mich schon zwei Mal gerettet hatte.

„Ich kenne", bevor ich sagen konnte, dass ich Cecile nicht kenne, sagte Ava „noch nicht" und verabschiedete sich erneut mit einem Grinsen.

Diese Freundschaftssache schien ihr ziemlich gut zu gefallen, denn alsbald ich es aussprach, wurde sie herzlich und wollte mir quasi sagen, dass ich mich bei Cecile beliebt machen sollte.

Vielleicht war es ja erneut ein Moment, in dem man ohne es auszusprechen, irgendwie doch wusste, dass es hier nichts mehr zu klären gab und vor allem, dass man seinen vorbereiteten Zettel nicht nur nicht zücken sollte um etwas aufzusagen, sondern ihn vermutlich am besten verbrennen sollte.

Cecile

Ich wollte mich bei Cecile bedanken, bevor ich abreiste.

Ich ging also zurück zu dem Hörsaal, in welchem sie mich vorhin verabschiedet hat und sie sah mich direkt wieder und schaute irgendwie auch direkt durch mich durch.

„Tut mir leid für dich, ich habe echt gehofft du würdest sie kriegen."

Ich verstand nichts mehr.

„Woher wusstest du überhaupt, was ich hier vor habe und warum kennt Ava deinen Namen?"

„Entspann dich, du bist hier nicht in irgendeiner verzwickten Telenovela in der Ava und ich eigentlich Schwestern sind und ich es gespürt habe.
In dem Kurs kennt sich einfach jeder beim Namen. Ich wusste du wartest auf eine Frau.
Ich wusste natürlich nicht auf welche. Bei deinem wirklich weniger hübschen Gesichtsausdruck als du die beiden Hand in Hand gesehen hast, war ja schnell klar, dass es um sie ging."

„Wieso wusstest du, dass ich wegen einer Frau hier bin?"

„Du hast gesagt du willst schauen, ob Literaturgeschichte etwas für dich ist, weil dein Hauptfach dir nicht gefällt.
An dieser Uni wechselt man nicht einfach mal so von einem in das andere Fachgebiet, das ist ein riesiger Prozess, den du definitiv kennen würdest, wenn du hier eingeschrieben wärst. Außerdem warst du nervös, deine Locke hat schon ihren Schwung verloren vom Schweiß auf der Stirn."

Ich dachte, das gibt es doch nicht, wie kann es sein dass sie ohne Gedanken zu lesen alles ins Schwarze trifft und auch einfach so offen kommuniziert wie keiner mehr mit mir seit mindestens einem Jahr.

„Hast du es ihr gesagt?"

„Dass wir zwei gar nicht zusammen sind?"

„Nein ich meine, das Andere, das nicht so Offensichtliche."

„Das Andere nicht auszusprechen war das einzig offensichtlich Richtige."

Sie schien enttäuscht, so als wollte sie die heldenhafte Person sein, die es durch ihren Einsatz geschafft hat zwei Menschen bei ihrer Vereinigung zu helfen.

Ich denke, die studiert das einzig Wahre für sich, denn sie mag es ganz klar sich in Geschichten einzufinden und literarische Hürden zu überwinden.

Ich hätte fast schon wieder in Metaphern angefangen zu sprechen.

„Ich wollte mich für deinen Einsatz bedanken, ohne dich hätte ich erst gar nicht mit ihr gesprochen".

Sie lächelte mich an und schien nun doch schon etwas zufriedener zu sein als zuvor.

„Ich werde morgen zurück fliegen, es war echt nett dich kennenzulernen und ich bin froh, dass du meine gespielte Freundin warst".

„Hat mich auch gefreut, melde dich falls du in Zukunft mal nochmal eine dramatische Szene mit mir spielen willst".

Ich musste mir das lachen tatsächlich verkneifen und das doch in einem Moment, in dem ich eigentlich völlig neben mir stand.

Theo

05-2004

„Ava, was machst du hier?",

ich erinnere mich heute noch genau so wie damals, wie verdutzt ich war und wie ihre ursprüngliche nervöse Gewohnheit auf einen Schlag meine nervöse Gewohnheit wurde.

Ich war viel mehr als nur erstaunt, ich war völlig durch den Wind.

„Kann ich rein kommen?"

Ich stand mit der Schulter im Türrahmen angelehnt, drückte also meine Hände hin und her und innerlich kamen Gefühle hoch, die ich nicht mehr so erlebt habe seit ich damals gekniffen habe und auf eine Freundschaft plädiert habe.

Einige Sekunden dauerte es, bis ich realisierte, dass sie auf eine Antwort wartet.

Dennoch nahm ich mir ein paar Sekunden mehr Zeit, bevor ich sie mit einer leichten Handbewegung rein gebeten habe.

Eine Handbewegung, welche der Übelkeit, die sich so langsam in meiner Bauchgrube breit machte und die mich eigentlich mehr verwirrte als dass sie mir andere Sorgen machte, einen Schwung verpasste.

Ich hatte nicht das Gefühl, dass ich wüsste, wie ich das Gespräch anfangen sollte.

Es ist schon immer so gewesen mit Ava. Gefühle zu haben, bevor man einen Menschen richtig kennenlernt, macht es schwierig einen Menschen richtig kennenzulernen.

Ich wusste natürlich, dass nicht nur das es schwierig machte, sondern die Tatsache, dass sie eben immer in einer Beziehung gewesen war.

Nur in dem Taxi, damals bei dem ersten Treffen, da war es entspannt.

Es war ein Rückspiegelflirt wie er im Buche steht.

Es war ein Moment oder eben eine Fahrt, die ich nie vergessen würde. Unabhängig dessen, was danach kam. Meine Schwärmerei für diese Frau war irgendwie unerklärbar beständig.

Ob sie da war oder weg, ob wir Kontakt hatten oder nicht. Es war noch nicht einmal so, dass ich sage es war Liebeskummer, der anhielt.

So war es vielleicht zwischenzeitlich mal. Aber es war viel mehr ein konstantes, verpacktes Gefühl, das immer auftauchte, wenn es die Möglichkeit dazu hatte.

Ein Gefühl, von dem man wusste, es ist da aber mehr würde damit auch nicht passieren.

Zusätzlich wurde es begleitet von dem Geschmack von Reue und der Frage, was wäre wenn. Was wäre, wenn wir zusammen gekommen wären?

Was wäre passiert, hätte ich es mal ausgesprochen?

Was wäre passiert, wenn wir uns richtig kennengelernt hätten?

Und sobald die regelmäßigen Fragenstunden im eigenen Kopf rum sind, wird die Packung wieder für eine Weile geschlossen und das Ganze bildet dann einen Kreislauf.

Wenn die Person dann aber auf einmal vor einem steht, dann tritt das Gefühl unerwartet hervor, was ziemlich irritierend ist.

Das Seltsamste an dem Ganzen ist jedoch, dass es in Ordnung ist. Es ist in Ordnung seinen Alltag zu leben und zu wissen, dass es da ist.

Es beeinträchtigt einen nicht mehr nach einer Weile. Es ist fast so, wie ein Lieblingsgericht zu haben, wenn es aus ist dann ist es in Ordnung, aber sobald es wieder da ist, brennt man dafür es zu essen.

Die einzige relevante Frage ist nur (und da liegt vielleicht der Unterschied zum Essen), warum es da ist, dieses Gefühl.

Viele würden meinen es ist Seelenverwandtschaft, die wahre Liebe. Ich dachte zu diesem Zeitpunkt allerdings eher, dass es die Versuchung war.

Das Unbekannte was auch Unbekannt geblieben ist. Vielleicht ist es das Gefühl, welches nur solange besteht bis man es mal ausprobiert hat um zu sehen was dahinter steht um sich dann davon zu entfernen.

Ich war so vertieft in meinen Gedanken, dass ich Ava letztendlich fast vergessen hätte.

Also sah ich sie an, wie sie da stand, in meiner Wohnung.

Ihre Augen leuchteten, obwohl sie ihren neutralen Blick getragen hatte.

„Eine schöne Wohnung, ich wusste gar nicht, dass du so viel Wert auf Dekoration legst."

„Weißt du", ich habe angesetzt zu sprechen, doch sie unterbrach mich, wie so oft zuvor. Ich wusste nicht mehr, was ich denken sollte.

In der Unterbrechung meines Satzes erkannten wir, dass wir nun gemeinsam nervös im Wohnzimmer standen. Beziehungsweise in einem Alles-In-Einem-Zimmer oder auch dem Hauptzimmer einer Zweizimmerwohnung genannt.

Denn sonst gab es nur noch ein kleines Schlafzimmer hier.

„Ich soll am Wochenende heiraten."

„Das wusstest du doch schon etwas länger. Du hast es mir erzählt. Schon vergessen?"

„Nein, ich habe es nicht vergessen.

Ich habe nur den Fehler gemacht, dich damals Etwas nicht zu fragen."

„Ava, du lebst zusammen mit deinem Verlobten und davor hast du mit Bernard zusammen gelebt".

„Ich habe dennoch nicht gefragt, was du an meiner Universität und in meinem Kurs wolltest. Ich war umgezogen und rund ein Jahr später warst du da!"

In mir zogen sich meine Organe zusammen, alles wirkte auf einmal viel realer als sonst.

Sie war aufgewühlt, offen und hat konkrete Fragen gestellt. Es war kein Tanz der versteckten Gefühle den sie hier veranstalten wollte. Sie war Voltaire.

Ich schaute auf den Boden und an die Wand, dann schaute ich sie wieder an und meine Nervosität nahm ihren Lauf.

Keine Chance, das durch ein Händedrücken zu verstecken. Ich wollte so vieles sagen und fragen und ich war froh, dass sie da stand mit ihrer seltsam unbekannten Art.

„Theo, kannst du mir mal mein Arbeitsbuch reichen?". In dem Moment blieb mir der Atem stehen und mein Blick wechselte zwischen Ava und Cecile hin und her.

„Hi, Ava, richtig? Schön dich zu sehen. Wir kennen uns ja schon. Ich wollte nicht stören, ich muss nur weiterarbeiten und brauche das Arbeitsbuch."

Cecile öffnete also die Tür unseres kleinen Schlafzimmers und genau das war der Grund, warum ich immer nervöser wurde, nachdem ich bemerkt hatte, dass das Gespräch zur Abwechslung ziemlich ehrlich begonnen hatte.

Ava stand nun da, mit einem sehr höflichen Lächeln im Gesicht. Griff sich an den Kopf und schien als würde sie das Taschentuch, was sie in der Hand hielt, gleich verlieren. Sie lächelte auch mich höflich an. Es war dieser kurze Moment des Verziehens von Mundwinkeln. So wie man auch einen Bekannten grüßen würde auf der Straße im vorbei laufen. Hinzu kam nur, dass ihre Augen das erste Mal überhaupt ihr Leuchten ein wenig verloren haben. Sie machte einen Schritt auf mich zu und nahm mich mit beiden Händen leicht an den Schultern.

Mir wurde ganz warm, ich wollte sie drücken, umarmen oder sonst etwas tun, denn es war, es war eben Ava.

„Ich bin wirklich unhöflich, ich hätte dich auch mal fragen können, was in deinem Leben so los ist. Ich freue mich sehr für dich. Ich hatte ja damals gesagt, noch kennst du sie vielleicht nicht. Ich bin unangemeldet aufgetaucht, das tut mir leid."

Sie schien zu meinen, was sie sagt und sich so sehr zusammenzureißen, wie sie nur konnte um nicht das auszusprechen, was sie eigentlich schon angefangen hatte auszusprechen.

„Ich habe einfach kalte Füße bekommen. Mach dir nichts draus. Ich wollte nur mal ein bekanntes Gesicht von früher sehen und wir wollten ja schließlich Freunde bleiben."

In dem Moment hatte sie angefangen zu hyperventilieren und einfach irgendwas zu sagen um sich selbst in Schutz zu nehmen und zu vermeiden, dass ich nun doch auf ihre vorherige Frage antworte.

Wie sollte ich denn auch, Cecile arbeitete in unserem Schlafzimmer. Sie ist die Frau, mit der ich zusammengezogen bin. Sie ist die Frau, die immer einfach sagt, was sie denkt. Ich hielt mich also an das neue Drehbuch von Ava. Die Szenenänderung, wenn wir weiterhin in Theaterstückmetaphern sprechen würden.

„Ich kann das verstehen, jeder hat doch Angst vor diesem großen Schritt. Ich glaube mich gut daran erinnern zu können, wie sicher du mir gesagt hast, dass es so passt mit deinem Verlobten (bei dem ihre Erklärung für den Zuspruch zu einer Heirat Voltaire nochmal ins Grab gebracht hat). Du hast immer einen Plan Ava. Ich denke aber du hast Recht, wir wollten Freunde bleiben und daran sollten wir noch arbeiten."

Schon wieder sprach ich über diese verdammte Freundschaft, die weder sie noch ich wollten. Ich konnte es einfach nicht sein lassen.

„Wir könnten ja einfach mal E-Mails schreiben oder gelegentlich per Videochat sprechen."

Ich hoffte so sehr, dass sie den Mut hatte den ich nicht hatte und nein sagte.

Aber was geschah, ist, dass wir Email Adressen ausgetauscht haben. Zumindest eine gute Sache hatte es. Denn vor lautem Austausch zu Freundschaft haben wir einen Moment lang vergessen was vorab geschehen war und dass nun eigentlich ich an der Reihe war zu fragen, was sie wirklich hier machte.

Ich tat es nicht, ich verschnaufte einige Male ziemlich laut und mit tiefem Luftzug und wünschte ihr stattdessen eine wunderschöne Hochzeitsfeier und ermutigte sie, nicht zu viel darüber nachzudenken. Denn laut der neuen Szenenverfassung hatte sie ja kalte Füße bekommen. Was natürlich auch sein konnte.

Was allerdings sehr unwahrscheinlich war, da sie zu einer echten Freundin gegangen wäre um sich beruhigen zu lassen und sicher nicht zu mir.

Sie schaute mich also nochmals einen Moment an und bevor ich fragen konnte, ob sie eventuell hier bleiben will oder zumindest noch etwas trinken will verabschiedete sie sich schon. Es war ein ähnlicher Moment wie im Taxi als wir über ihren Rucksack gesprochen hatten.

Zumindest für mich war es ein ähnlicher Moment. Damals sagte ich ihr, dass ihr Rücken ihr wehtun würde bei dem ganzen Gepäck und sie wehrte sich stur, da sie wusste es sei wahr.

An diesem Tag allerdings war es die emotionale Last, die sie getragen hatte, meine falschen Worte und ihr Abgang.

So betrachtet, hatte es eigentlich nicht wirklich was mit der Rucksackgeschichte zu tun. Aber ich versuchte den Moment wohl wieder zu symbolisieren.

Ich packte, wie so viele andere Menschen auch, Erinnerungen mit Dingen zusammen, die nicht weiter entfernt voneinander hätten sein können. Dies geschah immer, wenn man sich an etwas binden wollte, an die regen Momente, die einem viel bedeutet haben. Vor allem wenn danach solch ein Chaos entstand.

In meinem Kopf machte es Sinn damals, fast hätte ich es Ava sogar gesagt, aber das hätte gar nicht zu unserem Umgangsstil gepasst.

Als sie gegangen war, schüttelte ich einen Moment lang diesen Besuch von mir ab und wollte eigentlich noch länger in Gedanken dazu versinken.

Aber das wäre nicht in Ordnung gewesen. Ein kleiner Teil in mir hatte sich nämlich gefreut über den Besuch.

Ich öffnete also die Schlafzimmertür und streckte meinen Kopf ein wenig herein um zu sehen was Cecile machte. Sie saß auf unserem Bett, hatte Kopfhörer an und schien sich irgendwas durchzulesen.

Ich setzte mich also ganz leicht an die Bettkante und strich ihr durchs Haar, während ich mit meiner anderen Hand nach ihrer Hand griff.

„Was hörst du da?"

„Der Song heißt, `vermeide es dem Gespräch drüben zuzuhören`, ist von mir".

Ich musste kurz auflachen.

Sie hat es schon immer geschafft mich in den seltsamsten Momenten zum Lachen zu bringen. Einmal kam ich von einer grauenhaften Klausur nach Hause und sie sagte einfach nur, dass Studenten dazu gemacht sind, außerhalb der Regelstudienzeit zu studieren. Mit ihr war es so einfach, es war so klar, sie war ein Traum.

Beim besten Willen hätte ich nicht erwartet Jemanden kennenzulernen, wenn ich doch eigentlich auf der Jagd nach Ava war.

„Wart ihr ehrlich zueinander?", schaute sie mich nun doch recht bekümmert an.

So als würde sie Angst davor haben, aber es mir gleichzeitig auch wünschen.

„Wir haben über das gesprochen, was ihr auf dem Herzen lag und vor allem über unsere Freundschaft". Cecile blickte nun vom Buch hoch, mit einem verwirrten Blick, den ich wahrscheinlich genauso gehabt habe als Ava vor mir stand.

„Ihr habt also nichts geklärt", sagte sie nun leicht wütend werdend.

„Was meinst du? Es ist nichts passiert und Ava hatte einfach nur kalte Füße bekommen."

„Ihr habt schon damals als ich dich das erste Mal getroffen habe nicht offen miteinander darüber geredet, wo ihr steht und vor allem wie ihr zu einander steht", ich unterbrach sie.

„Ich bin doch mit dir zusammen."

„Ja, genau. Du bist mit mir zusammen. Sie war weg, wir haben uns verliebt und nun stand sie vor dir. Offensichtlich nicht wegen kalten Füßen. Zumindest ich kann es aussprechen, wenn ihr zwei es schon vermeidet und du hast es nicht geschafft sie zu fragen, was sie will und ihr zu sagen, dass wir zusammen sind."

Ich hörte ihr zu und sah sie an. Sie wurde immer wütender.

Mit jedem ausgesprochenen Satz fing sie an schneller zu atmen.

Sie wurde schon fast zittrig. Ich wusste nur nicht was ich sagen sollte, denn so hatte ich darüber zwar nicht nachgedachte, aber sie hatte womöglich recht.

Hatte sie Recht? Ich musste mich wehren.

„Ich verstehe nicht warum du sauer wirst. Wenn es was zu klären gäbe oder wenn es jemals was gegeben hätte was Ava und ich klären sollten, dann wäre es so gekommen. Mit dir bin ich zusammengezogen."

Sie musterte mich einen Augenblick, aber schien sich doch zu beruhigen. Sie schüttelte ihren Kopf. Sie war eigentlich überhaupt kein eifersüchtiger Typ Mensch und es schien sie zu ärgern, dass sie es in dem Moment war.

Vielleicht war sie fast schon eher deswegen wütend als wegen Ava selbst.

„Ich weiß, es mag komisch wirken, aber ich glaube fest daran, dass alles so wie es ist auch richtig ist. Ich bin froh dich an meiner Seite zu haben. Ich bin für dich hierhergezogen," beruhigte ich sie und irgendwie auch mich selbst.

Woher wusste Ava, dass ich hier lebe und was dachte sie, warum ich hierhergezogen war. Ich hoffe sie dachte nicht, ich sei wegen ihr hergezogen.

Dann hätte sich das Image vom seltsamen Taxifahrer letztendlich doch noch bestätigt.

Ich schweife ab und vor allem fing ich wieder an mir irrelevante Fragen zu stellen, also wiederholte ich es.

„Ich bin froh mit dir zusammen zu sein."

„Das hast du bereits gesagt, es ist in Ordnung. Ich habe mich wieder gefangen. Ich wollte nur sicher gehen, dass es so für uns passt. Ich will keine Dramen."

Ich nickte und küsste sie, während mir immer deutlicher wurde, dass ich es für mich wiederholte und nicht für sie.

Ohne dass ich es damals wusste, sollte das eigentliche Drama also noch kommen.

„Hat sie dich gefragt, wie es kam dass wir zusammen sind?"

Ich beendete das Gespräch mit einem kurzen „nein",

denn ich hatte Angst davor, sie würde sich nochmal reinsteigern oder aber ich würde

anfangen mich erneut rein zu steigern.

Die Hochzeit

02-2005

Ich richtete meine Manschettenknöpfe und schaute mich im Spiegel an, während mein

Bruder hinter mir stand und alles zurecht zupfte.

Das war eigentlich gar nicht seine Art. Wenn überhaupt richtete er mal seine Krawatte,

alles andere war von der Natur so gegeben wie es sein sollte.

Das waren immer seine Worte. Er schien tatsächlich aufgeregt zu sein.

„Bist du aufgeregt?", sagte ich fast im gleichen Moment als ich es dachte.

„Ich hab auch nicht erwartet, dass ich es sein werde, ist ja schließlich nur eine Hochzeit,

aber ich wünsche mir schon, dass es außerordentlich gut wird."

Mein Bruder hätte nie gesagt, etwas soll perfekt sein, immer nur außerordentlich gut

wenn er denn aber perfekt meinte. Schon als kleine Kinder in der Schule, hieß es immer,

er möchte ein außerordentlich gutes Referat halten oder ein außerordentlich gutes

Fußballspiel hinlegen. Sogar die Geschenke für ihn oder von ihm sollten

außerordentlich gut sein.

Ich zupfte also an meinem Anzug herum. Ein dunkelblauer Anzug, ziemlich elegant,

sogar meine Initialen konnte man an der Innentasche anbringen lassen.

Ich fühlte mich wie der reiche Duke von Luxembourg. Ich war bei diesem Gedanken

dabei in eines meiner Szenarien zu verfallen in denen ich reitend durch die Gegend

stolzierte, aber fing mich dann wieder schnell.

Also der Anzug war dunkelblau, in der Brusttasche befand sich ein grün-blau

gemustertes Tuch. Bestimmt gab es einen dukehaften Namen dafür, aber soweit war ich

noch nicht in meinem Sprachgebrauch der feinen Gesellschaft.

Die Anzughose ragte gerade so bis zu meinem Schuh, dass man noch ein Stück von der Socke sehen konnte. Das war aber in Ordnung so. Ich fand es irgendwie modisch gelungen. Zumindest solange ich keine Tennissocken tragen würde oder gar schwarze Socken in einem braunen Schuh.

Himmel, ich wusste nicht, was ich für ein Mode Gott war bis zu diesem Tag an.

Mein Bruder strich mir über die Schultern und klatschte mir von beiden Seiten leicht ins Gesicht. Fast so als wäre ich Rocky, der gleich in den Kampf gehen würde.

Nein, keine Filmanekdote jetzt, es war schließlich ein wirklich wichtiger Tag.

Noch einmal die Schuhe der Herrschaften polieren bevor wir raus gehen würden zum Altar. Mein Bruder zupfte noch in seinen Haaren herum und ich wusste, wir würden uns gleich verspäten wenn er sich nicht beeilen würde. Dann würde die Braut vor uns am Altar stehen. Was wiederum irgendwie ganz lustig wäre, sie würde es verstehen, sie kennt uns schließlich gut.

„Bist du wirklich bereit Theo? Gut vorbereitet und an alles gedacht?"

Mir stand so langsam der Schweiß auch auf der Stirn.

Er machte mich nervös obwohl ich mir ganz sicher war in meiner Handlung.

Wir eilten also vor die Gäste, stießen beim Laufen noch ein paar Mal aneinander mit unseren polierten Schuhen und waren froh als alle anderen uns anlächelten, vor allem die lieben Eltern.

Wir standen keine Minute dort und schon fing die Violine an ein leichtes Hochzeitslied zu spielen. Es war ein atemberaubend schöner Moment.

Alle standen auf, das Herz rutschte mir in die Hose. Nun war ich doch ziemlich aufgeregt. Die Blicke richteten sich nach Hinten zur offenen Wiese, denn alle waren gespannt auf die Braut. Sie kam und sie war wunderschön.

Ihr Kleid war elegant, klassisch. Man kann es gar nicht in Worte fassen.

Diesmal nicht, weil ich unromantisch bin, sondern weil es einem die Sprache verschlagen hat. Das Kleid war eine Art Champagnerton, der im Sonnenlicht schimmerte. Es saß wie angegossen und die Bewegungen von Ihr waren leicht und sicher. Ihr Gesicht konnte man kaum erkennen vom Schleier, der beinahe bis zum Boden reichte.

Es war ein unvergesslicher Moment, so wie man sich einen Gang zum Altar nur im Film vorstellt. Rührend und bewegend, vom Aussehen entzückt und von der Emotionalität im Raum geradezu beflügelt (hallo Voltaire, ich wette dieses Wort hast du auch genutzt). Sie kam immer Näher und Näher und ihr Vater verabschiedete sich kurz vor den gestellten Stufen zum Altar mit einem Kuss auf die Stirn, während er den Schleier hochgezogen hat.

Man sah wie eine Träne ihre Wange runter lief, sie aber versuchte nicht zu weinen, damit ihr Makeup nicht verschmierte. Es sollte eine freie Trauung sein. Keine Fremden, keine üblichen Gegebenheiten, sondern eine Vermählung, die nur Familie und Freunde spüren konnten. Ich versuchte nicht zu schwitzen, damit ich mein Samttuch nicht aus meiner Tasche ziehen und nutzen musste, denn ich denke sowas ist eigentlich nicht angebracht. Vor allem nicht, wenn man vor so vielen Menschen steht, von denen die meisten wahrscheinlich eher Gebrauch von diesen teuren Tüchern machen und irritiert wären.

Es ging also los.

„Ganz im Sinne dieser freien Trauung möchte ich vorschlagen einen Blick zurück und nach vorne zu werfen. Zurück auf die Zeit vor dieser wunderbaren Begegnung und Beziehung und vor, auf eine Zeit, die kommt, sobald alles amtlich ist und viele Kinder euer Leben zerstören werden, denn ich weiß ihr werdet eine Herde haben."

Alle lachten, wenn auch viele bereits mit den Taschentüchern in der Hand da saßen und bereit waren diese auch zu gebrauchen.

„Ich weiß noch als du Sie das erste Mal mit nach Hause gebracht hast und Papa mich danach angerufen hat und meinte, die Kleine hat es faustdick hinter den Ohren, genau das braucht er und du übrigens auch.

Ich möchte nicht zu sehr in die Anekdote eintauchen. Aber eins möchte ich dazu sagen: Liebe ist Mut und Zuversicht, Hoffnung und Schutz, Leid und Vergebung.

Sie ist eben all das, was uns umkreist und ihr beiden wart mutig.

Ihr wart zuversichtlich und hattet Hoffnung darin einander den nötigen Schutz zu geben um so wenig Leid wie möglich zu erfahren und stattdessen mit Vergebungen um euch zu werfen.

Man könnte jetzt denken, was mussten die beiden einander vergeben und warum?

Ich meine die alltäglichen Dinge, die man einander vergeben muss.

Dass man Kompromisse eingeht, offen ist, ehrlich ist, quasi allzeit bereit dazu sein muss seine Gefühle zu offenbaren.

Oft auf den anderen eingehen muss bevor man auf sich selbst eingeht.

Einander vergeben, dass man nicht immer der gleichen Meinung ist und dennoch bereit dazu zu sein an beiden Meinungen zu arbeiten.

Es gibt kein Vor oder Zurück mehr ohne den Anderen und ihr seid definitiv das Musterbeispiel dieses Phänomens. Ihr seid eine Entität, aber dennoch zwei eigene starke Charaktere.

Eure Beziehung krönt noch ein Update. Sie ist eigentlich zu toll für dich und du bist dennoch der, der sie als einziger glücklich machen wird. Ich möchte nicht viel mehr dazu sagen als dass ich mir wünsche eines Tages genau diese notwendige Ergänzung zu einer Person zu sein, die hoffentlich den Mut haben wird sich mit mir auf das Leben einzulassen.

Bevor ich nun verkünde, dass wir offiziell auf euch trinken können, möchte ich euch noch die entscheidende Frage stellen.

Ich werde nicht nach Einsprüchen fragen, denn Jeder, der einen Einspruch gegen diesen Bund hätte, muss verrückt sein. Nicht weil ich denke, ihr seid Seelenverwandt, sondern weil es euch egal ist, ob es seid und ihr ohne auch nur einen Moment zu zweifeln immer wieder genau diesen Weg zusammen gehen würdet.

Also beginne ich."

Ein kurzes räuspern und viele berührte Blicke prägten den Moment.

„Willst du, die hier anwesende Zayna Quy zu deiner rechtmäßig angesehenen Frau nehmen, sie lieben, ehren und ihr immer der beste Freund sein, bis das der Tod euch scheidet, dann antworte jetzt mit Ja?"

„Ja, ich will."

„Und möchtest du Zayna, den hier anwesenden Simon Leopold zu deinem rechtmäßig angesehenen Ehemann nehmen, ihn lieben und ehren und mich verdammt nochmal meiner brüderlichen Pflichten befreien bis das der Tod euch scheidet?"

Zayna lachte aber schaute Simon dennoch verliebt in die Augen und sagte in einem ganz ruhigen Ton „Ja".

„Dann erkläre ich, Theo Leopold euch hiermit zu Mann und Frau".

Sie küssten sich und bis in die letzte Reihe voll mit Gästen konnte man das Glück spüren, welches die beiden in diesem Moment empfunden haben.

Ich hatte beinahe schon Gänsehaut bekommen, denn solch eine Verbindung würde auch den letzten lieblosen Menschen berühren.

Es war auch nach der Trauung weiterhin eine Traumhochzeit. Im lauten Applaus der Gäste verlor sich das Paar zunächst in Küssen und Glückwünschen, bis sie es zum Restaurant geschafft haben und das Eintreten somit eröffneten.

Ich schaute ihnen noch einen Moment nach, wie sie Richtung Restaurant liefen und richtete meinen dunkelblauen Anzug nochmals, denn ich sollte schließlich auch nach der Trauung außerordentlich gut aussehen bei der Hochzeit meines Bruders.

Dann ging ich den Altar hinunter, mit dem Gedanken, dass ich wahrscheinlich nie wieder so etwas zusammenkriegen würde wie gerade eben.

Ich finde ich war verdammt romantisch, es kam aus tiefsten Herzen denn die beiden waren, wenn man es so nennen konnte wie für einander geschaffen.

Zufrieden ging ich in Richtung Restaurant und hatte seit langem das erste Mal einen Moment der absoluten seelischen Ruhe, ohne einen Gedanken daran zu verlieren, was außerhalb dieser Hochzeitsblase alles passiert.

Schnell musste ich die Blase jedoch gedanklich verlassen als ich selbst in die Menge der Personen kam, die Simon beglückwünschten, denn ich bekam viele bemitleidenswerte Blicke ab.

Wenn mich nicht bereits alle Hochzeitsgäste einzeln gefragt hätten wie es mir geht, hätte ich ernsthaft in Erwägung gezogen, das Mikrofon in die Hand zu nehmen und an meine Vermählungszeremonie anzuhängen, dass es mir gut geht.

Ich muss an dieser Stelle erwähnen, dass ich nicht länger mit Cecile zusammen gelebt habe.

Die Trennung fiel mir unheimlich schwer, denn im Grunde genommen, konnte sie gar nichts dafür.

Sie war überragend, offen, liebenswert und ein Gutmensch, der hinter all der Literatur so viele spannende Facetten aufgewiesen hat.

Ich habe mich zwischendurch immer wieder gefragt, wie ein einziger Mensch so viele verschiedene Dinge gleichzeitig machen konnte und einen solch weiten Horizont haben konnte und dann mit mir entschied zusammen zu leben.

Wir haben noch eine Weile zusammen gelebt, Pläne geschmiedet und eine wirklich gute Zeit gehabt. Ich war fest entschlossen. Ich wollte mit ihr zusammen sein.

Nach dem damaligen Abgang von Ava aus unserer Wohnung wollte ich immer und jederzeit zu Ihr stehen, so dass sie es auch bemerkte und nicht im Schlafzimmer Musik hören musste um mir die Wahl zu lassen. Die Wahl mich so zu benehmen und so zu handeln wie ich dachte es sei richtig, auch wenn es für sie nichts gutes heißen würde. Sie wollte keine Dramen.

Wie vorab erwähnt, kam das Drama aber. Es hatte nichts mit Ava zu tun.

Ich sah Ava nicht mehr seit sie vermeintlich kalte Füße bekommen hatte vor ihrer Hochzeit. Es war das Drama, vor dem ich Ava allerdings vorab schützen wollte.

Ich war keine sichere Wahl. Meine Entschlossenheit, die ich mir so wünschte, schmetterte ich in so vielen belanglosen Situationen nieder.

Nicht mal ich selbst hätte mir abgekauft, was ich behauptet habe. Ich habe sie gedemütigt, indem ich sie liebte, aber nur nach meinen Vorstellungen.

Ich bin für die Beziehung zwar umgezogen, was schon ein großer Schritt für mich war. Allerdings waren es immer nur diese vier Wände und zwei Zimmer, in denen ich ihr zeigen konnte, dass sie mir viel bedeutet.

Man muss sich das nicht vorstellen wie eine geheime Beziehung.

Ich habe mich nicht für sie geschämt, so wie es jetzt vielleicht rüber kommen könnte.

Ich konnte aber nach außen hin oft nicht der Partner sein, der man sein sollte, wenn es eine ernste Sache ist.

Wenn wir ausgingen, überlegte ich oft, spielte ständig mit meinen Gedanken ob sie es ist oder nicht. Ich habe die Dinge abgewogen, die ich gut fand und die schlechten Dinge dagegen gesetzt. Ich habe Gründe gesucht, warum es klappen könnte und Gegengründe, warum es nicht klappen sollte.

Ich überlegte, was ich vielleicht verpassen würde.

Ob es einen Menschen gibt der besser zu mir passt. Ob es das jetzt ist, war die ewige Frage, die ich mir stellte. Konnte ich mir vorstellen, nach dem gemeinsamen Zusammenleben die nächsten Schritte zu gehen.

Ich wog ständig alles ab. In meinem Kopf fuhren die Gedanken zu meiner Beziehung Karussell. An einem Tag war ich überglücklich, hätte direkt an dem Tag geheiratet. Am nächsten Tag zweifelte ich daran, ob wir einander ein ganzes Leben lang so viel bedeuten würden wie zu diesem Zeitpunkt. Ich musste für mich erkennen, dass sie meine ernste Beziehung war, aber nun mal meine erste ernste Beziehung.

Ich musste feststellen, dass die ewigen Gedanken kein Ende nehmen würden. Es war belastend. Es zerriss mich innerlich, denn ich hatte ein schlechtes Gewissen gegenüber ihr. Denn keiner verdient es, nach einer Liste begutachtet zu werden.

Es konnte doch nicht das Richtige sein, wenn ich überlegte, was alles schief gehen könnte. Ich konnte den Mut, den man aufbringen muss für eine Beziehung dieser Art mit ihr nicht aufbringen.

Das war der Punkt, an dem ich gereift bin. Ich habe das erste Mal im Leben begriffen, was einem ständig gepredigt wird. Es gehört so viel mehr dazu, sich eine Zukunft aufzubauen. Ich wollte nicht sagen, es würde so viel mehr dazu gehören als Liebe.

Denn es ging dabei nicht um die Aspekte der Vernunft oder des Funktionierens.

Es ging einfach nur um das Gefühl, die Person ohne wenn und aber auch in hohem Alter neben sich sehen zu wollen, egal wie toll oder scheiße sie sei. Viele Gedanken kreisten mir durch den Kopf an der Hochzeit.

Nicht nur wegen der Leute, die mich behandelten, wie ich sie andersrum wahrscheinlich auch behandelt hätte nach einer Trennung. Auch wegen der Worte meines Vaters, dass ich auch eine Kleine bräuchte, die es faustdick hinter den Ohren hat.

Auch weil ich mich letzten Endes doch immer wieder fragte, ob Ava geheiratet hat.

10-2005

Ich habe schon eine Weile nicht mehr geschrieben.

Ich hoffe meine berühmten toten Freunde nehmen es mir nicht übel.

Ich denke, die vergangenen Dinge, die mich so beschäftigt haben, mussten erst einmal ruhen und alles andere verlief irgendwie einfach parallel dazu ohne ein wirkliches Ziel in Sicht.

Die Klarheit wieder zu entdecken nachdem man sie einmal verloren hatte (und ich hatte Sie bei der ersten Taxifahrt mit Ava verloren), braucht ihre Zeit.

Ich hatte ein kleines Einzelapartment bezogen und habe mich dazu entschlossen mein Studium fertig zu machen. Ich musste das, weswegen ich aus Frankreich weggegangen bin, endlich abschließen, um einen Schluss unter das Gefühlschaos setzen zu können.

Ich fokussierte mich auf die Universität, ein paar neu gewonnene Freunde und meinen Bruder, der in absoluter Familienplanungsstimmung war.

Ausreichend viele Dinge um nicht daran zu denken, dass ich nochmal umgezogen war für eine Frau, die ich irgendwie nur getroffen habe wegen einer anderen Frau.

Ich fühlte mich eigentlich zu jung und zu beliebt um ständig nur über diesen Kreislauf der Dinge nachzudenken.

Ich dachte immer wieder mal ans Heiraten, dabei war ich doch gerade mal am Studieren. Ich habe also nach der Einsicht einige Projekte abschließen können, ich habe auch gearbeitet. Nicht mehr als Taxifahrer, sondern als Mediendesigner.

Ich habe es geschafft die Universität parallel zum Arbeiten erfolgreich laufen zu lassen, nachdem ich mich dazu entschieden habe erfolgreich darin zu sein.

Ich habe es aber nicht geschafft, Ava keine E-Mail zu schicken und die platonische Freundschaft quasi aufleben zu lassen.

Ich schrieb ihr, wie es ihr ginge und was sie so treibe. Ich schrieb fast so, als würde ich wirklich einfach einer Freundin schreiben. Es waren vielleicht drei Tage, die vergangen sind, seit ich ihr geschrieben habe. Aber für Jemanden, der absolut fokussiert darauf war eine Antwort zu bekommen und nicht wie der Idiot in dieser Sache dazustehen, vergingen gefühlte drei Monate.

Ich habe morgens beim aufwachen meine E-Mails gecheckt, zwischen jedem Treffen, jedem Stück Arbeit, jedem Gang auf die Toilette.

Sagen wir es so, ich machte eigentlich nichts anderes mehr.

Ich hätte ihr nicht schreiben sollen. Ich hab damals schon gewusst, dass diese Freundschaft keine sein sollte. Ich habe mit ihr in meinem Wohnzimmer gestanden und gedacht, warum biete ich ihr diesen Blödsinn an. Immer wenn man eine Serie schaut und solche Szenen sieht denkt man sich, das ist doch einfach nur Quatsch.

Vergesst einander. Mach dein Ding. So toll ist die doch gar nicht, oder man denkt, ohne die bist du doch sowieso besser dran. Wie konnte mein Leben so sehr einem Film ähneln, wo ich doch eigentlich keine Liebeskomödien schaue.

Ich sage bewusst, Komödie, denn ich fühlte mich wie ein Clown.

In meinem Gedankenkino war ich schon fast als Stand-Up Comedian aufgetreten, mit der witzigen Story einer unerfüllten peinlichen Liebe, die zur platonischen einseitigen Freundschaft wurde, da erhielt ich die Antwort.

„Hi Theo, ich hoffe dir geht es gut. Ich war überrascht von dir zu lesen."

Mehr stand nicht drin.

Ich habe die E-Mail ungefähr zehn Mal gelesen. Ich hab sie mir aus jedem Winkel angesehen und nach mehr Inhalt gesucht.

Sie hat ja nicht mal meine Frage danach beantwortet, wie es ihr gehen würde. Ich habe eine Antwort bekommen, die ich so meinem Chef täglich schicke.

Man schreibt doch immer, dass man hofft einem geht es gut und dann kommt ein Auftrag, eine misslungene Organisation, ein missverständlicher Austausch zu einem Gerücht, eine virtuelle Ohrfeige, weil man von 100 guten Dingen eine nicht gut gemacht hat und in den seltenen Fällen auch ein Lob.

Mein Chef hätte mir vielleicht geschrieben,

„Hi Theo, ich hoffe dir geht es gut. Ich war überrascht den Auftrag so schnell erledigt gesehen zu haben."

Ich war irgendwie wütend darüber.

Sie hätte mir doch zumindest das Gefühl geben können, irgendein Interesse daran zu haben wie es mir gehen würde.

Sie hätte auch einfach noch ein paar höfliche Sätze dranhängen können, die gesagt hätten, eine E-Mail zu schicken sei für sie in Ordnung.

Ich habe schließlich nicht an ein Glas gehauen um ihr in einer Rede eine Nachricht zu übermitteln.

Nachdem ich fünf Minuten wütend in meinem Zimmer hin und her gelaufen bin und mir höfliche Arbeitsszenarien ausgedacht habe, auf die ihre Antwort auch gepasst hätte, habe ich meinen Favoriten gerade im Kopf zusammengestellt, bevor ich auf einmal auflachen musste.

Nur für das Protokoll, mein Favorit war,

„hi Theo, ich hoffe dir geht es gut. Ich war überrascht von deinen Kollegen zu hören, dass du nun völlig übergeschnappt bist."

Ich lachte auf, weil es Ava war.

Wieso habe ich denn erwartet, dass nun ein normales Gespräch zu Stande kommen würde. Als hätte sie jetzt einfach zum ersten Mal in der Zeit, in der ich sie kannte, eine einfache Antwort gegeben, geschweige denn eine Rückfrage gestellt.

Ich entschied, es mir eine Lehre sein zu lassen.

Ich habe meine E-Mails nicht mehr gecheckt und auch nicht geantwortet.

Was hätte ich denn auch schreiben sollen. Ich hätte durchaus irgendetwas erfinden können und damit dann nochmal eine kurze knappe Antwort provoziert, aber um welchen Preis.

Wenn sie Interesse gehabt hätte, dann wär das Gespräch anders verlaufen.

Wie auch immer schon zu vor, wann würde ich denn endlich begreifen, dass sie es nicht sein kann und zwischen uns nicht nur ein bisschen die Chemie nicht passt, sondern wir einfach wie schwarz und weiß aufeinander reagieren.

Also gut, vielleicht ist das Beispiel nicht unbedingt ideal gewählt, denn in der Reaktion würde ja schon eine dritte Farbe entstehen. Aber wer will schon grau sein.

Meine Gedanken nahmen einfach kein Ende, der Tag war verflogen und ich war sauer, versuchte dennoch klar zu denken und auch ein wenig zu arbeiten.

Letztendlich schossen mir aber immer gleiche Gedanken durch den Kopf. Ich musste mich nun endlich besinnen. Ich musste nun endlich und endgültig damit abschließen.

Ich hatte schon Beziehungen, ich habe Arbeit gefunden, Simon hat geheiratet, ich bin umgezogen, wie lange soll ich mich denn noch fragen, was wäre wenn.

Ist es denn überhaupt möglich so sehr an einen Menschen zu denken, den man nur einen Bruchteil seines Lebens kannte und in diesem Bruchteil auch nur noch mal ein Bruchteil der Person kennen lernen konnte?

Die Kleine hat es eindeutig faustdick hinter den Ohren, das würde mein Vater jetzt sagen, wahrscheinlich würde er aber revidieren, dass ich genauso eine brauche.

Vielleicht sollte ich anfangen mir eine sichere Beziehung zu suchen mit Jemandem, der mich wirklich mag und der mit mir neben diesen tollen kanadischen zukünftigen Präsidenten ziehen wird.

Aber ja, stimmt, so Jemanden hatte ich ja schon und habe sie per Liste nach Pro und Contra abgewogen. Ich hoffe so sehr, dass ihr nächster Freund kein solcher Idiot sein wird. Ich denke Jeder kennt es doch, man will einem Menschen nicht wehtun und man schätzt die Person, aber man tut es doch und dann fühlt man sich idiotisch.

Man wünscht der Person nicht mehr auf so Jemanden wie sich zu treffen, obwohl man ihr doch eigentlich nichts schlechtes wollte. Man leidet ja selbst sogar, weil man sich eigentlich wünscht, dass es klappen würde.

Ich denke jetzt verstehe ich was Ava und Bernard hatten.

Ob sie verheiratet war mittlerweile und dieser Davud nun ihr Partner ohne notwendige Abwägung per Liste ist?

Abends um 23 Uhr wollte ich mich hinlegen und einfach vor mich hindenken bis ich irgendwann mit rauchendem Kopf einschlafen würde.

Da klopfte es an meine Tür.

Automatisch wurde mir warm und kalt, denn es erinnerte mich daran wie Ava das letzte mal unerwartet vor der Tür stand.

Ich meine, ich erwartete ja niemanden und ihre E-Mail war wirklich nicht gerade „freundschaftlich" verfasst worden.

Ich zog mir schnell eine Hose über, denn ich schlafe für gewöhnlich einfach in Boxershorts und ohne Pyjama. Die Zeit nach einem Shirt zu suchen, hatte ich nicht mehr, aus Angst sie würde es sich anders überlegen und doch wieder weggehen.

Welch irre Vorstellung, die aber nach unserem bisherigen Muster der Kommunikation einfach am besten passen könnte. Ich schaute mich noch einmal kurz auf dem Weg zur Tür im Spiegel an und strich mir durch die Haare, dann öffnete ich. Ich muss wohl dämlich geschaut haben oder aber auch einfach komisch reagiert haben auf meinen Nachbar, der sich so oft wie es ging entschuldigt hat so spät zu klopfen, aber er unbedingt Werkzeug bräuchte, weil in der Küche etwas umgefallen ist.

In meinen Gedanken habe ich ehrlichgesagt nicht genau aufpassen können, was umgefallen ist oder warum er sich so hysterisch entschuldigt.

Er realisierte auch schnell, dass ich ihm nicht wirklich zuhöre. Ich verstand aber, dass es um Werkzeug ging und da ich nur eine kleine Kiste davon besaß und schon darauf stolz war, konnte ich ihm diese einfach schnell holen gehen.

Ich schloss die Tür also nach ihm wieder und sperrte diesmal auch ab.

Gefühlt war ich in einem Bridget Jones Film und musste mein trauriges Leben wieder hinbekommen. Aber das war wieder die Macht der Vorstellung, denn eigentlich ging es mir doch gut, bis ich ihr nicht geschrieben habe.

Ich dachte aber auch, dass sie gerade einfach an meine Tür klopfen würde, nach so langer Zeit ohne Kontakt.

Das wiederrum spricht dafür, dass es mir eventuell doch nicht so gut geht und ich eine Art Detoxtherapie brauche für diese Person.

Auf einmal sah ich, dass ich in der Zwischenzeit noch eine E-Mail erhalten hatte und dann noch eine. Beide von Ihr.

In mir machte sich ein Gefühl breit das sagte, lösch sie einfach und lies sie nicht.

Das tut dir nicht gut und das weißt du auch. Das hast du doch eben erst realisiert.

Ich hab den ganzen Tag über die verdammte Nachricht nachgedacht und ich kann so nicht noch mehr Tage verbringen.

Nicht mal der Nachbar hat es verdient im Notfall nur ein halbes Ohr von mir zu haben.

Ehe ich mich aber versah, öffnete ich die erste Nachricht.

Dann die zweite.

Man muss verstehen, dass es zu der Zeit noch nicht in dem Maße etabliert war eine Mail pro Minute zu verschicken. Zu diesem Zeitpunkt entstanden revolutionäre soziale

Netzwerke, wir mussten diesen Umbruch erst verarbeiten.

Man hat ein paar Mal überlegt bevor man etwas abgeschickt hat, um auch bloß nichts zu vergessen, denn etwas nachsenden wäre nicht so gängig gewesen wie heut zu Tage.

Ava hatte aber nicht so viel darüber nachgedacht.

In der ersten Mail stand „entschuldige die vorherige Mail".

In der zweiten, da stand, sie wusste nicht so recht, was sie schreiben sollte, denn ich habe so viel gefragt und sie so wenig zu sagen.

Ich hatte eigentlich nur gefragt wie es ihr gehen würde und was sie so macht.

Ich hab meine E-Mail sogar extra nochmal aufgerufen.

Die war ja nun wirklich kein Hexenwerk. Es waren drei gequälte Sätze mit banalen Fragen, die auch eine drei Jährige hätte beantworten können.

Die Sache ist die, nun war ich tatsächlich ratlos, was das Antworten betrifft.

Ich fing also an zu schreiben.

„Hi Ava, ich..", dann löschte ich den Satzanfang wieder und schrieb „Liebe Ava" und löschte es wieder.

Ich schrieb „Liebe Freundin", stellte mir kurz die Frage wen und warum um alles auf der Welt ich jemanden so anschreiben würde. Ich musste ja schon fast lachen, da kam ein Nachrichtenton, während ich mit gesenktem Kopf an meinen Locken spielte und überlegte was ich denn verdammt nochmal auf einen solchen Satz schreiben kann.

Wie machen diese Schriftsteller das nur.

Ich verstehe jetzt warum die meisten eine Brille tragen.

Man braucht einen Gegenstand, den man hin und her legen kann um ordentlich über seine Sätze nachzudenken.

„Theo, meine vorherigen Nachrichten waren Quatsch.

Ich weiß nicht, warum ich dir nie wie ein normaler Mensch auf etwas antworte, das löst du wohl in mir aus – Verwirrung.

Jedenfalls geht es mir gut.

Wie geht es dir?"

Das hätte ihre Nachricht sein können, dafür hätte ich vollstes Verständnis gehabt, nachdem eine 4. Mail reinkam und ich keine Idee hatte, was ich da eigentlich tue.

Aber die Nachricht lautete anders:

„Entschuldige die vielen Nachrichten, ich komme irgendwie nicht auf den Punkt. Vielleicht kannst du mir einfach schreiben, wie es dir so geht und was du treibst."

Zumindest konnte ich diesmal ansetzen, denn sie wollte ja etwas über mich wissen, aber alles andere war wieder einmal dieses Spiel von Ihr und mir.

Die halben Sätze, die halben Wahrheiten, die halben Freundschaften.

Nachdem ich mir meine Haare fast ausgerissen hatte beim Nachdenken, lesen und weiterhin nachdenken, wollte ich lieber eine Nacht drüber schlafen bevor ich auch fünf Nachrichten schicke, von denen eine unklarer ist als die andere.

Allerdings konnte ich als ich mich hingelegt habe doch nicht einfach so einschlafen. Da kam wieder ein eigenes Kino im Kopf aber ein eher realistisches mit der Frage, warum wollen Menschen eine Nacht über Dinge schlafen.

Jetzt mal ernsthaft, wie schläft man denn dann ein? Bisher habe ich immer gedacht, dass solche Menschen total vernünftig und intelligent mit schwierigen Situationen umgehen. Ich habe sie fast schon respektiert dafür, da ich mich selbst immer zu den Unvernünftigen zählte.

Aber so findet man weder Schlaf noch die richtige Lösung oder in meinem Fall die richtige Antwort.

Nachdem ich mich eineinhalb Stunden hin und her gedreht habe, beschloss ich nun doch, das Licht wieder anzumachen und mich an die Nachricht zu setzen.

In diesem müden Moment entschied ich also dem ganzen verrückten hin und her ein Ende zu bereiten.

Einer von uns musste ja mal damit anfangen, wenn sich irgendwas ändern sollte.

Ich schrieb also einige Abschnitte über mich, was passiert war, wie ich mit Cecile zusammen und auseinander kam, wie mein Bruder geheiratet hat, wie erfolgreich ich in meinem Beruf war.

Ich schrieb und schrieb und merkte irgendwann, dass ich quasi eine Kurzgeschichte abgetippt habe und auch schon eine weitere Stunde der Nacht verflogen war.

Ich hatte in dieser Nacht tatsächlich irgendwie genug von dem Versteckspiel, von dem Ungesagtem, dem Geheimnisvollen. Ich wollte ihr alles erzählen. Ich hatte gerade angesetzt mit einer zweiten E-Mail, in der ich schreiben wollte, was in mir vor geht seit dem Tag, an dem ich sie kennengelernt habe.

Dieser Tag ist übrigens schon über zwei Jahre her. Verdammt noch mal.

Ich mag diese Person schon fast drei Jahre unverändert viel, neben all den wahren

Geschehnissen in meinem Leben, die nicht gespielt waren. Meines Erachtens nach waren sie auch nicht erzwungen. Ich wollte alles was passiert war.

Ich wollte auch für eine andere Frau umziehen. Aber ich mochte Ava beständig weiter. Kann das sein? Ich bin ein Kerl, der immer schon zu Gefühlen gestanden hat.

Ich meine, mir selbst habe ich zugestanden offen mit mir selbst über meine Gefühle reden zu können. Ich hatte und habe Freunde, die meinen, sie können und wollen gar nicht so viel über Gefühle nachdenken oder sich damit beschäftigen.

War ich nun weniger Mann oder einfach mehr Ich? Ich schrieb und schrieb und las alles oft nochmal zwischendurch nach.

Dann veränderte ich immer wieder Mal einen Satz. Dann veränderte ich immer wieder mal mehr als nur einen Satz und irgendwann um halb Fünf morgens sah ich aus wie eine gezeichnete Comicfigur mit Augenringen, die seit 1988 gemalt wurde und noch nicht fertig gemalt ist.

Ich wollte auf einmal gar nichts mehr abschicken. Ich habe es nicht abgeschickt und auf einmal, nachdem ich zuvor quasi den ganzen Tag auf Antwort gewartet habe und es kaum erwartet habe die Dinge anzusprechen, die im Raum standen, fühlte ich die Belanglosigkeit meiner Nachrichten.

Dieses Teenie Drama, obwohl ich kein Teenager mehr war und auch nicht mehr Anfang 20, es nahm Überhand. Aus den oft erwähnten schnulzigen Filmen habe ich gelernt, dass Dramen bescheuert sind.

Am Ende verlieben sich die Hauptfiguren in Andere oder es entsteht etwas Anderes, etwas Besseres, nachdem man das Drama hinter sich lässt.

In meinem eigenen schnulzigen Scheißfilm wollte ich diesen Punkt endlich erreichen. Keine Listen mehr, keine Abwägungen, keine Gedankenspiele oder Träumereien, keine E-Mails oder sich anbahnende ungewollte Freundschaften und Konversationen.

Ich hatte diesen Gedanken zwar auch vorher schon oft und das ja auch versucht, aber ich hatte erst in dem Moment gemerkt, wie unehrlich ich davor zu mir selbst war.

Ich habe erst in diesem Moment nachdem ich eine Nacht darüber nicht geschlafen habe und meine Geschichte runterschrieb, gemerkt,

dass die Geschichte eigentlich leer ist. Eine leere Hülle oder zumindest eine Hülle, in der immer die falsche CD drin lag, weil ich die CDs (Gedanken) falsch sortierte.

Erneut etwas später

06-2010

Was ich getan habe, nachdem ich entschieden habe nicht zu schreiben?

Nichts abzuschicken und keine einzige Minute mehr zu versuchen mich in dieses Etwas einzudenken?

Ich habe Nachrichten geschaut.

Ich meine nicht das ganze letzte Jahr, sondern damals nach der Nachricht, die ich unbeantwortet gelassen habe. Nachrichten zu schauen bestärkte mich damals in meiner neu entdeckten Wahrheit über das ganze Drama, denn mir wurde bestätigt, dass es so viele wichtigere Dinge im Leben gibt.

Es passierten so viele irre schlechte und gute Sachen in der Welt und mein Leben schien sich nur noch um die Liebe zu drehen. Ich war wirklich mit meinen fast 28 Jahren damals ausschließlich mit mir selbst beschäftigt gewesen. Ich fing langsam an mich für die Welt zu interessieren.

Es war dann irgendwo zwischen 2006 und 2007 als ich begriff, dass der Atomstreit die Vereinten Nationen beschäftigte, die NASA die erste Mission zum Pluto startete, es Massendemonstrationen in islamischen Ländern gegeben hat wegen aufgetauchten Mohammed Karikaturen, in Frankreich hunderttausende Menschen gegen eingeschränkten Kündigungsschutz für Berufsanfänger demonstrierten, Italien die Fußball WM gewonnen hat, im Libanon Krieg begonnen hat, Bush erstmals die Existenz von geheimen CIA Gefängnissen im Ausland zugegeben hat und Orhan Pamuk als erster Schriftsteller der Türkei den Nobelpreis für Literatur bekommen hat.

Ich weiß, es klingt irre, wie eine Mischung aus Weltuntergang und Freizeitpark.

Aber mir wurde bewusst, dass ich interessiert war an all diesen Geschehnissen und genau diese Themenspaltung es mir ermöglichte eine spannende und provokative Animation des ganzen darzustellen.

Ich nutzte meine im Studium erlernten Fähigkeiten zum ersten Mal in eigenem Interesse. Ich malte Karikaturen, ich animierte, ich setzte zusammen.

Ich fand es spannend auf all diese Dinge aufmerksam zu machen, ohne dass andere die Nachrichten dafür schauen müssten.

Ich setzte die ganzen entstandenen Bilder dann zu einem Band zusammen und gab dem ganzen einen Namen. Diese ganze Arbeit, die ich in dieses Projekt investierte, kostete mich einige Monate lang meine Freizeit und ich fand es einfach super.

Keine blödsinnigen Gedankengänge mehr, keine vernünftigen Gespräche mit mir selbst über mich. Ich konnte mich in Weltthemen eindenken und war somit auch ein Mann von Welt.

Ich konnte Analysen aufstellen und das Jahr revidieren anhand von Zeichnungen.

Mediendesign, ich bereue es nicht dich in mein Leben gelassen zu haben und danke für die unkomplizierte Beziehung, die auf Gegenseitigkeit beruht.

Ich habe von da an beschlossen alle möglichen Themen, die die Welt beschäftigen, genau so darzustellen wie ich sie empfand, oder eben wie ein Normalbürger sie empfand. Ich war unterwegs und habe Geschehnisse begleitet um mir ein besseres Bild zu machen. Ich war wie ein Journalist den niemand bezahlte.

Mit der Zeit allerdings konnte ich mit meinen Karikaturen Aufsehen erregen.

Ich habe immer mal wieder etwas an eine Zeitschrift verkaufen können und manchmal wollte man mich sogar interviewen um sich meine Sicht der Dinge anzuhören.

Ich war nicht mehr nur Mediendesigner, ich war politisch interessiert.

Ich habe mich immerzu in neue Dinge eingelesen, von denen ich eigentlich keine Ahnung gehabt habe.

Manche Zeitungen haben sogar bestimmte Themen angefragt, die ich dann auf meine Art und Weise darstellen sollte.

An manchen Stellen sollte ich sogar ein kurzes Statement hinzufügen oder dazuschreiben, wie ich zu welcher Einsicht gekommen bin.

Es gab auch mal einen Auftrag von einer Gruppe von Frauen, die sich stark für Frauenrechte eingesetzt hat und es als gut empfunden haben, einen Mann mit ins Boot zu nehmen, der starke Frauen unterstützt.

Ich wusste bis dato nicht, wie ich zu vielen Themen stehe, die feministisch angehaucht waren. Aber ich konnte mich gut kennenlernen und ich habe erkannt, ich bin ein absoluter Feminist. Ich habe also diese Frauengruppe begleitet bei Auftritten, Demonstrationen, Petitionen, Diskussionsrunden und anderen wichtigen Dingen, die in der Öffentlichkeit passieren.

Ich habe gezeichnet, sie haben es abgesegnet und sich gefreut, wenn wir etwas veröffentlichen konnten. Nachdem ich rund drei Monate mit ihnen unterwegs war, haben sich auch andere Gruppen gemeldet: Freiheitskämpfer, Gutmenschen, Minderheiten, Politiker, Vereine.

Ich habe so gut wie jedem Auftrag zugestimmt, ob es der kleine Dorfverein war oder aber auch eine Weltorganisation.

Häufig wurde ich gebeten sogar bei längeren Destinationen mitzureisen. Ich packte alle paar Wochen meine Koffer, ohne wirkliche Ahnung wo ich landen würde, ob es gefährlich werden würde oder nicht, vielleicht würde man mich festnehmen oder aber irgendwo zum König krönen.

Jedenfalls war es spannend, ich war rund um die Uhr beschäftigt. Meinen richtigen festen Job musste ich schon kaum mehr ausüben, denn zum Leben hatte ich durch meine Karikaturen schon fast genug Geld gehabt um nicht zu hungern oder bei irgendwem Schulden zu machen.

Meine eigene Geschichte, bei der sich nicht alles um die Liebe gedreht hat, entwickelte sich irgendwann immer rasanter.

Es schien fast so als würden die Menschen zu faul zum Lesen oder Informieren sein und dadurch nahm das Interesse an einfachen Karikaturen, die in einem oder zwei Bildern eine ganze Situation detailreich beschreiben konnten, zu.

Zumindest so detailreich, dass man den Kern des Geschehens auf einen Blick hat verinnerlichen können. Ich behaupte natürlich nicht, dass durch meine Karikaturen kein Framing entstanden sei, oder aber auch Leute zu einem bestimmten Thema dann auch nur eine bestimmte Sicht der Dinge wahrgenommen haben. Ich habe mich zwar um Objektivität bemüht, dennoch bin ich mir sicher konnte man sehen, inwiefern mich was mehr oder weniger beschäftigt hat, mich betroffen gemacht hat oder aber auch wütend.

Von einem auf den anderen Tag, so schien es mir jedenfalls, wurde ich sehr bekannt.

Ich hatte mehr Anfragen als ich hätte annehmen können und ich habe oft nicht mehr selbst nach bestimmten Themen recherchieren müssen, mir wurde alles zugesandt.

Ich musste quasi ironischerweise auswählen, welche Dinge mich mehr interessierten oder womit ich mich mehr identifizieren konnte um mich dann einarbeiten zu können.

In der Welt leben rund 7,89 Milliarden Menschen und davon sind gefühlt 7 Milliarden süchtig nach Karikaturen aller Art.

Natürlich ist das eine Übertreibung, eine Hyperbel.

Aber wenn man einfach so anfängt sich für etwas zu interessieren und auf einen Schlag die interessantesten Orte der Welt gesehen hat und ständig interviewt wird, dann ist das schon ein sehr seltsames Gefühl.

Mich so seltsam dabei zu fühlen, ist auch nie abgeklungen.

Ich war irritiert, wenn ich eine Zeitschrift gekauft habe, in der entweder eines meiner Interviews stand oder aber eine Karikatur, ein Statement oder was auch immer.

Mein Vater war irritiert, mein Bruder war es, sogar meine Tante neunten Grades mit der ich nichts zu tun hatte.

Jedes Mal, wenn etwas neues rauskam von mir, erhielt ich eine Nachricht von zu Hause, in der stand, dass sie meinen Beitrag gesehen haben und sie gerne das nächste Mal wüssten wenn ich für eine Karikatur mein Leben riskiere.

Sie konnten schon immer sehr nüchtern ausdrücken, dass sie stolz auf mich sind.

Man muss ihre Sprache einfach kennen, dann weiß man auch, dass es tatsächlich so ist, nur dass die Sorge um meine Person eben immer größer sein würde.

Ich wusste zu dem Zeitpunkt nicht, wie lange ich das machen wollen würde, was meine Mission war, ich hatte auch nicht das Ziel damit großes Geld zu machen oder in die Politik zu gehen.

Viele Dinge im Leben, die man nicht plant, entwickeln sich gerade dann, wenn man sie anders plant.

Als ich damals die Nachricht von Ava unbeantwortet gelassen habe, dachte ich eine ganze Weile mein Herz würde zerspringen und auch dass ich ihr eine Antwort schuldig gewesen bin.

Aber mit der Zeit, der Arbeit und meinen Interessen nahm das Gefühl immer mehr ab.

Wenn ich vorab geplant hatte mich zu distanzieren, Sachen hinter mir zu lassen oder aber gar ganz konsequent mit ihr zu sprechen, dann habe ich es nicht hinbekommen.

Hier war zwar die Entscheidung notwendig ihr nicht zu antworten,

aber hätte sich nicht alles in diese Richtung entwickelt, hätte ich auch dieses Versprechen an mich selbst wieder gebrochen. Es verging nicht gerade wenig Zeit mit meinem neuen Arbeits- und Lebensstil.

Ich habe mich weiterentwickelt, das Internet hat sich weiterentwickelt und die Menschheit an sich sowieso schon mal.

Ich kann nicht sagen, dass sich alles rundum positiv entwickelte und ich lernte durch meine Arbeit, dass unser armer Planet immer viel ertragen musste. Aber nicht nur der Planet, auch wir alle.

Es war nun schon das Jahr 2010, ich weiß, ich habe viel übersprungen und nicht viel geschrieben, denn das meiste was ich getan habe, konnte man in meinen Karikaturen sehen. Durch sie wusste man in etwa, wo ich bin und was mich beschäftigt.

Ich muss sagen, viel mehr ist tatsächlich auch nicht passiert hinter den Kulissen.

Mal hier und da eine kurze Affäre, ab und zu mal ein paar Freunde getroffen, wobei das bei meiner Lebensweise ein relativer Begriff war.

Ich hatte auch ein wenig Zeit mit den mittlerweile zwei Kindern meines Bruders verbracht. Mit ein wenig meine ich jede freie Minute.

Ich war nun also 31 Jahre alt, zu jung um mich alt zu nennen und zu alt um mich jung zu nennen. Das Jahr 2010 brachte einige meiner besten Karikaturen zum Vorschein, auch wenn die Gründe dafür nicht gerade die waren, die ich mir dafür gewünscht hätte.

Ein Erdbeben in Haiti bei dem rund 220.000 Menschen starben, gefolgt von der Explosion der Bohrinsel im Golf von Mexiko und somit der schlimmsten Ölkatastrophe der Welt, sowie den 21 Toten und 652 Verletzten bei einem Gedränge auf der Loveparade in Duisburg.

Die Aufträge, für die ich in diesem Jahr extra engagiert wurde, waren auch spannend. Ich hab mich beispielsweise eine Zeit lang mit der Zahlungslücke zwischen Männern und Frauen beschäftigt in verschiedenen Ländern.

Ich muss sagen, davon hatte ich kaum Ahnung, denn als Freiberufler der ich mittlerweile war, da musste man sich wenig mit wirtschaftlich wichtigen Aufstiegschancen beschäftigen und als Single auch nicht damit, wer daheim bleiben würde, wenn die Kinder erst mal kommen.

So oder so erkannte ich wieder den Feministen in mir, Frauen müssten mich eigentlich lieben. Die Gruppen, die ich begleitete bei ihrer Arbeit, taten es.

Zumindest denke ich das.

Oder sie waren so gut in ihrer Arbeit und Mission, dass sie mich zu dem machten, was ich jetzt denke zu sein. Eine Sache verblüffte mich in der ganzen Zeit, in der ich an diesen realistischen Lebensereignissen und wahren Geschehen arbeitete.

Mein Kopfkino was ich früher ständig, ja beinahe jede zweite Minute hatte, es tauchte nicht mehr auf. Ich habe früher Dinge in Gedanken zusammengestellt, auf die kein Mensch gekommen wäre, mitten in realen Situationen, die mir gerade wiederfahren sind. Mal war ich ein Ritter, mal dachte ich alle tanzen gleich, mal sprach ich mit Dichtern, ich war der Meister der Kopfkinosache.

Cecile merkte es ja damals direkt an mir als sie mich das erste Mal sah.

Ich weiß nicht, wie sie danach noch mit mir zusammen sein wollte. Warum es diese Kopfkinos nicht mehr gab, konnte ich mir selbst nicht beantworten, denn eigentlich hatte ich nun viel mehr Material dafür.

Aber ich habe ganz klar erkannt, was das Leben für mich ausmachte.

Es war eine Phase in der ich wieder klar denken konnte, in der ich schicksalsartig beruflich genau das gemacht habe was mich erfüllte. Ich konnte plötzlich Miete zahlen, Versicherungen abschließen und dabei auch wissen wofür diese sind, Steuern waren kein Problem mehr für mich.

Ich wusste was eine Hauptinspektion am Auto kostet und wie ich mir Flugmeilen sicherte. Ich wusste auch wie viel Obst und Gemüse ich kaufen musste, dass es mir nicht vergammelt, während ich sonst wo esse oder arbeite.

Ich wusste sogar wie ich mein verdammtes Hemd zu bügeln hatte, damit es nach einem sechs stündigen Flug noch immer frisch aussah. Ich bereitete mich gerade darauf vor, für zwei Wochen eine Mixed Martial Arts Kämpferin und ihren Verlobten in der Wettkampfsaison zu begleiten.

Ich war also dabei meinen Koffer zu packen und musste zunächst einmal herausfinden an wie vielen Orten wir sein würden, welche Orte, welche Übernachtungsmöglichkeiten geboten wurden und ob sie bei den unzähligen Bildern, die ich mir vorab von ihr ansah, so aussah als müsste ich irgendwie besonders lässig rüber kommen. Kaum zu glauben, aber viele Sportler und Sportlerinnen haben Aufträge abgesagt, wenn ich ihnen beim Zusammenkommen nicht ausgefallen oder cool genug erschien.

Mir war klar, dass hier nicht nur innerliche Werte zählen, aber ich dachte zumindest eher meine geleistete Arbeit und Referenzen zählen als mein Aussehen. Manchmal war es auch so.

Dennoch hatte ich in meinem Beruf verschiedene Koffer und Taschen für verschiedene Anlässe und Personen. Manchmal habe ich diese gebraucht und wechseln müssen wenn ich möglichst unauffällig sein sollte oder doch auch möglichst auffällig.

Aber oft waren es auch nur Wechsel, die abhängig von den Auftragsgebern waren.

Ich musste mir sogar Schuhe für jeden Anlass besorgen. Ich hatte davor zwei Paar Schuhe für alles.

Jedenfalls packte ich für die Kampfsportrecherche meine eher lockere Tasche bei der man hätte meinen können, dass ich auch ein großer Sportler bin.

Ich nahm Mützen in verschiedenen Farben mit, Sportshirts, falls ich ihr bei einem Aufwärmtraining hinterher rennen müsste und verschiedene Sneakers, falls ihr zukünftiger Mann und ich mal Stoff für Smalltalk brauchten.

Ich habe mir damals gedacht, dass es vielleicht unsinnig ist sich so anzupassen.

Aber ich nahm meine Arbeit ernst und irgendwie machte es mit der Zeit auch Spaß zu Recherchezwecken in solche Rollen zu schlüpfen.

Ich habe nicht meinen Zeichen- oder Schreibstil verändert, auch nicht wie ich sprach.

Ich habe sogar die Sachen, die ich mitnahm oder anzog, auch privat getragen, aber nicht mit dergleichen Planung dahinter.

Wenn ich mich beispielsweise bei Aufträgen, bei denen ich mitgegangen bin, zu bestimmten Volksstämmen nicht angepasst hätte, hätte ich wohl auch nie die Erfahrung gemacht, die ich brauchte und wollte. Ich hatte tatsächlich manchmal das Gefühl mich rechtfertigen zu müssen, wenn ich den einen Koffer vor dem anderen wählte.

Dabei mochte ich sie letztendlich beide. Das habe ich mit der Zeit dann auch kapiert.

Anpassung heißt nicht, seinen eigenen Stil zu verkennen, das verstehen viele nicht.

Als ich dann bei Andrea angekommen bin, sie und ihren Verlobten begrüßte und die beiden direkt mit mir in das Trainingszentrum gehen wollten, musste ich feststellen, dass meine Vorabrecherche über Mixed Martial Arts ziemlich dürftig gewesen war.

Klar wusste ich, dass sie in einen Käfig steigen würde zum Kämpfen, aber ich wusste nicht dass dabei solche Eigenschaften gefragt sind.

Wir, die wir nicht kämpfen, denken oft es ist ein wildes umherschlagen und eventuelles Brechen von Regeln (von denen es bei diesem Kampfsport tatsächlich wenige gab).

Aber eigentlich musste man ein guter Boxer, Kickboxer und Jiu Jitsu Kämpfer sein.

Außerdem hatten diese Menschen Strategien im Kopf schneller zusammengesetzt als Leute, die beruflich als Strategen arbeiten.

Ich ging drei Tage am Stück jeden Morgen in die Trainingshalle mit ihr und kam jeden Nachmittag völlig überzeugt von dieser Sportart in mein Hotel.

Es ging nur noch darum einen Wettkampf mitzuverfolgen für den wir allerdings eine Station weiter fliegen würden und dann hätte ich genug Material gehabt für meinen Einsatz. Stattdessen aber, musste ich mit ansehen wie eine junge Sportlerin während dem letzten Training vor dem Kampf einen Herzinfarkt hat.

Die Zeit blieb in diesem Moment stehen aber irgendwie verging sie gleichzeitig schneller als je zuvor.

„Ich rufe aus dem Krankenhaus an, deine Verlobte hatte einen Herzinfarkt", mehrmals sprach ich diesen immer gleichen Satz auf die Mailbox von ihrem Partner.

Ausgerechnet heute war er beim Training nicht dabei und schien unerreichbar zu sein.

Ich kannte diese zwei Mensch nicht, aber ich konnte nicht glauben was da passierte.

Sie war die Meisterin schlechthin, konnte sprinten wie eine Irre, hatte aber gleichzeitig auch perfekt portioniert viel Kraft in ihrem Schlag.

Auf dem Boden konnte sie sich bewegen wie eine Gazelle und von ihren Liegestützen nicht zu sprechen.

Wie konnte diese junge Frau, die gerade mal 30 Jahre alt war, einen Herzinfarkt bekommen?

Klar hört man das immer wieder mal. Ein Fußballspieler, der mitten im Turnier umfällt oder irgendwas anderes weit entferntes, von dem man selbst aber keine Ahnung hat, weil man es nur flüchtig erfährt.

Ich tappte im Krankenhaus herum, denn ich konnte weder einfach weg noch zu ihr rein gehen, denn ich war ja nur ein beruflicher Kontakt.

Sie wollten ihre Karikatur bei einem Sieg an Sportmagazine schicken, durch meine Bekanntheit und ihren Erfolg etwas für sie rausholen.

Ich sollte quasi ein Karikaturen-Statement fertigstellen.

Urplötzlich wusste ich nicht, ob sie überleben würde. Ich versuchte es noch mal bei ihrem Verlobten. Ich war völlig überfragt, aber habe so sehr mitgefühlt.

In so einer Situation habe ich mich noch nie wiedergefunden.

Ich musste mich noch im Krankenhaus darüber informieren wie das denn genau bei Sportlern ist. Ich fand Artikel und Beiträge, Statistiken. In Frankreich zum Beispiel schien ein Herzinfarkt bei Sportlern jährlich zwischen tausend und zweitausend Todesfälle auszumachen und in Deutschland sterben jährlich um die 900 Sportler an einem Herztod, die meisten unter 50 Jahren.

Ich war völlig neben mir und konnte es nicht glauben. Zum einen war ich verärgert über mich, weil ich direkt über den Tod nachdachte und zum anderen musste meine Arbeit in diesem Fall, nun, diesem viel wichtigeren Thema gelten und darauf aufmerksam machen was Sportlern offensichtlich nicht selten wiederfährt.

Ich saß nun also, nachdem ich einige Zeit hin und her gelaufen bin, auf einem klapprigen Stuhl in diesem tristen Wartezimmer und schrieb in all meiner Nervosität erst einmal ein paar Notizen zu dem Thema.

Dabei starrte ich auf mein Handy, ob ich einen Anruf erhalten würde.

Gelegentlich schaute ich auch in Richtung von Ärzten in der Hoffnung sie würde mir wenigstens ein Zeichen geben und mich ein wenig beruhigen.

Es ist absolut nicht in Ordnung, dass nur Familienmitgliedern Bescheid gesagt wird.

Wie oft passiert es bitte, dass man in Situationen kommt, in die man ungewollt involviert ist und dann planlos vor sich hin vegetiert aus Angst und Unbeholfenheit.

Ich habe weiter nach Artikeln gesucht, Notizen gemacht und kaum mehr gewusst wohin ich noch starren sollte oder was ich noch lesen konnte.

Ich erinnere mich daran als wäre es gestern gewesen, denn dieser Tag war unvorhersehbar wichtig geworden. Ich begab mich wieder in Richtung des Anmeldepultes und bat die Schwester mir nur mit einem Augenzwinkern zu sagen, ob es Andrea gut ging. Sie sah mitgenommen aus, aber sie hielt zu ihren vertraglich vertraulichen Vereinbarungen mehr als ihr es selbst lieb war.

Warum musste ich diesen Auftrag auch annehmen, ich konnte auch einfach wieder einen journalistischen Beitrag verfassen, aber ich entschied mich damals hierfür um Aufregenderes sehen zu können.

Im Endeffekt habe ich Recht behalten, ich habe etwas Aufregendes erlebt, aber ich hätte darauf verzichten können. Ich war so in Gedanken und wusste nicht, ob ich es nochmal bei ihrem Verlobten probieren sollte.

Da sah ich am Ende vom Flur ein Mädchen.

Sie war klein, kaum älter als die Kinder meines Bruders.

Ich konnte um sie herum aber nicht erkennen, dass ihre Eltern dabei standen.

Sie trug ein leicht zerknittertes Kleid mit grünen Blumen drauf und darunter eine weiße Leggings und kleine weiße Turnschlappen.

Sie war winzig und ihre Haare aber schon ganz fein nach hinten gekämmt und gepflegt. Die Haare waren zu den Spitzen hin auch leicht lockig und sie hatte eine Haarspange mit einem kindlich gezeichneten Waschbärkopf im Haar.

Trotz der vielen Menschen um sie herum konnte man sie bemerken, was bei der Größe schon faszinierend ist. Sie stampfte mit ihrem kleinen Fuß auf den Boden und sah besorgt aus.

Dennoch hatte sie fröhliche große Augen.

Neben ihr tauchte eine Frau in einem strengen Blazer auf, die aber eine Hose trug, die von einem Hippie sein könnte.

Es war klar, dass sie eine Beamtin war, wahrscheinlich eine Sozialarbeiterin oder Ähnliches. Das Mädchen schaute immer wieder hoch zu der Beamtin aber sprach nicht. Wer konnte es ihr verübeln?

Ich meine ganz ehrlich, wer will schon mit Beamten rumhängen?

Ich habe Mal bei einem meiner vielen Umzüge vergessen mich umzumelden und in Deutschland bedeutet das quasi das Land enttäuscht zu haben und die Ehrenmedaille wieder abgeben zu müssen. So benahm sich die Sachbearbeiterin jedenfalls. Auch wenn ich im Anschluss auch besser gelaunte Beamte kennenlernen durfte.

Ich versuchte noch einmal die Schwester anzuzwinkern und zu fragen, ob sie Auskunft über die Kämpferin Andrea hatte, aber vergebens.

Dann entschied ich die Auskunft oder sonst wen anzurufen, der mir Nummern von anderen Angehörigen der Frau verschaffen könnte und ging dabei den Flur auf und ab.

Ich lief immer wieder an dem Mädchen vorbei, während ich am Telefon war.

Das Kind in den Turnschläppchen hat mich wirklich aus dem Konzept gebracht.

Ich hab gar nicht richtig verstanden, was es mich anging, aber immer wenn ich in ihre Richtung gelaufen bin, oder quasi neben ihr und der Hippie Beamtin stand, wurden meine Ohren ganz groß und ich konnte in kurzen Auszügen hören, was ihr gerade erzählt wurde.

Wenn ich manchmal in der Nähe war, dann lachte mich das Mädchen trotz trauriger Miene mit ihren kaum vorhandenen Zähnen an.

Dabei richtete sie alle paar Flurrunden meinerseits ihre Turnschläppchen, da sie durch ihr tippeln immer abfielen. Ich konnte gar nicht mehr aufhören hin und her zu laufen, denn zum einen erreichte ich die Auskunft nicht und zum anderen wollte ich aus unerklärlichen Gründen hören, was die Frau dem Mädchen noch erzählte und warum sie mit ihr dort war.

Ich konnte das Wartezimmer ja auch verlassen und herumlaufen.

Wenigstens das war jemanden vergönnt der nicht zur Familie gehörte.

Zugegebenermaßen habe ich das Wartezimmer dennoch mit schlechtem Gewissen verlassen, weil der Partner von Andrea noch nicht an mir vorbei gelaufen war und das hätte er rein bautechnisch gemusst um zu ihr zu kommen.

Ich hätte ihm gerne beigestanden, auch wenn ich ihn nur ein paar Tage kannte.

Mein Job fühlte sich an diesem Tag zum ersten Mal tragisch an.

Klar habe ich schon viele schlimme Geschehnisse begleitet oder auch Menschen kennengelernt, die ich lieber nicht getroffen hätte, aber dieser Tag fühlte sich viel realer an als alle anderen zuvor.

Ich war involviert in diesen traurigen Vorfall mit dem Herzen und die Frau hatte in dem Moment nur mich, der ihr auf eine der kümmerlichsten Art und Weisen versuchte das Leben zu retten. Damit meine ich, dass ich recht hilflos die richtigen Tasten am Telefon suchte um den Notruf zu rufen. Ich hätte gedacht, dass ich durch meine Einsätze und Recherchen auf jede Art von Notfällen vorbereitet bin und immer einen klaren Kopf behalten könnte.

Es ist zwar kein Vergleich im eigentlichen Sinne, denn es ging nicht um Leben und Tod (so hätte sie es auch ausgedrückt), aber als ich mich in Ava verliebt hatte, sogar da behielt ich einen klareren Kopf als manch anderer.

Ich meine, ich habe letztendlich ganz klar das beendet was schon hätte vorher beendet werden sollen und das obwohl ich sie immer mochte und in ihrer Nähe nervös wurde. Es passierte eigentlich auch gar nicht mehr, dass ich oft an sie dachte.

Ich habe mal gesagt, dass es mit den Gefühlen zu ihr wäre wie mit einer Box, die man unter Verschluss hat, sie aber immer mal wieder öffnet und sich alles immer wieder gleich anfühlen würde in diesen Momenten.

So war es nicht mehr. Ich hatte keine Box mehr. Ich hatte Frauen, die ich kennenlernte und die ich auch mochte, mit denen ich immer für eine Weile sehr glücklich war oder sie eben glücklich machte und von denen ich mich dann meist zum nächsten Auftrag hin distanzierte.

Ich musste viele Jahre später also meinen Eltern doch noch Recht geben, die meisten Gefühle währten nicht längerfristig, sogar wenn man es zunächst annahm.

Ich war ja nicht unbedingt darauf aus nur kurze Affären zu haben.

Jedenfalls nicht immer.

Als ich merkte worüber ich gerade in diesem Moment nachdachte, schien ich in meinen eigenen Augen ein Egoist zu sein.

Dieser Vergleich zur Situation damals im Krankenhaus und der Geschichte mit Ava passt ja auch irgendwie nur mäßig.

Vor allem aber ist es sicher gerade dort im Krankenhaus nicht wichtig gewesen über Ava oder Beziehungen zu reflektieren.

Ich wollte doch nur wissen, ob die Frau mit der ich hergekommen war, leben würde und auch, was das Mädchen hier tat.

Ich wusste natürlich, dass ich mit beiden nichts zu tun hatte (vor allem dem Kind) und dementsprechend wahrscheinlich völlig unsinnig hier den Tag verbrachte, aber alles andere war keine Option.

Als ich das nächste Mal an dem Mädchen vorbei lief, sagte die Beamtin gerade zu ihr, dass sie gleich wieder käme und sie dann los könnten.

Sie sollte nur für ein paar Minuten brav dort warten oder auch sich ruhig schon verabschieden in der Zeit in der sie weg war.

Ohne auch nur zu verstehen worum es ging, brach es mir das Herz als ich gesehen habe, dass das kleine Mädchen nun mit den Tränen kämpfte.

Sie gab sich tatsächlich Mühe nicht zu weinen. Ich wusste nicht, dass Kinder sowas können. Die Kleinen von meinem Bruder weinten und schrien immer drauf los, wenn was nicht nach ihrer Nase ging.

Ehe ich mich versah, kniete ich mich zu dem Mädchen, in der Hoffnung sie aufmuntern zu können. Ich hatte gar nicht darüber nachgedacht, ob ich das tun sollte oder lieber nicht, da es ein fremdes Kind war.

Das größere Problem war aber, dass ich überhaupt nicht wusste, was ich ihr sagen sollte.

Ich wusste aber, was bei den Kindern, die ich in der Familie hatte, immer wirkte: Eine Münze oder eine Schokolade hinter dem Ohr hervorziehen. Schokolade hatte ich natürlich nicht in diesem Moment, aber ich konnte eine Münze herzaubern.

Sie hatte sich tatsächlich darüber gefreut und mir gesagt, dass sie Lynni heißt.

Sie grinste wie ein Honigkuchenpferd, nachdem ich auch hinter dem anderen Ohr eine Münze herzauberte und da sah man das Strahlen dieses Kindes zum ersten Mal in voller Blüte, bevor es ihr später vor meinen Augen wieder genommen wurde.

Ich hatte, nachdem ich mit dem Zaubern aufhörte, viele Fragen stellen wollen, denn irgendwie konnte ich es nicht ertragen, dass dieses niedliche Mädchen so traurig da stand, aber ich wusste nicht wie man vermeintlich ernste Dinge von einem Kind erfahren sollte.

Ich fragte sie zunächst einmal wie alt sie sei und sie zeigte mir stolz mit ihren Fingern, dass sie vier ist. Mein Neffe fände sie bestimmt ganz toll als Spielfreundin.

Sie hatten den gleichen Humor bei meinen Zaubertricks.

„Wo sind denn deine Eltern?" fragte ich das Mädchen nach kurzer Überlegung.

Sie schaute nun wieder etwas betrübt auf den Boden.

Es schien fast so, als würde sie genau wissen was sie mir sagen wollte, aber wie sollte sie es ausdrücken, wo sie doch wahrscheinlich gerade erst gelernt hat zu sprechen?

„Meine Mama ist hier im Zimmer und mein Papa passt auf mich auf."

Ich war schon fast froh zu hören, dass ihr Papa auf sie aufpassen würde, aber bisher hatte ich nur die Sozialarbeiterin und das Mädchen gesehen.

Ehe ich noch etwas fragen konnte, fügte das Mädchen noch hinzu, dass ihre Mama sagte, ihr Papa sei im Himmel.

Ich spürte meine Beine kaum und sobald sie es ausgesprochen hatte, wusste ich auch nicht mehr wie ich reagieren sollte.

Ich wusste in meinem Leben schon oft nicht wie man richtig agiert, reagiert oder handelt. Ich habe vor Jahren entschieden in einem anderen Land zu studieren, habe dann während der ersten Studienjahre eigentlich nur pubertär von der Liebe geschwärmt, dabei aus sogenannter Vernunft eine unerfüllt gelassen und die andere beendet.

Dann habe ich zufällig meine Berufung gefunden und war der witzige Onkel für die Kinder meines Bruders.

Ich habe mich durch das Leben immer hin und her treiben lassen.

Aber bisher musste nur ich mit mir umgehen können.

Nun wollte ich ein Kind trösten, dass ich nicht kannte und hatte quasi meine Zunge verschluckt.

Es machte mich unfassbar betroffen.

Ich war nach außen hin vielleicht nicht besonders familiär, aber ich wusste, dass ein Kind seine Eltern und deren Liebe brauchte.

Mit ihrer winzigen Hand strich sie sich über ihr Blümchenkleid und schien besser mit der Situation umgehen zu können als ich in diesem Moment.

Sie wusste es ja wohl auch schon länger als ich, dachte ich in dem Moment und erwischte mich dabei wie ich einen Witz machte in einer solch unpassenden Situation, sodass mir nochmal mehr klar wurde, dass ich überhaupt nicht in der Lage dazu war ein Kind zu trösten.

Ich sah bereits die Frau im Blazer auf uns zukommen und wusste, dass das Gespräch gleich enden würde. Ich hatte zwischenzeitlich in den wenigen Minuten noch erfahren, dass sie im Sommer geboren wurde und, dass sich unsere Musikgeschmäcker ein wenig voneinander unterschieden haben, denn sie hörte erstaunlicherweise keinen Jazz und andere Musik für Erwachsene, sondern Kinderlieder.

In Sekundenschnelle und bevor die Beamtin bei Lynni ankam, dachte ich sowohl an Andrea als auch das Kind vor mir und ich machte mir Sorgen.

Ich konnte noch tagelang nach dem Treffen nicht verstehen, warum das Kind so eine Wirkung auf mich hatte. Ich fragte mich auch, ob es speziell an ihr lag oder eben an der Hilflosigkeit allgemein. Ich hätte vielleicht bei allen Kindern so reagiert.

Ich bin zwar nicht der beste Kinderbetreuer, aber seit mein Bruder welche hatte, war ich definitiv einer der sensibelsten, der noch lernen musste damit umzugehen.

„Darf ich Sie fragen, wer Sie sind?",

starrte mich die Frau an, die sogar mir, trotz der erwähnten Friedenshose, mit ihrer strengen Art Angst einjagte. Ich entschuldigte mich und erklärte, dass ich das Mädchen aufmuntern wollte, da ich die Situation beobachten konnte.

Lynni zupfte mich am Ärmel und sagte der Frau ich sei ganz lieb, dabei schaute sie hoch zu mir und bestätigte das Gesamte nochmal mit einem kurzen Grinsen.

Ich fand die Geste wirklich süß, dennoch wusste ich nicht, ob das in Ordnung war mit ihr zu sprechen. Die Beamtin sah mich auch nicht gerade freundlich an.

Ich wusste, dass ich mich nun eigentlich verabschieden sollte von dem Mädchen.

Ich fragte mich nur, wo Lynni jetzt hin müsste, aber ich glaubte nicht in diese Entscheidung involviert zu werden. Mir war schon durch die Gespräche, die ich vorab hören konnte, klar, dass die Mutter im Krankenhaus ist und wohl auch noch dort bleiben würde. Da wusste ich aber noch nicht, was mit dem Vater war.

Also fragte ich die Beamtin recht ungeniert, was nun passieren würde mit dem Mädchen. Die Beamtin sah in ihre Richtung und anschließend gab sie mir zu verstehen, dass mich das nichts angehen würde.

Nachdem ich aber weiterhin wie erstarrt stehen geblieben bin und das Kind auch wartete, erklärte sie, dass Lynni erst mal ein paar Tage in eine Pflegefamilie käme und wenn sich der gesundheitliche Zustand der Mutter verbessern würde, dann könnte sie wieder nach Hause.

Bis dahin aber müsste man die Pflegefamilie und eventuell ein betreutes Kinderheim einbeziehen.

„Was ist mit dem Vater passiert?",

fragte ich schnell bevor die Frau sich von mir abwenden würde.

Außerdem wollte ich mich noch verabschieden von dem Mädchen und ich wusste nicht, ob ich dürfe. Die Beamtin sah mich mit ernster Miene an und wollte zunächst sagen, dass sie mir ohnehin schon zu viel Auskunft gegeben hat, aber ihr schien es selbst doch ziemlich nahe zu gehen, trotz klarer Instruktionen und strenger Art.

Die Fassade fällt eben meistens in kurzen Momenten wie diesen. Nachdem sie mir dann doch von dem Vater erzählte, konnte ich kaum noch klar denken.

Ihr Vater war bei einem Autounfall verstorben, im letzten Jahr. Es ist erst ein Jahr her, dass sie ihn verloren hat und nun steht sie wieder im Krankenhaus mit ihrem Blümchenkleid und den niedlichen großen Augen.

Frau strenger Blazer war bereits wieder auf dem Weg und nachdem ich meine Gedanken einen Moment abschüttete, rannte ich ihr wieder nach und fragte, ob ich mich verabschieden könnte von dem Kind.

Ich musste dabei tief atmen, denn ich hatte Angst sie würde gleich noch auf falsche Motive für meine Neugier kommen und würde mich aus dem Krankenhaus schmeißen lassen. Dann würde ich nicht mal wissen, ob Andrea es schafft.

Ich dachte in diesem Moment aber auch daran, dass die Beamtin vorhin meinte, wenn die Mutter wieder gesund sei, könnte das Kind zu ihr. Das war schon mal beruhigend in den Augen von jemandem, der keine Ahnung hatte von Gesetzen, Kindern oder anderen Funktionen unserer Gesellschaft, die in diese Richtung lenken. Sie gab mir zwar tatsächlich zu verstehen, dass sie nicht wusste warum ich mich von dem Kind verabschieden sollte, aber sie erlaubte mir ein paar Schritte neben ihnen herzulaufen bis sie bei dem Zimmer der Mutter ankommen, wo sie ihre Sachen mitnehmen würden.

Wir gingen also den Flur durch zu dem vermeintlichen Zimmer der Mutter und sie tippelte neben mir an den übrigen Türen vorbei. Wenn man ihr dabei zusah hat man beinahe vergessen wo man sich gerade befunden hat.

Wir gingen an Patienten aller Art vorbei. Viele bekümmerte Gesichter, manchmal aber auch ein hoffnungsvolles oder gar erleichtertes. Der Weg zu dem Zimmer hin fühlte sich sogar für mich ewig lang an, wie musste es dann einem kleinen Mädchen gehen? Ich wollte sie noch einmal aufmuntern, ich sagte ihr wie schön es war sie kennenzulernen und dass sie ein liebes Mädchen sei.

Im Laufen spielte sie mit dem Ärmel ihres Kleides und auf ihrem Arm tauchte plötzlich ihr Name auf - Lynni Sopher.

Irgendjemand musste ihr den Namen gemeinsam mit der Zimmernummer der Mutter mit einem Filzstift auf den Arm aufgeschrieben haben. Wahrscheinlich damit sie nicht verloren geht. Vielleicht war es die Mutter.

Das Mädchen verabschiedete sich, indem sie sich ans Ohr griff und so tat als würde sie etwas hervorziehen. Dann blieb ich stehen und schaute ihnen noch eine Weile hinterher, bis sie nicht im Flur verschwunden sind.

Ich musste mich sammeln und meine Gedanken sortieren, denn es war merkwürdig wie gefesselt ich war von dieser Begegnung.

Ich hatte so ein seltsam vertrautes Gefühl bei dem Kind. Nachdem ich kurz noch dort stand, wollte ich nun aber auch wieder zurück in das Wartezimmer und sehen, ob es Neuigkeiten gab bei Andrea. Ich hatte sie natürlich nicht vergessen. Auf meinem Weg zurück zum Wartezimmer hoffte ich nur, sie würde leben.

Einige Stunden saß ich noch dort.

Ich verstand die Welt nicht mehr, denn es schien fast so als würde es ihren Verlobten nicht interessieren, wo seine Frau sei. Er rief nicht zurück, es kam keine Nachricht, ich sah ihn nicht im Krankenhaus auf und ablaufen.

Wie konnte es sein, dass er so lange nicht auf sein Handy schaute oder sich zumindest fragte, warum sie nach dem Training nicht heim kam?

Schließlich stand ein Wettkampf an, der Grund für mein Dasein. Immer wieder dachte ich auch daran, dass das Mädchen jetzt weiß Gott wohin musste, ohne ihre Eltern und ohne zu wissen, was im Leben noch auf sie zukommen würde.

Es schien kein Ende zu nehmen. Der Tag war mit einer der längsten in meinem Leben.

Ich wurde müde und besorgte mir an Automaten entweder etwas Süßes oder aber auch Kaffee, damit ich vor Nervosität und Erschöpfung nicht umkippe.

Als ich mich nach einer Weile auf meinem Stuhl hin und her bewegte, meine Beine immer wieder anders legte, meine Augen rieb und mich am Kopf griff, kam ein Arzt zu mir und fragte mich nach Angehörigen.

Ich konnte nichts sagen, ich wusste ja gerade Mal den Namen und den Beruf der Frau.

Ich hätte ihm erzählen können wie erfolgreich und talentiert sie ist, in dem was sie tut, auch dass sie uns im Normalzustand beide mit einer Bewegung wahrscheinlich hätte umbringen können.

Er sah mich mit ernster Miene an, selbst entsetzt darüber, dass nur ich da war und sagte mir letztendlich, dass ich nach Hause gehen sollte.

Ich wäre ihm fast an die Kehle gegangen, denn diese Auskunft war keine Auskunft.

Ich versuchte höflich zu bleiben und fragte ihn, ob er mir denn nicht sagen könne wie es ihr geht. Nach einigen bitter ausgetauschten Blicken zwischen dem Arzt und mir, sagte er mir, dass Andrea verstorben sei.

Ich musste ihn mehrmals bitten sich zu wiederholen, denn ich hatte Gänsehaut und mir wurde so kalt als hätte es mich auf einmal in die Antarktis verschlagen.

Ich hatte nicht bemerkt, dass ich geschwitzt habe und wohl auch geweint.

Erst als ich merkte, dass der Arzt mich öfter ansprach und mir direkt in die Augen sah, wurde mir bewusst, das ich einen Schwächeanfall hatte.

Ich hatte keinerlei Beziehung zu dieser Frau aber allein die Tatsache, dass ich die letzte Person war, mit der sie geredet hatte, lies mich erstarren.

Als ich wieder einigermaßen zu mir kam, stand er auf einmal an der Tür vom Wartezimmer. Ihr Verlobter.

Ohne ein Wort zu sagen, fing er an zu weinen. Es war kein schlichtes weinen. Dieser Begriff kann gar nicht beschreiben, was ich dort gesehen hatte.

Er jauchzte und hielt sich am Bauch fest. Es sah fast schon so aus als würde er sich jeden Moment übergeben müssen.

Ich wollte ihm helfen, aber ich war aufgebracht darüber, wo er gewesen ist. Ich hatte Mitleid, denn solch einen Zusammenbruch hatte ich noch nie vorher gesehen. Jeder hätte erkennen können, dass seine Welt auf einen Schlag zusammengebrochen war. Sein Gesicht war kreidebleich und sein Körper wie Gummi.

Das Weinen entwickelte sich zu einem Schreien und dann wieder zu einem Jauchzen. Immer wieder im Wechsel änderte er seine Gesichtsfarbe und die Geräusche, die unkontrolliert aus ihm heraus kamen.

Er bewegte sich von der Tür zu mir und sagte nichts. Er fiel in sich zusammen, nachdem ich aufgestanden war und ihm auch entgegen kam. Dieser Mann wird sich wahrscheinlich nie wieder trauen, sein Handy für ein paar Stunden nicht zu beachten.

Ich konnte ihm nichts mehr sagen, ich hatte bereits vorher alles auf die Mailbox gesprochen. Etliche Male habe ich die Wut darüber runtergeschluckt nicht mehr machen zu können. Ich rief die Schwestern, sie sollten ihm helfen.

Sie sollten ihm erklären, was passiert ist und ihn im besten Fall versuchen zu beruhigen. Meine Mittel und meine Kraft haben dazu nicht mehr gereicht.

Ich konnte ihm nicht mal auf helfen, nachdem er in sich zusammen gefallen ist, denn ich habe kaum meinen eigenen Körper halten können.

Ich war beruflich allerdings auch schon soweit geschädigt, dass ich direkt anfing darüber nachzudenken, wie ich dieses Geschehnis verarbeiten sollte und was ich publizieren würde um sie in aller Ehre von der Welt gehen zu lassen.

Meine Gedanken brachten mich um.

Ich denke so müssen Menschen sich in der Hölle fühlen, falls es diese gab.

Als die Schwestern und auch der verantwortliche Arzt zu ihm kamen, wusste ich das ich gehen sollte. Mehr hatte ich dort nicht verloren und mehr hatte ich damit auch nicht zu tun. Es ist aber verdammt schwierig sich selbst klar machen zu müssen, dass man nicht beteiligt ist an dem Leben dieses Paares wenn man solche Szenen mitkriegt und sich ein Stück weit verantwortlich fühlt für das Geschehene.

Vielleicht war ich nicht schnell genug. Vielleicht hätte ich sie drehen müssen während wir gewartet haben auf den Notarzt.

So viele unklare Dinge und übrig bleibt nur ein vergangenes Leben.

Ich habe an diesem Tag gesehen, was es heißt, aus tiefstem Herzen zu lieben und auch, was es heißt alleine zu bleiben.

Lynni

11-2011

Es vergingen einige Tage nach dem erlebten, grausamen Tag im Krankenhaus und ich war noch immer neben der Spur.

Ich hatte in diesen Tagen zwar meine Notizen und andere vorbereitete Materialien gelesen und vor mir gehabt, aber ich konnte nicht daran arbeiten.

Es war fast so als hätte man mir die Hände gefesselt, meine bisher geleistete Arbeit als unwichtige Dokumentation abgetan und meine Lebensvorstellung zu Nichte gemacht.

Ich hatte nur noch den Anblick des trauernden Mannes und des nun auf sich gestellten Kindes vor Augen.

Ich nahm mehrfach mein Zeichenpad in die Hand und legte es genauso unbenutzt auch wieder zur Seite. Was wollte und sollte ich von den letzten Tagen denn auch berichten, ohne mich direkt wieder in das Wartezimmer und den Flur des Krankenhauses zurückversetzt zu fühlen.

Mein Bruder rief mich mehrmals an.

Auch meine Eltern versuchten es. Aber ich konnte keine Gespräche über meine Arbeit führen und ich wusste, sie würden danach fragen, denn das war für uns meist das Hauptgespräch. Ich versuchte mich nochmal zu konzentrieren.

Ich musste für die Kampfsportlerin Andrea zumindest ein Zeichen setzen.

Auch wenn ich anschließend nie mehr normal Berichte und Karikaturen zusammensetzen könnte, musste ich noch dieses eine Mal auf das aufmerksam machen was in der Welt passiert.

Ich nahm also erneut mein Zeichenpad in die Hand, legte den Stift an und zeichnete.

Ich löschte allerdings Alles wieder sobald ich es fertig hatte, denn ich empfand es nicht als gut genug.

Es sollte eine wirklich disziplinierte Frau darstellen. Eine starke Frau, die wusste, was sie vom Leben wollte. Es sollte die Gefahr darstellen, die das Herz birgt.

Es sollte auch ein Kind darstellen, das zu jung erwachsen werden musste. Es sollte so vieles mehr als ich ausdrücken konnte.

Ich wollte aber nicht aufgeben. Ich habe die ganze Nacht am Schreibtisch gesessen und versucht zu verstehen was ich erlebt habe. So sollte auch der Tag darauf vergehen und der Tag darauf auch.

Es wäre wahrscheinlich noch lange so weiter gegangen, hätte ich nicht von dem Verlobten von Andrea eine Nachricht bekommen, dass ich eingeladen bin zu der Beerdigung. Es schien ihm zumindest bezüglich des Zusammentreffens von uns genauso wie mir zu gehen.

Ich gehörte nicht zu seinem Leben, aber ich gehörte zu diesem Lebensabschnitt und zu dem Todestag der Frau. Ich suchte also einen schwarzen Anzug raus, den ich meistens getragen hatte, wenn ich Recherchen zu politischen Geschehen gemacht habe und legte meine Arbeit zur Seite.

Ich habe den gebrochenen Mann nie gefragt was er an dem Tag tat und warum ich ihn nicht erreichen konnte, denn er schien sich selbst bereits genug damit zu bestrafen sich nicht verabschiedet zu haben von Ihr.

Auf der Beerdigung sah ich einen funktionierenden Mann, der alles perfekt organisieren wollte und somit noch einmal zum Ausdruck bringen wollte, wie wichtig sie ihm war. Er steckte Emotionen zurück und sprach mit allen Gästen.

Es kümmerte sich um die Menschen vom Beerdigungsinstitut. Er hatte alles nach ihrem Geschmack ausgerichtet.

Auch wenn es irrelevant war für ihn, hatte ich bis dahin noch nie so eine herzerwärmende Trauerfeier und Beerdigung erlebt wie diese.

Ohne Andrea zu kennen, konnte ich sie in allen Details wiedererkennen. Ich wusste nach der Beerdigung mehr über sie als über manch einen flüchtigen Freund.

Ich respektierte ihn für seinen Anstand, sein Durchhaltevermögen und die Ehrung seiner Verlobten. Obwohl er gebrochen war, konnte er anderen Kraft geben.

Er hatte es geschafft sich zu fangen, zumindest für diesen Moment und mir war klar, dass er nicht so stark war wie er dort erschien, aber allein die Mühe, die er sich machte stark zu sein, inspirierte mich.

Ich konnte nach der Beerdigung direkt zurück an meinen Schreibtisch gehen, habe nicht einmal meinen Anzug ausgezogen, nur die Krawatte etwas geweitet und habe eine Art Nachruf geschrieben anstelle eines Karikaturen Statements.

Es war mein erster und letzter Nachruf, den ich geschrieben hatte. Veröffentlicht wurde das Folgende: „Eine eher selten gewählte Blume für eine Trauerfeier schmückte den gesamten Raum. Sie steht für Klarheit, ein klares Leben und Erinnerungen.

So ließ ich es mir zumindest sagen. Bei diesem Abschied aber stand sie für die Frau, die zu früh sterben musste. Sie stand dafür, dass ein Mann sich nicht verabschieden konnte von seiner geliebten Verlobten und dafür dass er sie besser kannte als sich selbst.

Ich habe wenige Tage mit einer Sportlerin und ihrem Partner verbringen können und dennoch habe ich das intensivste der Gefühle erlebt in diesen Tagen, dank Ihm.

Ich bedanke mich bei Jemandem, der trauert. Ich bedanke mich bei Jemandem, der trotz seiner verlorenen Lebenslust gezeigt hat, was das Leben ausmacht, nämlich den Tod zu akzeptieren und die Toten zu ehren.

Ich habe mich nie mit dem Tod auseinandergesetzt, dazu war ich zu schwach.

Ich gebe es offen zu. Ich habe jegliche Gedanken dieser Art verdrängt, trotz beruflicher Auseinandersetzungen damit.

Ich habe zittrige Beine bekommen, wenn ich hörte, jemand sei gestorben oder wird womöglich sterben.

Aber ich habe nie versucht zu akzeptieren was passiert, bis ich die Beerdigungsrede eines Mannes hörte, der vor Kurzem vor meinen Augen zusammengebrochen war, der das Leben aber offensichtlich verstanden hatte.

Ich prägte mir ein, was er zu der verstorbenen Andrea sagte und hoffe er nimmt mir nicht übel, dass ich einen kurzen Ausschnitt hier wiederhole.

Er sagte, dass man ihm die Möglichkeit gegeben hatte einige wunderschöne Jahre mit einer wunderschönen Person zu verbringen und dass ihm diese Jahre niemand mehr nehmen kann.

Sie wurde ihm genommen, aber sie hat ein Beet an Glück in seinem Herzen gepflanzt und dieses würde immer wieder neu erblühen, denn er würde nie vergessen es zu umsorgen. Er würde möglicherweise das Beet eines Tages erweitern,

doch der Ursprung würde immer sie bleiben, da sie ihm gezeigt hatte, wie man sich darum kümmern muss.

Ich wiederhole seine intim gewählten Worte mit wässrigen Augen in diesem Beitrag.

Ich kann nicht viel darüber schreiben, wie die Frau gewesen sein musste.

Es ist kein Nachruf, der Momente ihres Lebens aufgreift.

Es ist vielmehr ein Dankesbrief, in meinem Namen an ein Paar,

das ich glücklicherweise kennenlernen durfte.

Ich zeichnete eine Sporthalle, die von Lavendel umgeben war und fügte sie dem Text bei. Ich habe auch einen kurzen Abschnitt dazu verfasst wer sie war, denn ihre Karriere war ihnen beiden wichtig.

Während ich schrieb, wurde mir bewusst, dass dieser Beitrag keine Arbeit ist, sondern ein privater Einblick in mein Leben.

Zum ersten Mal gab ich auch etwas von mir Preis, erklärte wie ich etwas empfunden habe und gab öffentlich zu ziemlich sensibel zu sein. Ironischerweise war genau dieser Beitrag es, der mich nochmal bekannter machte.

Ich schien auf einen Schlag so etwas geworden zu sein wie ein Philosoph, ein Philosoph der Moderne.

Ich erhielt Anrufe und Fragen zu Dingen, mit denen ich mich nie auseinandergesetzt hatte. Ich wollte diesen Ruhm nicht unbedingt.

Ich wollte lediglich verarbeiten, was ich erlebt hatte und den Leuten draußen Mut machen, so wie Andrea und ihr Verlobter mir Mut machten.

Unsere Gesellschaft scheint allerdings auf solche Geschichten zu stehen, weil jeder denkt sich hineinversetzen zu können.

Schön war allerdings, dass Andrea die Bekanntheit und Ehrung erhielt, die sie sich eigentlich durch ihren Kampf erzielen wollte.

Sie war eine Heldin der Nation geworden. Sportler fühlten mit, verliebte Frauen und Männer trauerten mit, kleine Mädchen wollten Sportlerinnen werden.

Ich habe so langsam das Prinzip verstanden, warum viele Personen erst nach dem Tod Ruhm erfahren. Tragödien wirken auf die Menschen.

Wenn sich Jemand sein Ohr abschneidet zu Lebzeiten oder an einer Depression stirbt, wenn jemand extraordinäre musikalische Meisterwerke entwarf, aber psychisch labil war, das waren die Dinge, die man meistens eher im Nachhinein erfahren hatte und die wir mit unseren eigenen Schwächen assoziieren können.

Sie machten uns Mut. Witzigerweise wusste ich bis zu dem Tod der Frau auch nicht, wie glücklich die beiden als Paar waren oder wie aufmerksam er war.

Ich meine, sie wirkten nicht unglücklich, nur eben alltäglich in dem was sie taten, wie alle anderen auch.

Meine romantische Ader hielt sich immer schon in Grenzen, aber die Rede von ihm sprengte jedes Herz. Es waren nun schon einige Wochen vergangen seit der Begegnung mit Andrea oder auch dem Kind im Krankenhaus.

Ich lebte wie gewohnt weiter und dachte zwar ab und zu an beide und an die ganze Sache, aber ich war wieder zu mir gekommen. Ich hatte mich tatsächlich stärker gefühlt als in der Zeit zuvor.

Allerdings wurde ich trotz dieser Stärke doch etwas unruhig, wenn ich an Lynni, das Mädchen, dachte. Ich wusste ja nicht, wo sie letztendlich hin gekommen ist und ob ihre Mutter wieder gesund ist.

Ich konnte es nur hoffen.

Ich denke auch nicht, dass ich als fremder Mann irgendwo anrufen könnte nur um mich mal eben zu erkundigen nach ihr. Das Kind wusste wahrscheinlich gar nicht mehr wer ich war.

In Kinderheimen können wahrscheinlich noch ein paar Leute Münzen hinter den Ohren hervorziehen. Vielleicht war sie aber auch in einer netten Familie untergebracht und musste sich mit sowas gar nicht mehr beschäftigen.

In diesen Wochen riefen meine Eltern mich öfter an als sonst, um sich zu versichern, dass es mir gut gehen würde und um sich abzusichern, dass ich meinen Job nicht hinschmeißen würde. Das hatte ich aber sowieso nicht vor.

Ich war schon dabei den nächsten Auftrag zu besprechen und recherchieren.

Es war ein wieder etwas aufwühlender Auftrag.

Ich konnte weiterhin in Karikaturen über Weltgeschehnisse, bei denen Massen involviert sind, berichten, aber ich wollte nach dem letzten Auftrag nun erst mal weitere Zeichen bei Dingen setzen, die oft untergehen. Hätte ich den Herztod der Sportlerin nicht mitbekommen, hätte ich weiterhin gedacht, dass sowas unfassbar selten sei.

Es mag vielleicht seltsam sein, dass ich mich nun für solch einen Arbeitsauftrag entschlossen hatte, aber nachdem eine klare Anfrage gestellt wurde, hatte ich das Gefühl ich wäre es uns allen schuldig darüber zu berichten.

Vielleicht war es auch nur für mich seltsam, weil ich kurz davor erlebt hatte wie ein Kind wahrscheinlich in ein Heim kommt.

Ich war es also all den kleinen Mädchen wie Lynni schuldig mich damit auseinanderzusetzen. Insbesondere darum, weil der Auftrag das Schlimmste zum Vorschein bringen sollte, was einem Menschen, einem Kind, wiederfahren kann.

Ich sollte mich mit einem speziellen Kinderheim auseinandersetzen.

Die Anfrage wurde von Jemandem gestellt, der anonym bleiben wollte. Es ging um das Feldafinger Kinderheim und dabei eigentlich um Geschehnisse aus dem Jahr 1960.

Als die Person mir davon berichtete, konnte ich nur still sein und versuchen ihr keinen blöden Eindruck zu vermitteln.

Ich wollte so neutral wie möglich bleiben. Ich wusste die Dinge, die mir in letzter Zeit wiederfahren waren, sind eher trist gewesen mit nur kurzen sonnigen Momenten, aber ich konnte die Augen nicht verschließen bei diesem Thema.

Es ging um Missbrauchsfälle im ehemaligen Maffei Kinderheim in der Nähe des Starnberger Sees.

Es waren schwere Anschuldigungen und zu diesem Zeitpunkt konnte keiner, ja vor allem ich nicht, sagen, ob wahr oder falsch was mir berichtet wurde.

Es ging mehr darum, dass die besagte Person sich über das System beschweren wollte und weniger über den Vorwurf an sich.

Es ging darum, dass sich eine Personengruppe mit ihrem Anliegen an ein Vorstandsmitglied des Paritätischen Bundes in Bayern wandten und dieser ihre Berichte nicht weiterverfolgen wollte. Ich habe eigentlich nur zwei kurze Gespräche mit der Person geführt und da ich nicht aus Deutschland kam, musste ich auch erst Mal sehen, wo dieses Heim genau gewesen sein sollte.

Ich wusste auch nicht, ob die Person selbst zu dieser Menschengruppe gehörte, ihr etwas schlimmes wiederfahren war oder in welchem Zusammenhang sie dazu stand. Zu dieser Zeit konnte ich nicht einfach etwas veröffentlichen, was möglicherweise stimmte oder aber auch nicht.

Solch eine Unruhe zu erzeugen, würde ohne klare Beweise dafür zu haben einige Menschen mehr als nur mich ruinieren. Ich hatte mir bei der Anfrage nicht vorgestellt solche Dinge zu hören, denn es hieß erst, es wäre zwar ein eher schwieriges Thema aber nicht schwerer als andere zu veröffentlichen.

Das stimmte leider nicht. Denn damalige Recherchen zu verletzten pädagogischen Praxen oder sexualisierter Gewalt konnten erst mal nicht klar bestätigt werden. Ich recherchierte, ich las nach, ich suchte in Archiven.

Ich fand schon, was ich auch zu hören bekam, aber es reichte nicht aus. Ich konnte nicht einfach etwas so Großes ins Rollen bringen. Bis heute wird noch wissenschaftlich daran geforscht und gearbeitet.

Ich fühle mich mit diesem Thema so wenig vertraut, alles was ich eben geschrieben hatte, könnte völlig falsch oder völlig wahr sein.

Trotz meiner Recherchen wurde ich nicht schlauer. Ich hatte zwar einige journalistische Zugänge durch meine Arbeit aber ich muss auch sagen ich habe mich in diesem Fall nicht getraut ein Zeichen zu setzen.

Diese Anschuldigungen sind für mich das absolut letzte was ein Mensch tun sollte und was einem anderen Mensch wiederfahren sollte.

Ich war besonders vorsichtig, bevor ich jemanden eventuell das Leben mit einem Statement zerstörte.

Ich habe nicht oft Rückzieher gemacht.

Wenn es beispielsweise wie vorab erwähnt um feministische Aktivistinnen ging oder andere politische Aktionen, konnte ich mich einbringen.

Aber in diesem Fall habe ich den Auftrag nach langer Beschäftigung damit abgebrochen.

Ich weiß, ich habe bestimmt so manchen damit enttäuscht, aber ich konnte es nicht.

Ich habe im Nachhinein gesehen, dass es nun tatsächlich wissenschaftliche Berichte dazu gibt und weiter daran geforscht wurde und ich bin auch froh drum.

Aber ich war nicht die richtige Person dafür. Was diese ganze Geschichte allerdings in mir auslöste, war zumindest wissen zu wollen, ob Lynni in einem Heim, einer Pflegefamilie oder doch bei ihrer Mutter war.

Durch die Heimrecherchen konnte ich mich auch darüber informieren, wie Adoptionen und der Einzug in Pflegefamilien funktionierten.

So sehr mich die Recherche und das Thema rund um das Heim auch mitgenommen hatten, konnte ich seltsamerweise nur an das Kind aus dem Krankenhaus denken.

Der persönliche Bezug war es wohl wieder, der meine Art zu Denken lenkte.

Es war ja auch schon eine Weile her, dass ich das Kind kennengelernt hatte, aber so wenig wie ich den Kindern meines Bruders wünschte in solch eine Situation zu kommen, so wenig wünschte ich es auch ihr.

Die Arbeit rund um das Jahr 1960 stapelte ich mittlerweile als Berg neben meinem Schreibtisch, denn ich wusste nicht, was ich damit tun sollte.

Ich wollte die Sachen eigentlich entfernen, aber ich wusste auch nicht, ob ich solche Dinge einfach in den Müll schmeißen konnte.

Ich wollte damit jedenfalls nichts mehr zu tun haben, so sehr hatte es mich irritiert und auch gestört es nicht zu Ende gebracht zu haben. Aber ich war mir dennoch sicher, dass es die richtige Entscheidung war.

Ich wusste nicht genau wie ich vorgehen wollte um herauszufinden wo das Mädchen war.

Ich suchte erst einmal wie viele Heime es in Deutschland gab, wie viele Heimkinder und erschreckte bei den Statistiken.

Ich suchte auch nach Pflegefamilien. Dann stellte ich mir selbst die Frage, warum ich ganz Deutschland einbeziehen würde, wenn ich doch weiß in welchem Krankenhaus ich sie getroffen hatte und dass ich mich auf die Region konzentrieren könnte.

Wenn ich doch bloß wüsste wie die Hippie Beamtin hieß, das hätte es mir um so vieles einfacher gemacht. Als ich in verschiedenen Heimen anrief, wurde mir immer höflich vermittelt, dass man mir keine genauen Auskünfte geben könne.

Sie können mir nur in Etwa von ihrem Arbeitssystem berichten und auch von den Erziehungsmaßnahmen.

Ich war weder Vater noch musste ich es genau verstehen, aber ich wollte schließlich etwas von Ihnen, darum hörte ich höflich zu und wirkte interessiert an den TV- und Ausgangsregeln. Die meisten fragten mich, warum es mich interessieren würde, ob ich mein Kind hinbringen wollen würde oder aber eins adoptieren?

Das klang subtil irgendwie so als wäre ich beim Handeln auf einem Basar.

Dabei meine ich nicht, dass die Angestellten der Heime schlechte Arbeit leisteten, sie haben das getan, was sie konnten. Ich meine eher, dass ich es irre fand so über Kinder entscheiden zu können.

Sogar eine Adoption, die ja irgendwie heldenhaft erscheint, wirkte in diesem Moment etwas abgedroschen. Ich hatte aber nicht mehr viele Optionen. Ich wusste nicht welches Heim, welche Sozialarbeiterin, welche Maßnahmen.

Ich wusste nur, dass das Mädchen Lynni Sopher heißt.

Ich dachte allerdings immer, dass Lynni wohl ein Spitzname ist. Also könnte es auch sein, dass ich nach einer Lynn suchte.

Schließlich dachte ich, wenn ich so tun würde als ob ich adoptieren möchte, was mit Sicherheit eigentlich keine Option für mich war, dann könnte ich endlich rausfinden, wo das Kind ist oder zumindest, ob es im Heim ist und dann würde ich vielleicht wieder aufhören können mir um sie Gedanken zu machen.

Ich machte mir nur Sorgen, also war ich quasi der Gute in dieser Sache.

Wenn man sich selbst so sieht, dann ist es auf einmal in Ordnung die Regeln und

Gesetze zu brechen oder das Vertrauen von Leuten, die sowieso schon schwierige Berufe hatten, zu missbrauchen.

Ich bestärkte mich selbst darin, Dokumente auszufüllen und so zu tun als würde ich in der gesamten Region um das Krankenhaus herum, in dem ich Lynni getroffen hatte, Interesse an einer Adoption haben.

Ich habe zumindest die formalen Voraussetzungen erfüllt.

Ich war über 25 Jahre alt und ich war uneingeschränkt geschäftsfähig.

Ich musste mich noch der Prüfung unterziehen, welche Motivation ich zur Adoption hatte, ob ich eine partnerschaftliche Stabilität garantieren konnte, da ich Alleinstehend war und welche Erziehungsvorstellungen ich hatte.

Mir wurde immer bewusster, dass ich vielleicht nicht die beste Option wählte um mich über das Kind zu informieren. Ich weckte zwar bei keinem Kind Hoffnungen, aber allein schon die Auseinandersetzung in den Ämtern und wie die Leute einen behandelten, die mitbekamen, dass man eventuell ein Kind adoptieren würde.

Ich hatte natürlich keinem davon erzählt. Aber in den einzelnen Heimen wirkte das auf die Mitarbeiter besonders heldenhaft.

Ich war bestimmt kein Vater. Ich war zwar geschäftsfähig, aber ich war dauernd unterwegs. Der Prüfung danach wie oft ich beruflich verreise, musste ich mich nicht im Detail unterziehen.

Ich musste aber viele andere Garantien ablegen. Was ich hier in kurzen Sätzen beschreibe, ist ein langer Weg hin zur Adoption.

Bevor ich überhaupt sehen konnte, welche Kinder in welchen Heimen adoptiert werden konnten, musste ich viele Dinge bestätigen, die in der Theorie auch stimmten, die ich aber so nicht ausleben wollte.

Mit jedem Tag fühlte ich mich schlechter. Ich war überhaupt nicht der Gute in der Situation. Ich versuchte nebenbei auch anders an Informationen zu kommen um diese vorgetäuschte Adoptionssache beenden zu können, aber ich fand nichts.

Vielleicht war das Mädchen schon längst bei ihrer Mutter.

Fast noch irreführender als die ganze Vorbereitung auf die Adoption und die durchaus strengeren Kontrollen als vermeintlicher Alleinerziehender, war der Schritt danach.

Denn urplötzlich fühlte ich mich wieder wie auf einem Basar und ich wollte doch wirklich die tolle Arbeit von Heimen nicht verurteilen.

Ich sollte mich aber dazu äußern, ob ich eher ein Säugling, ein Kleinkind oder ein älteres Kind adoptieren möchte.

Es ist nur logisch danach zu fragen, wenn man sich entscheidet mit einem kleinen Wesen zusammenzuleben. Man muss ja schon wahrscheinlich eine Verbindung zu diesem schaffen.

Aber da ich alles nur hypothetisch ausfüllte, schien es fast wie ein Einkauf zu sein.

Ein Kleinkind also, ich hätte noch genaue Angaben zu dem Aussehen machen können, aber da hätten sie mich wahrscheinlich und zurecht wieder von der Liste gestrichen, auf die ich so lange warten musste drauf zu kommen.

In der Theorie war ich also absolut bereit zu adoptieren.

Jetzt ging es darum auf den Anruf zu warten, einen Termin in Heimen oder auf Informationen zu Kindern, die derzeit auf eine Adoption warten.

Ich wusste gar nicht, was ich hoffte zu erleben.

Ich wünschte dem Mädchen eigentlich eine nette Pflegefamilie oder dass sie bereits wieder bei der Mutter war.

Aber allein zu wissen, dass sie irgendwo aufgehoben wäre, auch wenn es ein Heim ist, würde mich ein wenig beruhigen.

Die Winterzeit war in diesem Jahr nun schon angebrochen und der Prozess hatte sich so lange gezogen, dass vor Neujahr nicht damit zu rechnen war, dass ich ein Kind adoptieren könnte (hypothetisch).

Ich musste mich ja auch darauf vorbereiten, dass ich mir viel anhören muss, wenn ich dann erst mal aus privaten Gründen nach all den ausgefüllten Unterlagen und Terminen abspringe, sobald ich ihren Namen gehört habe.

Ich erhielt Anrufe aus manch einem Heim, die ziemlich rücksichtsvoll mit den künftigen Adoptiveltern umgehen.

Ich hatte das Recht mir erst einmal ein paar Informationen geben zu lassen, wenn es Kinder gab, die ich hätte adoptieren können, dann darüber nachzudenken und im Anschluss das Kind auch kennenzulernen bevor es wirklich ernst werden würde.

Es vergangen ein paar Tage da rief mich eine Frau an und ich hätte schwören können die Stimme schon einmal gehört zu haben.

Sie begrüßte mich wie auch die anderen Mitarbeiter der Heime und erklärte mir, welche Kinder bei ihnen wären und wie ich vorgehen könnte.

Ich hatte wieder das Gefühl sie würde nicht das Mädchen erwähnen, was ja irgendwie auch gut sein konnte, mich aber in diesem Moment frustrierte. Zum Schluss aber, als wäre ich wieder in einem Film gelandet, sagte sie dann es gibt noch ein kleines bald fünf Jähriges Mädchen, das im nächsten Sommer fünf werden würde.

Während sie ein wenig beschrieb um wen es sich dabei handelt, hätte ich am liebsten die Beschleunigung gedrückt und direkt nach dem Namen gefragt.

Ich meine, ich war wirklich ein Kinderfreund, es hieß nicht, dass ich mich nicht für die Kinder interessieren würde, nur war ich zu sehr fixiert auf das Mädchen.

Ich denke das nennt man Berufskrankheit.

Es ist eine Art Geschichte, die ich verfolgt habe und die ich zu Ende bringen sollte.

Ich habe schließlich nur einmal meine Arbeit unterbrochen und das gerade in Bezug auf Kinderheime und weil ich mich unwissend fühlte, ohne die Möglichkeit in Sicht dieses Wissen souverän aufzuarbeiten.

Ich wollte mir nicht selbst das Recht geben zu urteilen, verurteilen oder ähnliches und das hätte ich mit Sicherheit gemacht, wenn ich auch nur einen Tag länger an der Geschichte gearbeitet und recherchiert hätte.

„Sie heißt Lynni Sopher und ist wirklich ein liebes Kind", hörte ich es auf einmal in mitten meiner Gedanken am anderen Ende des Telefons.

Seltsamerweise schien ich, nachdem ich den Namen hörte, zu verstummen.

Ich habe erst nach ein paar Sekunden gemerkt, dass die Frau fragte, ob ich noch am Telefon bin. Sie sagte mir ähnlich wie die anderen, ich solle mir meine Gedanken machen und dann über die nächsten Schritte entscheiden.

Ehe ich mich versah, hörte ich mich sagen, dass ich das Mädchen gerne kennenlernen will. Sie schien das erwartet zu haben. Also notierte ich die Heimadresse und den Namen und durfte in zwei Tagen hin kommen.

Ich wusste ja, ich will sie eigentlich nur einmal sehen um zu schauen, was jetzt genau passiert ist, aber ich musste zumindest ein Geschenk mitbringen bevor ich es dann absage.

Darf man denn Geschenke zu Kennenlerntreffen mitbringen?

Ich rief die Beamtin nochmal an und fragte sie.

Als sie zustimmte, bin ich in ein Geschäft in der Nähe von mir gegangen, denn dort gab es tolles Holzspielzeug für Kinder.

Ich habe schon öfter was für die Kinder meines Bruders gefunden dort. Ich hatte ein Holzflugzeug gekauft, welches bunte Flügel hatte und vorne ein aufgemaltes fröhliches Gesicht. Die Verkäuferin schien die Teile alleine zu bauen, vielleicht war es auch ein Familiengeschäft.

Vielleicht bin ich gerade bei der Produktion der Weihnachtselfen und wusste es nicht, denn sie erzählte mir auch noch eine Geschichte zu dem Flieger und schien total begeistert davon. Ich bedanke mich freundlich lächelnd und war nun bereit dazu das Kind zu besuchen.

Als ich in dem Heim angekommen bin, wurde ich bereits erwartet und es hätte mir klar sein müssen, dass es die Hippie Beamtin war, die mich am Telefon informierte.

Sie schaute mich lachend an, dennoch aber auch etwas skeptisch und sagte sie freue sich, dass ich über eine Adoption nachdenke.

Ich musste nun also nicht nur irgendeine Beamtin enttäuschen, sondern gerade die, die mich schon kannte und vielleicht auch geahnt hat, dass ich nicht wirklich Vater werden wollte.

Ich musste wieder hoffen, dass sie mich nicht für einen seltsamen Irren halten würde, denn sie wusste ja wie ich das Mädchen kennengelernt hatte.

Ich nahm die Tüte mit dem Geschenk fester in die Hand und folgte der Frau, wie auch im Krankenhaus damals.

Dann sagte ich, sie solle bitte kurz anhalten.

„Wissen sie, bevor ich das Mädchen besuche, sollten sie mir vielleicht sagen was mit der Mutter passiert ist? Ich meine, Adoption klingt sehr endgültig für ein Mädchen, deren Mutter krank aber noch am Leben ist.

Ich habe gehofft, sie wäre vielleicht bereits wieder bei ihr".

Bevor ich weiter reden konnte, unterbrach die Beamtin mich mit einem Handzeichen und sagte mir anschließend, dass ich doch wissen müsste, dass nur Kinder zur Adoption frei gegeben werden, die keine Möglichkeit haben zu ihren Eltern zurückzukehren oder eben in seltenen schwierigen Fällen.

Ich stand immer noch neben mir, während sie mir das sagte. Sollte das etwa heißen, dass die Mutter es doch nicht geschafft hatte?

Ich wollte es irgendwie nicht glauben. Denn was wäre das für ein Schicksal gewesen tatsächlich beide Eltern in dem jungen Alter zu verlieren?

Ich dachte schon oft in meinem Leben, dass manche Dinge einem Film ähneln oder doch eigentlich nur in Filmen passieren, gerade jetzt dachte ich es erneut.

Ich sollte mich vielleicht mit dem Gedanken anfreunden, dass Filme doch nicht immer so surreal sind.

„Wollen wir nun zu dem Kind?",

fragte sie mich in einem nächsten großen Schritt, den sie tat. Doch ich hielt sie wieder an.

„Weiß das Kind denn, dass die Mutter",

ich konnte meine Frage nicht zu Ende formulieren.

„Ja, sie weiß es, anderenfalls wäre sie nicht bei uns."

Sie wirkte nun schon fast genervt, so als würde ich ihr nicht richtig zuhören.

Dabei war ich entsetzt über die Situation und nicht unaufmerksam.

Ich zeigte ihr nun also mit einer Kopfbewegung, dass ich ihr folgen würde und wir los könnten.

Dabei schwitzten meine Hände bereits so sehr, dass ich Angst hatte die Tüte würde mir jeden Moment aus den Fingern fallen. Ich war so nervös. Nicht etwa wegen einer Adoption, das stand nicht zur Debatte.

Allerdings wegen der Umstände und weil ich nicht wusste, was ich dem Kind sagen würde, jetzt wo ich wusste, dass sie keinen ihrer Elternteile mehr hatte.

Ich wollte aber auch nicht wieder einfach nur etwas hinter ihrem Ohr hervorziehen, ich war schließlich nicht auf Tour im Zirkus.

Die Beamtin öffnete die Tür einen spaltbreit und das Mädchen saß auf dem Boden.

Sie trug wieder ein Kleid, allerdings war es diesmal blau mit Giraffen darauf.

Sie spielte mit zwei Bällen, die aussahen wie Jonglierbälle, bei denen in diesem Fall aber der dritte fehlen würde.

Vielleicht konnten wir ja doch eine Zirkusnummer einproben.

Als ich die Tür hinein kam, drehte sich das Mädchen leicht zu uns, strich sich die Haare hinter die Ohren und lachte mich an.

Sie winkte mit einer Hand und ließ mit der anderen aber den Ball nicht los.

Als wir etwas näher gekommen sind, zeigte sie auf mein Ohr.

Sie hatte sich an mich erinnert. Ich muss ohne es bemerkt zu haben, laut aufgelacht haben.

„Lynni, erinnerst du dich noch an den Mann?",

sagte die Beamtin zu ihr, nachdem sie beobachtete, was gerade passiert war.

Das Mädchen war nicht besonders gesprächig, aber sie nickte mit dem Kopf und griff sich nun an ihre Ohren. Ehe ich mich versah sagte sie ihr, dass wir uns etwas kennenlernen können, weil ich sie eventuell adoptieren würde.

Als ich das gehört habe, lief mir ein Schauer über den Rücken.

Sie kann ihr doch nicht direkt Hoffnungen machen, das ist brutal ehrlich wie sie mit den Kindern hier umgehen würden. Ich konnte mir nicht vorstellen, dass sie es immer so machen. Das Mädchen kippte den Kopf nun von einer auf die andere Seite und schaute mich genauso skeptisch an wie die Sozialarbeiterin es manchmal tat.

Sie haben bestimmt zu viel Zeit miteinander verbracht.

Dennoch leuchteten die Augen des Kindes immer weiter und unabhängig von ihrer Stimmung.

Ich sagte ihr, dass sie ein wirklich schönes Kleid tragen würde und dass ich kurz mit der Beamtin sprechen müsste. Bevor ich mich wieder aufrichtete und anfing meine Hose an den Knien zu richten sagte das Mädchen, dass sie packen muss.

Ich schaute sie kurz an und bat sie damit noch zu warten, wobei ich mich fühlte wie das größte Arschloch auf dieser Welt.

Was hatte ich mir eigentlich bei dieser Aktion gedacht.

Ich wollte unbedingt wissen, wie es einem fremden Kind geht, um dann genau diesem Kind die Hoffnung auf eine mögliche Adoption zu nehmen.

Sie grinste mich noch kurz an, wobei sie schon in den Startlöchern war um ihren kleinen Koffer hervorzuziehen.

Die Frau ging mit mir vor die Tür und sah recht verwirrt aus.

Zum ersten Mal überhaupt setzte sie nicht an um als erste etwas zu sagen. Ich wusste, dass ich nun an der Reihe war alles aufzuklären.

Ich musste mich nun sammeln und versuchen die richtigen Worte zu finden.

Ich wollte eigentlich nur wissen, dass es Lynni gut geht und nicht mehr.

Im Endeffekt schien es ziemlich egoistisch gewesen zu sein, diese Information haben zu wollen. Die Frau guckte mich weiterhin wartend an.

Ich schaute durch den Türspalt wieder ins Zimmer und sah wie das Kind sich leicht nervös die Hände hin und her drückte während sie neben ihrem Koffer stand.

Ich kannte so ein Händedrücken bereits, von Ava, es erinnerte mich an sie. Aber was sollte das schon heißen, ich fing fast wieder an zu romantisieren, dabei spielten viele Leute mit den Händen, wenn sie aufgeregt waren.

Das Kind in ihrem Giraffenkleid stand wirklich niedlich dar.

Ich schaute nun die Frau vor mir an, die ihre Geduld so langsam am verlieren war und die wohl ahnte, warum ich sie nochmal raus rief.

Ich griff mir an den Kopf und spielte mit meinem Haar.

Ich muss mich wohl auch hin und her bewegt haben in der Verzweiflung. Nun schaute sie nicht mehr ungeduldig aus, sondern irritiert.

„Ich adoptiere sie!",
schrie ich ihr schon fast ins Gesicht.

Ich wusste auch nicht, was gerade in diesen wenigen Sekunden passiert war, aber im Zimmer hörte ich das Mädchen hüpfen und lachen.

Die Beamtin schien zwar erleichtert aber weiterhin so als würde sie mir nicht abkaufen was ich sage, oder als würde sie mein Verhalten seltsam finden.

Es war ja auch seltsam. Ich habe mich im Leben nur einmal so gefühlt wie gerade jetzt.

Ich hätte am liebsten auch eine Tüte zum ein und aus atmen gehabt um mich zu beruhigen. Denn ich war der einzige für den es neu war, dass ich Jemanden adoptieren möchte.

Keine Ahnung wie Menschen mit so wichtigen Entscheidungen klar kommen würden oder was ich mir dabei dachte.

Ich war somit alleinerziehend und ich hatte noch nie ein Kind gehabt. Ich hatte noch nicht mal eine echte Beziehung zu einer Frau.

Plötzlich begriff ich, dass Adoption doch nicht wie ein Einkauf war.

Plötzlich kamen in diesen kurzen Sekunden die Angstausbrüche und Sorgen, die man sonst wohl über die Monate hinweg bis hin zur Adoption verarbeiten kann und auf die man sich vorbereitet.

„Sie wissen, dass wir besonders in der Anfangszeit sowohl Kontrollen machen aber auch unterstützend zur Seite stehen im Falle einer rechtlich akzeptierten Adoption?"

Wollte sie mir nun sagen, dass sie mir nicht trauen würde oder, dass sie mir beistehen wollte.

Es war wohl eine Mischung aus beidem.

Wer konnte es ihr auch verübeln, ich sicher nicht. Ich habe ja schon immer gesagt, dass ich nicht die vernünftigste Wahl bin.

In diesem Fall aber hatte in der Theorie alles gepasst und das Mädchen schien auch froh zu sein. Mehr als es erlauben es auszuprobieren konnte die Frau nicht.

Ich musste auf einmal daran denken, was wohl meine Eltern sagen würden.

Ich hatte mich gerade selbst zurückversetzt in meine Jugend in der nur ihre Meinung gezählt hatte.

Aber was würden sie wohl sagen? Auf einmal hatten die Kinder meines Bruders eine Cousine? Konnte ich das Kind wirklich schon so nennen?

Bis eben wollte ich sie eigentlich nur besuchen. Ich schien schon jetzt überfordert zu sein mit der Situation.

Ein ewiges Hin und Her in meinem Kopf und manche Menschen sagen, sie würden sich bewusst zu diesem Gefühlschaos entscheiden. Ich sagte der Beamtin, dass ich einverstanden bin mit beidem, den Kontrollen und der Hilfe.

Es schien sie kurzzeitig zufrieden zu stellen.

Dann fragte sie mich, wieso ich mich so schnell entschieden habe, denn man könne etwas mehr Zeit mit dem Kind verbringen, bevor man sich dazu äußert.

Sie wollte mir wohl entlocken, was sie und ich wussten, was ich aber nicht aussprach bisher.

Wir schauten nun beide in das Zimmer und ich sagte ganz ehrlich, dass ich es nicht wüsste.

„Es ist so ein Gefühl", sagte ich in ganz ruhigen Ton, in die Gegend schauend, fast so als würde sie gar nicht mehr neben mir stehen und ich es mir selbst erklären.

Die Zeit dazwischen....

Es war so, dass wir zwar die ganze Zeit davon gesprochen haben, dass ich Lynni adoptieren würde und alle Gespräche endgültig geklungen haben (vor allem als die Beamtin mir sagte sie würden auch Kontrollbesuche planen), aber eigentlich war uns allen klar, dass ja erst mal nur von einer Probezeit gesprochen wurde, in der ich das Kind zu mir nehmen würde.

Nachdem ich zustimmte sie zu adoptieren und kurz ausflippte, schien das für mich in diesem Moment beruhigend zu sein.

Während der Probezeit würde dann entschieden werden, ob sie bei mir bleiben würde und dann würde man es rechtlich fest machen können.

Wie gesagt, der Prozess war sehr langwierig, sowohl vor der Adoption als auch in mitten dieser.

Die Probe allerdings durfte quasi unmittelbar nach der Zustimmung der drei Parteien, also von der Hippiebeamtin, dem Kind und mir, beginnen.

Das Problem war eigentlich nur, dass ich weder eine besonders geräumige Wohnung hatte, noch Kindermöbel oder gar ein Kinderzimmer.

Ich hatte lediglich ein wenig Spielzeug, was ich mir als guter Onkel angeschafft hatte für die Besuche meines Bruders und der Kinder.

Wie ich das dem Kind und der Beamtin erklären sollte, musste ich mir noch überlegen.

Damals hoffte ich nur, der erste Kontrollbesuch würde nicht direkt passieren.

An dem Tag im Heim packte Lynni also direkt ihren Koffer und wollte mit mir kommen. Ich wollte mir zwar lieber erst überlegen, wo sie schlafen sollte, aber da ich nun schon zugestimmte hatte, tat ich einfach so, als hätte ich sie überraschen wollen. Sie sollte sich alleine ein Bett aussuchen.

Wir fuhren direkt vom Heim in ein Geschäft und ich fand die Idee brillant.

Sie war vielleicht gerade noch jung genug um meine Panik und die Spontaneität hinter der Sache nicht zu erkennen.

Ich weiß ich hätte es nicht Sache nennen sollen, aber damals fühlte es sich so an wie eine Sache, in die ich definitiv noch hereinwachsen musste, wenn ich es denn hinkriegen würde.

Ich konnte in vielen Berichten lesen, dass Adoptiveltern in der Probezeit eine unfassbare Angst hatten davor, dass ihnen das Kind danach weggenommen werden würde. Sie schienen von Tag 1 der Adoption an zu wissen, dass sie die gemachten Eltern sind.

Vielleicht bildete ich mir das auch nur ein, weil ich selbst so unvorbereitet war.

Aber ich hatte keine Angst davor, dass man mir das Kind wegnehmen würde.

Ich war eher froh drum zu wissen, dass Jemand objektiv entscheidet, ob ich es schaffen kann oder nicht. Ich wollte für sie ja auch nicht erreichen, einen schlechten Adoptivvater zu haben.

Kaum hatte ich das Wort Adoptivvater im Kopf ausgesprochen, schon wurde mir wieder komisch zu Mute. Ich sollte nun ein Vater sein.

Ein richtiger Vater, der sich wirklich um das Essen, die Kleidung, Gelder, Arztbesuche, Spielfreunde und eine passable Schulbildung kümmern sollte.

Ich hatte im Leben nicht mehr Respekt vor meinen eigenen, aber auch vor allem anderen Eltern, die sich selbst dazu entschieden diesen Schritt zu gehen und Kinder zu bekommen.

Diese planten also, dass sie dazu bereit seien. Ich wusste damals nicht, ob man sich jemals zu sowas bereit fühlen könnte.

Jedenfalls zog sich das Mädchen mit meiner Hilfe eine kleine Jacke, eine blaue Mütze und Fausthandschühchen an.

Ich hätte ihr am liebsten noch einen Schal und eine weitere Mütze gegeben, weil ich unfassbare Angst hatte, sie würde frieren und ich somit direkt nach Verlassen des Heims versagen.

Ich unterzeichnete noch einen Satz Dokumente und dann gingen wir raus.

Sie lief viel mehr wie ein kleiner Pinguin neben mir her, weil sie ihre Beine und Arme durch die dicken Sachen nicht wirklich bewegen konnte.

Durfte ich sie denn nun tragen oder wie hatte ich mich zu benehmen? Ich wollte ihr Adoptivvater werden, zumindest kam dieser Gedanke in den letzten zwanzig Minuten auf, aber ich konnte doch noch nicht mehr fühlen, als dass es ein sympathisches, niedliches Mädchen ist und ich wollte sie nicht erschrecken.

Ich glaubte diese Probezeit würde niemals vorüber gehen, weil jede Situation wahrscheinlich erst einmal seltsam werden würde.

Mir wurde klar, dass ich jetzt für zwei denken müsste, was das Gehalt und meine Aufträge, die ich annahm oder ablehnte, betraf.

Wo sollte sie eigentlich hin, wenn ich verreisen musste?

Darüber würde ich später nachdenken. Zunächst brauchte es Möbel und vielleicht ein paar Klamotten, denn sie hatte ja immer nur einen kleinen Koffer bei sich.

Als wir in das erste Möbelgeschäft gingen, das ich kannte, führte ich sie zur Kinderabteilung und stellte sie quasi vor drei Betten um sich eins davon auszusuchen.

Die Betten sahen fast gleich aus, mal eine andere Farbe oder auch ein Muster darauf, aber im Grunde hätten alle ihren Zweck erfüllt.

An dieser Stelle wurde ich nochmal daran erinnert, was es heißt mit einer Frau zusammen zu wohnen.

Sie stand bestimmt 45 Minuten dort und schaute sich jedes dieser Betten ganz genau an. Sie wirkte auf einmal nicht mehr wie eine fünf Jährige, sondern eine erfahrene Hausfrau, die schauen musste, auf welchem Bett der meiste Staub liegen bleiben oder welches Muster wohl schnell nerven würde.

Sie ging von einem aufgestellten Bett zum anderen, nebenbei schaute sie sich in dem Ausstellungsbereich auch andere Möbel an (was in Ordnung war, denn wir brauchten alles weitere auch noch), schaute mich kurz an und ging dann weiter.

Ich habe mich dabei erwischt, wie ich darüber spekulierte, ob sie wohl immer so lange brauchen würde um sich etwas für sich auszusuchen oder ob sie vielleicht noch nie de Gelegenheit dazu hatte.

Sie sah aber bereits im Krankenhaus nicht so aus als hätte es ihr an Etwas gefehlt, sie war gepflegt und bis auf die situationsbedingte Trauer auch ein fröhliches Mädchen.

Ich hatte ein schlechtes Gewissen überhaupt darüber nachzudenken, denn ich fühlte mich so als hätte ich Vorurteile gehabt.

Dabei waren sie wahrscheinlich eine glückliche Familie bis zu der Zeit, in der sie es nicht mehr sein konnten. Ich hatte bald gelernt, dass sie einfach zum Entscheiden lange brauchte. Aber an diesem Tag wählte sie ein weißes Bett aus Holz mit einem Muster aus kleinen Sternen darauf.

Außerdem gefiel ihr noch ein Kleiderschrank und ein Kindertisch im gleichen Stil. Ohne auf die Preise zu achten, stimmte ich zu und wusste nach dem Bezahlen dann auch, warum man geschäftsfähig sein musste um adoptieren zu können. Sie schien überglücklich an diesem Tag.

Die Möbel, die sie aussuchte und die wir in eingepackten Kartons mitgenommen hatten, wollte sie während der gesamten Fahrt heim mit einer Hand halten.

Sie legte also das kleine Händchen auf einen der Kartons und saß hinten angeschnallt im Auto, da fragte ich sie, ob sie in ihrem Alter eigentlich noch so einen Autositz brauchte.

Sie schaute aus dem Fenster und nickte, so als wäre das absolut klar und die Frage überflüssig. Dann grinste sie weiter vor sich hin. Ich hätte ja auch einfach wieder an meinen Bruder denken können, die Kinder hatten auch Kindersitze gehabt und waren sicher einen Kopf größer als sie.

Also lachte ich auch auf. Was die Kleiderfrage betraf, da musste ich mir definitiv Hilfe holen. Ich wusste weder über die Kleidergrößen Bescheid, noch woher ich diese bunten Kleidchen mit verschiedenen Motiven darauf herkriegen würde.

Denn es schien so als würden ihre wenigen Kleider, die sie besaß, schon eine gute Qualität haben. Ich hätte natürlich etwas finden können, ich bin ja nicht auf den Kopf gefallen, aber es sollte ihr doch auch gefallen und ihrem bisherigen Sachen entsprechen.

Ich wusste ich müsste Zayna anrufen, die Frau meines Bruders.

Sie war eine tolle Mutter mit einem tollen Geschmack und für mich war sie immer schon etwas Besonderes.

Sie war in jungem Alter mit ihren Eltern nach Frankreich gekommen und hat ihre starke Persönlichkeit dadurch formiert, dass sie bereits als Kind immer Mal anders wirkte als die anderen in der Schule oder aber auch im späteren Leben.

Sie sagt sie ist Muslima, die ihre Religion aber nicht nach außen hin auslebte mit einem Kopftuch oder Ähnlichem.

Diskussionen darüber würde sie vermeiden, denn jeder Mensch sieht das, was er sehen will. Die einen würden sie aufnehmen und die anderen nicht und für sie war das schon immer völlig in Ordnung.

Sie erklärte mir, dass sie in der Schule lediglich immer viel ruhiger, bedachter und auch teilweise noch kindlicher war als andere, da manche Dinge zu Hause anders vermittelt worden sind.

Nicht besser oder schlechter, streng oder weltoffen, einfach anders. Ihre Eltern haben sie zu einer selbstbewussten Frau erzogen, die aus dem Gesellschaftsgeschehen ihre eigenen Schlüsse ziehen sollte.

Durch sie lernte ich eine Religion kennen, ohne sie aufgedrängt zu bekommen. Für mich war sie die warmherzigste Frau, die ich kannte und mein Bruder vergötterte sie nicht nur, sie machte aus ihm einen Mann und einen Vater.

Ich hoffte mit ihrer Hilfe auch besser damit klar zu kommen. Zumindest oder zunächst einmal auf die Kleidung bezogen.

Das schwierige war nicht sie um einen Gefallen zu bitten, sondern viel mehr dadurch diesen Stein ins Rollen zu bringen und allen erklären zu müssen, dass ich nun ein Kind hatte. Sobald sie es wusste, hätte mich mein Bruder kurz danach angerufen und wahrscheinlich noch parallel dazu meine Eltern eingeweiht.

Ich hätte beschreiben müssen, was ich nicht konnte, denn es war einfach nur ein Gefühl. Die letzten Jahre ließ ich mich eigentlich weniger durch Gefühle leiten und hörte mehr auf meine berufliche und rationale Ader. Früher oder später hätte ich es ihnen sowieso sagen müssen, aber direkt am ersten Tag der Probezeit?

Ich hätte sie natürlich auch darum bitten können, meinem Bruder nichts davon zu erzählen bis ich nicht selbst wüsste, was mich erwarten wird, aber ich wollte ihr auch nicht diesen Kick nehmen den Eheleute brauchen, wenn es familiäre Neuheiten gibt und sie es vor dem Partner wissen.

Ich rief sie also an und bat sie darum mir entweder ein paar Namen durchzugeben von passenden Geschäften und am Telefon zu bleiben bis ich schaute, ob es diese Geschäfte überhaupt in Deutschland gibt.

In Frankreich gab es massenhaft teure Kleidung, auch für Kinder.

Es gab Boutiquen und andere vornehme Sachen, die dann aber eben nur vereinzelt dort auftauchen und nicht als Kette weltweit.

Daher bat ich sie, vielleicht eher an einen Großhandel zu denken.

Dass ich Jemanden dabei hatte, erwähnte ich zu diesem Zeitpunkt noch gar nicht. Ich wollte nur wissen, wo ich Mädchensachen finden könnte.

Jemanden dabei haben, drückte die Situation natürlich auch nicht aus, aber ich war schließlich in der Gewöhnungsphase und konnte nicht direkt sagen, dass ich mit meinem Kind unterwegs war.

Nachdem sie mir ein paar Namen nannte, fragte sie mich ob ich ein Geschenk für Jemanden suchen würde und welche Freunde von mir denn ein Kind in dem Alter hatten, denn eigentlich erwähnte ich immer, dass meine Freunde ausschließlich Hunde und Weinkeller besaßen.

Ich hätte mir natürlich etwas zusammenstammeln können, aber ich war mittlerweile schließlich ein zweiunddreißigjähriger Mann und meine Angst vor der Adoption sollte nur ich kennen. Als ich ihr erzählte, dass ich ein kleines Mädchen adoptiert hatte, aber auch wie es dazu kam, dass es gerade dieses Mädchen war, wusste ich nicht ob Zayna gerade angefangen hatte zu weinen oder aber zu lachen.

Lynni und ich saßen ziemlich lange im Auto, weil ich sie bereits von dort aus angerufen hatte und die Geschichte eben nur erzählt werden konnte, wenn ich auch über Andrea und die Jobs berichtete.

Als ich stoppte, dachte ich zu erkennen, dass es zumindest kein Lachen war. Ich hatte mit allen möglichen Arten zu reagieren gerechnet.

Zayna war eigentlich besonders schlagfertig, sie hatte es eben, wie mein Vater schon bei der Hochzeit richtig beschrieb, faustdick hinter den Ohren.

Sie sagte allerdings nur, dass ich Geduld haben sollte und mit Sicherheit lernen würde mit der Situation umzugehen.

„Du hast jetzt ein Kind. Aber das ist dir auch schon klar, denke ich.

Dennoch solltest du dir vor Augen führen, dass dein Leben nun anders werden wird.

Wundere dich nicht, wenn du dir selbst nicht mehr der Wichtigste bist."

Sie wusste wie wichtig ich mir eigentlich war.

Ich musste, wie gesagt, immer nur mit mir selbst klar kommen, was viele Situationen einfach machte.

Nach kurzem Austausch haben wir dann aufgelegt und Zayna schien nicht schockiert oder in Panik zu sein, sie war ganz ruhig und das half mir mich auch nochmal zu beruhigen. Hätte mir Jemand mal gesagt, dass die Frau meines Bruders mir so eine gute Freundin werden würde, hätte ich es nicht geglaubt.

Ich behielt allerdings Recht damit, dass mich unmittelbar danach am Abend mein Bruder und dann meine Eltern anriefen. Von ihnen musste ich mir mehr anhören, sie waren nicht ganz so besänftigend und kraftgebend.

Sie hatten eine Milliarde Fragen und wollten Dinge wissen, die ich bisher gar nicht bedacht hatte. Ich hatte von dem Heim ja auch Dokumente erhalten zu ihr und ihren Eltern, aber ich hatte noch nicht daran gedacht mir diese anzusehen. Es war ja auch der erste gemeinsame Tag, ich musste mich um das Kind selbst kümmern und nicht um ihre bisherige Familiengeschichte.

Nachdem die vielen Fragen gestellt waren, kamen dann noch ein paar scharfe Kommentare und dann schien es so als ob sie sich doch auch freuen würden.

Ein Kind stand bei mir bisher noch nie zur Debatte, ich hatte keine feste Partnerin, keinen besonderen Wunsch Vater zu werden oder mein Leben zu ändern.

Aber meine Familie schien solche Wünsche für mich zu haben, sie nur nicht zu äußern.

Wir Leopolds sind eigentlich schon immer so gewesen, dass wir einander nicht in die Lebensplanung hineingesprochen haben.

Meine Eltern haben uns immer zugehört und auch mal ihre Meinung dazu gesagt, aber sie hatten nie für mich festgelegt, was ich letztendlich tun sollte.

Als ich vor Jahren mit meinem Vater über Ava gesprochen hatte, sagte er lediglich, dass ich viel über sie reden würde, dafür dass ich nichts unternehmen wollte und schon war ich auf dem Weg zu ihr.

Daraus ist zwar nichts geworden, aber ohne meinen Vater hätte ich nicht mal verstanden, dass ich es doch versuchen wollte. Irgendwie.

Es ist ja auch egal gewesen, aber es beschreibt unsere familiäre Art miteinander umzugehen sehr gut.

Lynni und ich gingen in die Wohnung, die ich derzeit bezog und beim Eintreten schaute sie mich an und schien auch nicht genau zu wissen, wie es jetzt weitergehen sollte.

In meiner Panik hatte ich vergessen, dass das Kind wahrscheinlich genau so unsicher gewesen ist wie ich. Ich bat sie hinein und zeigte ihr die Spielsachen, die ich besaß.

Der Rest der Wohnung war wirklich gradlinig und klar eingerichtet.

Man hätte als Erwachsener direkt bemerken können, dass ich öfter Mal unterwegs war oder umgezogen bin.

Ich wusste nicht, ob ein Kind es auch bemerkte. Ich sagte ihr, dass ich direkt ihr Bett aufbauen würde und wir dann zusammen die neuen Kleider in die Waschmaschine schmeißen können. Sie schaute mich an und fragte, warum wir die Sachen waschen.

Viele andere neugierige Fragen folgten und ich habe so meine Probleme damit gehabt kindgerechte Antworten zu finden.

Als ich das Bett aufbaute, kam sie langsam zu mir ins Zimmer und setzte sich neben mich auf den Boden. Mit dem Kopf lehnte sie sich an ihr linkes Knie und das andere Bein, auf dem saß sie drauf. Wie eine kleine Kugel eingerollt sagte sie mir, sie will zusehen bei dem Aufbau. Es würde wohl eine Weile dauern, bis solche Situationen zum normalen Alltag werden würden für uns beide, aber dennoch fühlte es sich nicht falsch an.

Irgendwie kamen wir miteinander klar und ich arrangierte mich damit sie zusehen zu lassen beim Aufbau von Möbel oder beim Kochen oder beim Aufräumen.

An diesem Abend war beispielsweise all das noch einmal fällig und sie wollte auch bei allem dabei sein. Als ich sie am Abend in unser provisorisch aufgestelltes Bett schickte, stand dieses noch in meinem Schlafzimmer, denn die Wohnung war eigentlich bereits ausreichend besetzt.

Ich dachte aber auch, vielleicht wäre es gut sie erst mal dort schlafen zu lassen, denn ich wusste zwar nicht wie man ein Verhältnis möglichst liebevoll aufbaut, aber ich wusste, dass Kinder Abends oft Angst haben könnten.

Wie sollte ich wissen, was sie in der letzten Zeit erlebt hatte oder wie sie sich wohl gefühlt hatte. Die Situation war so schwierig für sie aber sie war auch so klein, dass ich nicht wusste, wie ich mit ihr hätte ein Gespräch darüber führen können.

Ich schob es auf und dachte, wenn sie bei mir bleiben würde, dann könnten wir darüber sprechen, wenn sie etwas älter ist und nicht nur drei Sätze zusammenkriegt.

Ich hatte auch überlegt, ob wir vielleicht professionelle Hilfe bräuchten, aber ich konnte mir nicht vorstellen, dass alle Personen die adoptieren mit den Kindern zum Psychologen gehen würden. Also schob ich auch das erst einmal auf.

Die nächsten Tage waren aufregend und anstrengend, ich musste mir oft spontan überlegen, wie ich reagieren würde, was ich besorgen müsste, worum ich mich allgemein noch kümmern musste.

Zum Glück ging sie noch nicht in die Schule, aber die Frage war, ob sie in den Kindergarten gegangen ist bevor sie zu mir kam.

Ich musste auch eigentlich wieder arbeiten um ein bisschen Geld zu verdienen.

Denn ich verdiente zwar gut, aber ich lebte ja auch nicht besonders sparsam bisher.

Ich wusste nicht, was ich kochen sollte damit es gesund und lecker ist, denn eigentlich kochte ich nicht und wenn ich es tat, dann nur für mich.

Das Mädchen gab sich auf ihre Art auch Mühe. Sie hatte zwar nicht dieselben Verpflichtungen, aber sie versuchte mit mir Zeit zu verbringen und ich fand es faszinierend, dass ein kleines Kind einen fremden Mann in dieser Form in sein Leben lassen möchte.

Ich konnte spüren, dass sie in mir wirklich ein Elternteil sehen wollte.

Ohne das sie wirklich wusste, was das bedeutet und warum die Situation so ist wie sie ist, ging sie mit allem sehr gut um.

Die Wochen vergingen und wir pendelten uns ein.

Ich entschied mich sie in den Kindergarten zu schicken und nahm erst einmal regionale Aufträge an um mich um sie kümmern zu können.

Ich hatte es auch geschafft etwas Platz in der Wohnung für sie zu machen bevor die Kontrolle vorbei kam.

Die erste Kontrolle, die geschickt wurde, verlief auch recht gut. Sie sahen sich die Wohnung an und sie sprachen mit mir.

Ihr legten sie Karten vor, auf welchen lachende oder traurige Gesichter zu sehen waren, manchmal auch ein Herz, eine Sonne oder Regen. Dann haben sie ihr Fragen gestellt, wie sie sich fühlen würde und was sie in bestimmten Situationen empfinden würde.

Ich bekam nur einmal die Antwortkarte mit dem Regen und bezogen war es auf etwas worauf ich keinen Einfluss nehmen konnte.

Es waren die Haare, ich konnte nicht so gute Frisuren für den Kindergarten machen.

Ich wusste bereits, dass es so war, aber ich hatte trotz größter Bemühungen immer nur einen normalen Pferdeschwanz hinbekommen.

Das Mädchen war von Natur aus sehr vorsichtig und tat alles mit Bedacht, doch was die Kleidung und die Haare betraf, da hatte sie schon so jung einen eigenen Stil.

Ich war froh, dass nicht die Hippiebeamtin zur Kontrolle vorbei kam, denn damit rechnete ich eigentlich schon fest. Es war eine junge Kollegin von ihr, die mir noch keinen skeptischen Blick zugeworfen hatte.

Vielleicht hat sie mich sogar angeflirtet, da sie oft sagte, sie könne immer gerne helfen, wenn wir etwas bräuchten.

Aber wahrscheinlich sah ich einfach eher unbeholfen aus und darum erwähnte sie es oft. Dennoch schien sie positiv zu sein zu dem Zeitpunkt.

Als sie gegangen war, haben Lynni und ich uns zur Feier des Tages erst einmal eine Tiefkühlpizza in den Ofen geschoben. Manchmal musste ich eben doch noch auf alte Rezepte zurückgreifen.

An Neujahr in diesem Jahr war ich zum ersten Mal seit vielen Jahren nicht auf einer Party bei Freunden, sondern verabredete eine kinderfreundliche Neujahresfeier mit meinem Bruder in Frankreich.

Er lachte herzlich am Telefon als ich mich ankündigte und sagte, ich soll mich auf eine der lautesten Feten einstellen, die ich jemals besucht hatte. Allein die Tatsache, dass er es eine Fete nannte, lies uns beide über Nacht zu unserem Vater werden.

Ich fühlte mich ein wenig lächerlich, so als würde ich in eine Rolle schlüpfen, die ich mir nicht wirklich selbst zuzuschreiben hatte, aber von Tag zu Tag ging ich besser mit dem Gefühl um.

Diese Probezeit war eine echt herausfordernde Eingewöhnungszeit.

Mir wurde klar, warum das Gericht manchmal dann wohl auch gegen eine Adoption entscheiden muss. Zayna und Simon haben mir am Telefon oft gesagt, ich solle mich nicht selbst so unter Druck setzen, denn ich hätte schließlich von einem auf den anderen Tag mein ganzes Leben verändert.

Aber die Frage, die ich mir stellte, war ob ich dem Kind, mir und allen anderen etwas vormachte. Ich krempelte viele Dinge um, aber ich blieb unsicher.

Ich wusste nicht, dass ich sowas wollen würde.

All diese Gefühle überrumpelten mich. Ich war beinahe so überfordert wie bei Ava und meinen Gefühlen zu ihr, nur dass dies wichtiger erschien.

Ich konnte nicht einfach Dinge verschweigen oder weggehen, es ging um ein Kind. Zu Neujahr selbst haben wir dann doch nicht in Frankreich gefeiert, sondern bei uns im naheliegenden Krankenhaus, denn Lynni hatte sich eine fiese Erkältung und Fieber eingeholt.

Das war einer der Momente, vor denen ich die meiste Angst hatte, mich um sie zu kümmern, wenn es ihr nicht gut gehen würde.

Als ich das letzte Mal jemanden in das Krankenhaus begleitet hatte, ging es nicht gut aus. Natürlich war das nicht zu vergleichen, manche Menschen ,die sich bereits besser in Sachen Erziehung auskannten, wären vielleicht gar nicht extra ins Krankenhaus gefahren. Aber ich wollte bloß nichts falsch machen.

Ich hatte richtig Angst, denn ich habe das Fieber trotz aller Ratschläge von meiner Mutter nicht senken können. Wir warteten im Wartezimmer zur Kinderstation und ein Mann saß mir mit seiner Tochter gegenüber. Er hielt sie im Arm und erzählte ihr eine Geschichte. Ich schaute Lynni an, die halb auf meiner Schulter lag, weil sie keine Kraft mehr hatte und versuchte nicht durchzudrehen.

„Wenn sie ihren Kopf etwas seitlich legen, dann kriegt sie mehr Luft und Kraft zum Atmen", sagte der Mann mir gegenüber.

Ich reagierte natürlich direkt und bedankte mich in einem solchen Tonfall, dass klar werden musste, dass ich keine Ahnung davon hatte, was ich da tat.

Er grinste mich an und hatte so eine beruhigende Aura, dass ich ihn eigentlich nur hätte weiter ansehen müssen und schon wäre ich um einige Herzschläge ruhiger geworden.

„Wann haben Sie sie adoptiert?"

Ich schaute nun wieder zu meinem Kind und ich wunderte mich.

Ich dachte, trotz Unbeholfenheit musste es doch nicht heißen, dass es nicht mein leibliches Kind ist.

„Ich kenne das Mädchen. Ich habe nicht so wissen können, dass sie adoptiert haben. Ich habe selbst zwei adoptierte Kinder und schaue öfter Mal mit Geschenken in dem Heim vorbei, in dem ich meine größten Geschenke bekommen habe.

Vor kurzem war Sie noch dort."

Es schien einer dieser Momente zu sein, den man nur glauben konnte, wenn man selbst dabei war. Der Mann schien mir ein Engel zu sein.

Er war ruhig, sprach ruhig, war hilfsbereit, hatte adoptierte Kinder.

Es schien fast so als wäre er zur richtigen Zeit am richtigen Ort, trotz der Umstände.

Er war eine viel bessere und ehrenhaftere Version von mir.

Ich antwortete: „Vor ein paar Wochen, vielleicht sind es jetzt auch ein oder zwei Monate. Ich dachte eigentlich nicht, dass es vor Neujahr klappen würde, aber jetzt sind wir schon in dieser Probephase seit einer Weile und ich dachte auch nicht, dass ich mal adoptieren würde."

Ich hörte mich selbst einem Mann alles erzählen, was ich empfand und mir die Tränen verdrückend etwas zusammenreden, was er wahrscheinlich nicht verstand.

Er wirkte so vertrauenswürdig. Sowas konnte ich ja nicht meiner Familie in der Form erzählen.

Sie hätten gesagt, dass ich nicht bereit dazu bin.

Dann erzählte er mir, während wir dort mit unseren kranken Töchtern warteten, was er im Leben erlebt hatte und wie es zu der Adoption kam.

Bereits im jungen Alter litt er an Hodenkrebs, was ziemlich schnell klar machte, dass er keine eigenen Kinder bekommen könnte.

Als er diesen Kampf gewonnen hatte, erlitt er eine weitere schlimme Krankheit, die ihn viel Lebenskraft kostete.

Er wollte aber nach erster Depression nicht aufgeben, er wollte Kinder und er wollte ein Leben. Er sagte mir, sogar wenn er eigene Kinder hätte bekommen können, wären diese nicht so perfekt geworden, wie die beiden die er jetzt hat und da war es mit meinem letzten Funken Männlichkeit an diesem Abend vorbei.

Derzeit kämpft der Fremde mit Tumoren am Gehirn.

Erneut krank.

Aber er würde immer alles nochmal so machen wie bisher, was für ihn nicht bedeutete, dass er besonders bereit war zu diesen Schritten, sondern er dem Leben die Möglichkeit ließ ihm diesen Weg aufzuzeigen.

Ich war mir nun sicher, dass er ein Engel war. Ich schaute mir meine kleine Lynni an und drückte sie an mich.

In diesem Moment wurde mir zum ersten Mal bewusst, dass ich sie bereits lieb hatte und nicht mehr nur niedlich fand.

Sie war nicht mehr das Mädchen, dass im Krankenhaus ihre Mutter verloren hat, sie war irgendwie mein Mädchen.

Die Adoption

02-2012

Es sind noch weitere 4 Wochen vergangen, nachdem Lynni krank war (somit hatten wir drei gemeinsame Monate) bevor ich eine Einladung zum Gericht bekam um die Adoption vorzutragen.

Durch die Besuche, die ich zwischendurch bekommen hatte, konnte ich immer mal danach fragen wie ich mir diesen Termin vorzustellen hatte. Ich muss auch sagen, kleine Mädchen wirken wie Magneten auf Frauen, wenn man alleinerziehend ist.

Ich habe viele neue Freundinnen bekommen, wenn ich auf dem Spielplatz oder im Supermarkt unterwegs war. Dadurch hatte ich viele weibliche Einflüsse und Meinungen zu bestimmten Themen wahrnehmen können.

Ich hoffte, diese möglichst in meine Erziehung (wenn man das was ich tat so nennen konnte) integrieren zu können, so dass keiner sagen könnte da hätte der weibliche Einfluss gefehlt.

Ich weiß nicht wie sehr ich es in meinem bisherigen Schreiben hervorgebracht habe, aber seit meinem Auftrag mit der Kampfsportlerin im Jahr 2010 und der jetzigen Adoption sind beinahe zwei Jahre vergangen.

Neujahr 2011/12 war ich mit Lynni im Krankenhaus und Ende Januar 2012 durfte ich zum Gericht. Ich wusste natürlich nicht, ob sie mir erlauben würden rechtlich gesehen die Vormundschaft nun zu übernehmen, denn ich war bei weitem kein perfekter Vater geworden in der kurzen Zeit, aber ich wusste, dass ich es mir wünschte.

Ich war mir in meinem Leben in Nichts mehr sicherer gewesen als in diese Adoption an diesem kalten Januartag.

Ich habe Lynni an der Hand genommen, mir und ihr etwas ordentliches angezogen und wir sind pünktlicher denn je zu dem Termin erschienen.

Sie sagte sogar noch, dass wir ausnahmsweise gar nicht gerannt sind. Ich habe ihr dann auf den letzten Schritten zum Saal hin versucht zu erklären, dass sie das doch bitte nicht erwähnen soll wenn man sie etwas fragt.

Da sie nun auch schon auf die sechs Jahre zuging, konnte sie deutlich mehr sprechen als im Krankenhaus bei unserer ersten Begegnung, vielleicht konnte ich darum auch immer besser mit ihr umgehen.

Wenn sie erst Mal alt genug ist zum Debattieren und Wein trinken werden wir sicher beste Freunde werden. Da wird sie nämlich keine Babysprache mehr sprechen, die Pubertät hinter sich haben, in der sie mich peinlich findet, und ich werde alt genug sein um weise Ratschläge geben zu können.

In meinen Gedanken war ich schon total in der Zukunftsplanung.

In der Realität sah ich im Saal viele Beamte, die Menschen vom Gericht und andere, die ich nicht zuordnen konnte. Wir kamen also herein und Lynni klammerte sich an mein Bein, da sie zu viele fremde Leute ansahen. Wenn sie gewusst hätte wie nervös ich gewesen bin, hätte sie mir den Vortritt gelassen beim Umklammern.

Eigentlich aber ging dann erstaunlicherweise alles sehr schnell, zumindest erschien es mir so.

Ein paar Fragen an alle Beteiligten, ein paar Dokumente, die vorgetragen wurden.

So viele Beteiligte gab es ja auch nicht in dieser Geschichte.

Die Erzieherin aus dem Kindergarten, die Beamtin aus der Agentur für Adoption und ich sollten vortragen.

Mein Vortrag glich aber mehr einem Verhör.

Wie mussten sich Angeklagte wohl fühlen die etwas verbrochen haben und hier gequält werden? Ich habe eigentlich kaum was im Kopf behalten von den gestellten Fragen, bis auf die Frage wie ein alleinstehender Mann auf die Idee käme ein Kind adoptieren zu wollen.

Dies war direkt die Ausgangsposition und beschrieb wie das Gericht wohl dazu stand – sehr kritisch. Meine Antwort war auch nicht gerade professionell.

Schließlich hatte ich ursprünglich nicht vor zu adoptieren und stellte mir vor Kurzem wahrscheinlich mit dem gleichen Unterton die gleiche Frage.

Als ich anfing mir Etwas zusammenzureden überlegte ich kurz zu erklären, was meine eigentliche Absicht war.

Dann fing ich mich zum Glück wieder und sagte Dinge von denen ich meinte, dass öffentliche Einrichtungen sie hören wollen.

Sie schienen in all meiner Nervosität etwas gelangweilt davon. Routiniert gingen sie weiter die Fragen durch und ich konnte erneut feststellen, dass Menschen meist doch eben alle nur einen Job erledigen und sich nicht so reinsteigern wie man selbst das erwartet. Zum Schluss die Frage an das Kind, wie sie sich bei mir fühlen würde.

Mich interessierte die Antwort mehr als die anderen, darauf hätte ich wetten können. Denn ich wusste wir würden gut gemeinsam funktionieren aber ich habe ja nie konkret gefragt ob sie mich mögen würde.

Ich schaute sie besorgt an. Ich denke, sie weiß noch nicht wieviel diese Frage in dem ganzen Prozess bedeuten würde.

„Ich werde bald zur Schule gehen. Theo hat mir ein Heft und ein Stift gekauft und manchmal üben wir Buchstaben. Ich habe für heute eine Seite alleine geschrieben."

Sie stand von ihrem Stuhl auf und ging in Richtung der Richterin, dann legte sie es ihr hin.

Ich wusste nicht, dass sie überhaupt jemals was in ihrem Rucksack dabei hatte, denn ich packte eigentlich nur Essen für den Kindergarten hinein.

Die Richterin lachte zum Ersten Mal an diesem Tag auf und drehte das Heft nach vorne.

Es standen vier Buchstaben ganz groß auf der Seite geschrieben: Papa.

Mehr musste an diesem Tag nicht mehr geschehen.

Jegliche Nervosität ist von mir abgefallen und auch die Richterin legte ihren kritischen Blick beinahe ganz ab.

Ich dachte dieser Termin würde dramatischer werden, ich war darauf vorbereitet (hoffte ich) zu kämpfen wenn man mir das Adoptionsrecht verweigern würde.

Ich konnte aber mit meiner Tochter nach Hause gehen.

In meinem Kopf wiederholte ich das Wort Tochter noch oft an diesem Tag.

In der Zeit danach mussten wir erneut Entscheidungen treffen, die unser beider noch frisch zusammengekommene Leben neu strukturieren würden.

Würde ich in Deutschland bleiben? In welche Schule würde sie gehen?

Wie sollte ich weiterhin die Aufträge annehmen, die auch wirklich Geld einbrachten, ohne sie zu vernachlässigen?

Einige Monate mit regionalen Berichten durchzukommen war unproblematisch, aber mit den gesamten neuen Kosten könnte es problematisch werden.

Ich fragte sie und wir beschlossen nach Frankreich zu ziehen. Meine Familie könnte mich dort unterstützen, wenn ich beruflich verreisen müsste.

Lynni akzeptierte es wie ein großes Mädchen und sie freute sich auch darauf Französisch zu lernen. Ich hatte mich gut dabei gefühlt, ich war lange genug hier gewesen, geplant war es nur zum Studium. Ich hatte aber auch ein schlechtes Gewissen, sie zu entwurzeln. Ich wollte nicht, dass sie ihre Eltern oder ihre Wurzeln vergaß.

Sie hatte nicht wirklich viele Erinnerungen an die beiden, aber jede Kleinigkeit schien mir wichtig zu sein.

Damit ich aber als Alleinerziehender eine bessere Möglichkeit hatte alles zu arrangieren, ihr die Liebe zu geben, die sie verdiente und dennoch irgendwie ich selbst zu bleiben, zogen wir tatsächlich nach Paris.

Dabei merkte ich, dass auch ich wieder lernen musste die Sprache im täglichen

Gebrauch zu nutzen, denn wenn die Leute in Paris eins konnten dann schnell sprechen.

Ich suchte mir direkt eine Wohnung in der Lynni auch ihr eigenes Zimmer haben konnte, nah zu meinen Eltern und meinem Bruder, aber dennoch weit genug entfernt um nicht einfach mal jeden Tag auf einen Kaffee vorbei kommen zu können.

Ich muss wohl nicht betonen, dass man ab einem bestimmten Alter und wenn eine Weile eine Ländergrenze zwischen einem selbst und der Familie lag auch weiterhin die Freiheit haben möchte sie nicht zu sehen.

Wir hatten nicht so viele Sachen, die wir mitnehmen wollten bei dem Umzug, denn eigentlich war ja alles sporadisch eingerichtet in Deutschland.

Dies erleichterte es uns um Einiges.

Wenn ich Möbel für die neue Wohnung besorgte, ließ ich sie meist liefern, denn ich wollte auf keinen Fall alleine den schmalen Flur entlang ein Sofa tragen.

Die Wohnhäuser in Paris sind sehr kompakt in kompakten Gegenden und das zu weniger kompakten Preisen.

Vor unserem Wohnhaus befand sich eine Art Vorhof, der uns von dem gegenüberliegenden Haus trennte, auch typisch für die Gegend.

Ich erinnere mich daran, als Teenager häufig mal ein Bild in dem Vorhof unserer damaligen Wohnung gemacht zu haben. Meine Freunde und ich fühlten uns dabei besonders lustig. Immerhin gab es damals noch kein Facebook oder YouTube, wir haben unter uns Bilder gemacht und sie uns dann ins Zimmer an die Wände geklebt.

Seit fast zwei Jahren gibt es ja auch Instagram, dabei kann ich es kaum fassen, dass es Facebook schon seit 2004 gibt.

Erst 2001 war doch eigentlich mobiles Internet in die Welt gerufen worden und in dieser kurzen Zeit hat sich so vieles entwickelt.

Ich sprach ja meist nicht darüber, aber einige meiner Karikaturen waren natürlich auch auf Instagram und Co. zu sehen. Ich bevorzugte es aber diese Netzwerke nur privat und in geringem Maß zu nutzen.

Meine Recherchen haben mehr gefordert als nur soziale Medien zu durchforsten.

Aber ab und an postete ich auch mal ein Bild oder eine sogenannte Story, da ist es ja nur verständlich, dass die Jugendlichen heute kaum mehr die Finger davon lassen können.

Lynni war sehr mutig. Ich nahm sie bereits in der ersten Woche mit zu meinen Eltern, bei denen auch mein Bruder und seine Familie waren und stellte ihr endlich alle vor.

Ich meine mutig, weil sie Allem offen entgegen geschaut hat.

Sie war toll und ich konnte gar nicht glauben, was für ein Glück ich damit hatte, sie nicht erst zu Dingen überreden zu müssen oder ihr Etwas aufzuzwingen.

Vielleicht würde das in der Pubertät noch kommen, dachte ich als ich dann noch einen Moment länger darüber nachgedacht habe. Darum entschied ich es einfach zu genießen solange es anhielt. In Paris gibt es zwanzig Arrondissements.

Meine Tochter und ich lebten im 6. Arrondissement, Arrondissement von Luxembourg genannt. Noch genauer lebten wir in dem Quartier, das von Fitzgerald, Monet, Picasso und Hemingway geprägt war: Quartier Saint-German-des-Prés. Ich hatte wie gesagt lange überlegt wo wir hinziehen sollten und da ich die kleinen Boutiquen und Straßen den Boulevards und Einkaufszentren bevorzugte, dachte ich es würde passen.

Vor allem aber auch weil meine Familie in einer angrenzenden Gegend lebte, das 4. Arrondissement.

Die Gegend war auch sehr schön, geprägt von verschiedenen Kulturen und Kunst.

Mein Kind konnte sowohl bei meinen Eltern als auch bei uns in der Wohnung sicherlich schöne Erinnerungen sammeln.

Es war allerdings gar nicht so einfach eine Bleibe zu finden die unmöbliert war und auch auf längere Zeit vermietet werden sollte.

Vielleicht sollte ich noch erwähnen, dass unsere Wohnung knapp 60 qm groß war und die Miete mich fast 3000 Euro kostete.

Die weniger kompakten Preise hatte ich ja bereits erwähnt. Ich wusste aber, dass ,wenn ich wollte, ich auch mehr als genug verdienen würde, sobald ich Unterstützung bekam mit Lynni.

Daher hatte ich keine Sorgen diesbezüglich. Ich musste mich nur einarbeiten in wichtige Geschehnisse und schauen, welche größeren Aufträge rein gekommen sind als ich noch regional gearbeitet hatte.

Als wir meine Familie zum dritten Mal gemeinsam besucht hatten, sind wir zu meinem Bruder gefahren, denn Zayna hatte uns zu dem Zuckerfest eingeladen.

Sie hatte eine Menge an Gebäck vorbereitet, Baklava und andere leckere Dinge.

Lynni war zwar nicht mein leibliches Kind, aber sie konnte genau so viel Süßes essen wie ich. Ich mochte es schon immer am Zuckerfest bei meinem Bruder zu sein.

Wir haben gemeinsam gegessen, Zayna hat uns ein wenig über den jeweiligen Fastenmonat berichtet und wie sie sich in diesem Jahr dabei gefühlt hatte und dann haben die Kinder Geschenke bekommen.

Mein Bruder schenkte auch seiner Frau immer Etwas, weil er ihre Disziplin bewunderte.

Sie stand in diesem Monat vor dem Fest immer Nachts auf zum Essen, zum Beten und fastete den ganzen Tag während sie sich um die Kinder, ihn und ihre anderen Aufgaben kümmerte.

Mein Bruder sagt zwar immer, dass sie die Aufgaben fair teilen würden, aber wir wussten, dass sie der Kopf der Sache ist. Sie war wie ich Freiberuflerin.

Aber sie schrieb einen eigenen Blog zu verschiedenen Gesellschaftsthemen. Ich habe ihn immer gerne gelesen und versucht dadurch meine eigene Sichtweise zu reflektieren. Manchmal hat mir ihr Blog dabei geholfen meine Recherchen richtig anzugehen.

Lynni hat bei dem Zuckerfest dieses Jahr auch ein Geschenk bekommen.

Sie war sehr neugierig darüber, warum sie Etwas bekommen hat und was genau gefeiert wird. Wir wussten alle ein wenig darüber Bescheid, denn wir haben es vor einigen Jahren kennengelernt und wir haben es gerne gefeiert.

Als ich davon gehört hatte, war ich beinahe schon erwachsen und da ist es schon fast erschreckend sich so wenig in den anderen Religionen auszukennen.

Ich bin zwar kein Muslim, aber vor allem während des Fastenmonats haben Zayna und ihre Bekannten solch eine Güte gezeigt, so bedacht und friedlich gelebt, dass ich mir immer versucht hatte genau das vor Augen zu führen, wenn ich mal einen schlechten Moment hatte.

Es hat nicht immer geklappt, in meinen zwanziger Jahren war ich ja wirklich noch sehr unreif, was man ja auch an den vergangen Beziehungen und Nicht-Beziehungen sehen konnte.

Da gab es bei mir keine Ruhe und keinen inneren Frieden. Aber mit der Zeit hat es mir doch immer geholfen an den Fastenmonat Ramadan zu denken.

Bei uns war es normal das Zuckerfest und Weihnachten zu feiern.

Ich war natürlich nicht auf den Kopf gefallen, viele hätten das abgelehnt und das weiß nicht nur ich, aber eigentlich ging es und geht es doch in allen Weltreligionen um die Liebe, den Respekt und die Gemeinschaft.

Mir zumindest gefiel dieser Gedanke und so würde ich ihn auch immer an Jeden weitergeben.

Meine Eltern hatten sich ziemlich schnell an Lynni gewöhnt. Aber auch ihre Cousine und ihr Cousin spielten immer gerne mit ihr. Ich hatte das Gefühl, als wäre sie schon immer da gewesen. Ich würde noch hunderte von Situationen schildern wollen, welche dieses besondere Kind und die Freude, die sie unerwarteterweise in mein Leben gebracht hat, beschreiben, aber ich beschränke mich zunächst auf die wirklich prägenden.

Solche, wie die Einschulung mit 6 Jahren und mit gebrochenem Französisch. Sie war unheimlich aufgeregt und rastlos, drückte sich an den Händen herum und als ich ihr etwas zu Essen in den Ranzen legen wollte, entdeckte ich einen Haufen an Stiften, die sie eingepackt hatte für den ersten Schultag.

„Lynni, was hat du vor mit all den Stiften? Dein Rücken wird dir wehtun von dem schweren Ranzen."

Sie schaute mich an und sagte, sie wüsste ja nicht, ob und wie viele Stifte es in der Schule gibt. Sie habe ja keine Ahnung, ob sie welche dort bekommen würde, sie wäre ja noch nie in Frankreich zur Schule gegangen um zu wissen, was sie erwartet.

Wie ein Gedankenblitz erinnerte mich das Gespräch mit meiner Tochter an die Taxifahrt mit Ava und ihrer Tablettenpanik für alle Bereiche außerhalb Europas. Ich lachte kurz auf und konnte nicht anders, als die Situation wie damals zu beenden.

Ich sagte Lynni, sie solle mir Bescheid geben, ob ihr Ranzen zu schwer gewesen ist. Der Unterschied war nur, dass ich sie in die Schule begleitete, auf sie warten und mit ihr Heim fahren würde. Ich fand es tatsächlich nett an diese Begegnung zurück zu denken, denn im Grunde war es ja ein schöner Moment für mich und in meiner Wahrnehmung.

Es geschah wirklich kaum noch, dass ich mal an Ava dachte, aber manchmal fragte ich mich doch, wie es ihr gehen würde und wo sie wohl lebt.

Ich denke jetzt hätten wir echt Freunde sein können, wo keine Gefühle mehr im Spiel sind. Lynni und ich gingen also zur Schule und sie hat sich auch dort tapfer geschlagen. Wenn manche Mitschüler mit ihr gesprochen haben und sie es nicht verstanden hat, habe ich übernommen.

Ich hätte ja auch noch warten können mit der Einschulung, aber das Kind war reif genug um den Kindergarten zu verlassen.

Die Sprache würde für sie die einzige Herausforderung, wobei wir übten, wo wir nur konnten.

Manchmal redete ich auch daheim nur noch Französisch mit ihr.

Ich hoffte zwar sie nicht zu überfordern, aber ich hätte zum Beispiel schon gerne Jemanden gehabt, der mit mir Deutsch gesprochen hätte als ich ein kleines Kind war.

Dann hätte ich es später auch leichter gehabt in Deutschland, hätte vielleicht auch mal ohne französischen Akzent gesprochen.

An der Uni haben viele Kommilitoninnen gedacht ich würde ihnen imponieren wollen mit meinem Akzent, dabei konnte ich einfach nicht ganz klar sprechen.

Ich habe bisher noch nicht erwähnt, dass ein Teil meiner Ur-Familie aus Deutschland stammt und ich wohl daher auch das Interesse an dem Land und der Sprache entwickelte.

Ich kannte diesen Teil meiner Familie zwar nicht und meine Eltern auch nicht, aber unser Nachname spricht schon sehr für deutsche Vorfahren.

Ich bat Lynni aber mir ein Zeichen zu geben, wenn sie mal gar keine Lust mehr gehabt hätte. Dem Kind konnte man vertrauen.

Sie hat niemals einfach so ein Zeichen gegeben, sondern manchmal sogar noch zielstrebiger versucht sich durchzuarbeiten wenn es schwer war.

Ich hatte schon Angst sie würde bald besser Französisch sprechen als ich und dann müssten wir unser Deutsch nochmal üben.

Die ersten Schultage waren spannend, sie hat mir in jedem Detail erzählt, was sie gemacht haben. Wir haben uns immer auf den Boden im Wohnzimmer gesetzt und einen Kakao getrunken, während sie davon erzählte.

Wir wollten und haben das zu unserem Ritual gemacht.

Wenn ich meiner Tochter so zuhörte wie fröhlich sie erzählt hat, mit ihren immer fröhlichen Augen, da konnte ich kaum glauben, was sie schon erlebt hatte bisher und dass wir ja eigentlich erst seit kurzem zusammengeführt worden.

Ich wusste nie, wann ich mal die Unterlagen aus der Agentur durchgehen sollte, denn eigentlich war ja alles geklärt.

Ich wusste auch nicht, ob ich sie mal fragen sollte, ob sie ihre Eltern vermisst oder wie sie das Ganze wahrnimmt.

Sie war ja doch noch so klein. Ich hatte nicht das Gefühl, dass sie Nachts schlecht träumen würde oder sie im Allgemeinen Reaktionen zeigte, die hätten erklären können, wie sie sich fühlt.

Ab und zu aber, wenn es Zeit war zu schlafen, da sah ich sie im Bett noch etwas vor sich hinsagen bevor sie die Augen zu machte.

Ich habe sie zu diesem Zeitpunkt aber auch noch nicht danach fragen wollen.

Ich wollte ihr so viel Zeit und eigene Momente wie nötig geben um sich von den tragischen Vorfällen ein wenig erholen zu können.

So saßen wir da also auf dem Teppich, sie redete, ich hörte eher meinen Gedanken als ihr zu und so ging das tage- und stundenlang wenn sie anfing über die Schule zu sprechen.

Ich fragte mich an solchen Tagen auch, ob Adoptiveltern und Eltern, die auf natürlichem Weg Kinder bekommen, denn auch gleich handeln oder reagieren.

Aber ich glaube es nicht. Ich war mir sicher, wenn ich Lynni zu dem Zeitpunkt nicht erst vor kurzem adoptiert hätte, dann hätte sie von mir wahrscheinlich schon gehört, dass sie sich etwas von ihren Schulgeschichten für die Zukunft aufheben sollte, weil es einfach zu spannend ist um Alles auf einen Schlag zu hören.

An dieser Stelle musste ich mir selbst eingestehen, dass es wohl normal ist solche Gedanken zu haben.

Ich hoffte natürlich, dass die Hemmungen, die man dann doch noch hatte, irgendwann abfallen würden.

Viele Adoptiveltern sprechen nicht über diese Art von Gedanken, Sorgen oder Erlebnissen.

Da wirkt alles wie eingespielt und ich kann mir beim besten Willen nicht vorstellen, dass sich die Adoption von heute auf morgen einfach natürlich angefühlt hat. Auch wenn jemand einen größeren Kinderwunsch hatte als ich, musste die Person doch erst mal den gleichen Prozess wie ich durchlaufen.

Bei der Einschulung beispielsweise hatte ich mehr Angst als Lynni selbst.

Überall standen Mütter und Väter die ihre Kinder gemeinsam eingeschult haben.

Ich hatte Angst ihr nie dieses Gefühl bieten zu können. Es würde nur wir zwei sein, ob zur Einschulung, zum Schulwechsel, zum Abitur, zur Ausbildung oder zu was auch immer sonst sie im Leben vor hatte.

Ich stand an diesem Morgen teilweise mehrere Minuten nur vor meiner Tochter und beobachtete eigentlich die Leute um uns herum, in der Hoffnung Lynni würde nicht die gleichen Gedanken wie ich gerade haben.

Ich musste mich wieder konzentrieren. Ich nickte in meinen Gedanken also alle paar Sekunden zu dem was Lynni erzählte und fand es schön, wie sie sich freute.

Ich wollte ihre Erzählungen nur gerne portionieren um noch soweit klar denken zu können, dass auch mal ein Gespräch nicht auf dem Teppich sitzend stattfinden konnte.

Die kleine lächelte mich nach einer Weile und vielen Tagen,

die wir so verbracht haben dann aber selbst an und sagte auf Französisch

„la parole est d'argent, le silence est d'or",

was so viel heißt wie Reden ist Silber, Schweigen ist Gold.

Ich wusste nicht was mich mehr überraschte, ihr Französisch, die Wahrheit in diesem Satz oder ihre offene Art mit mir umzugehen, die ich ihr im Gegenzug nicht immer bieten konnte.

Ich will nicht sagen, dass einiges an Zeit vergangen ist seit ich das letzte Mal geschrieben habe, aber es waren vier Jahre.

Ich muss zugeben ich habe nie den Anspruch an mich selbst gestellt jedes Detail und jeden Gedanken meines Kopfes an jedem Tag meines Lebens auf Papier zu bringen, denn das tat ich ja seit einer Weile beruflich auch schon irgendwie, aber vier Jahre sind tatsächlich eine lange Zeit, in der ich vieles was vielleicht wichtig war auch wieder vergessen habe und nur in Grundzügen zusammen setzen kann.

Die allerwichtigsten Momente jedoch habe ich nicht vergessen. Ich bin nun schon fast 38 Jahre alt und warum ich heute wieder schreibe ist, weil ich nicht dachte, dass das Leben noch sonderlich große Überraschungen für mich parat haben würde.

Zumindest dachte ich das bis vor ein paar Tagen.

Nachdem wir eine Weile in Paris gelebt haben und Lynni immer öfter auch mal bei meinem Bruder oder meinen Eltern geschlafen hat, wenn ich beruflich verreisen musste, konnte man sagen, dass wir eine Einheit geworden sind.

Das bedeutet nicht, dass die letzten Jahre nicht turbulent waren.

Ich war oft an meine Grenzen gekommen, aus Liebe zu ihr und dem Wunsch ein guter Vater zu sein.

Ein Wunsch der sich aus dem Nichts in mich eingebrannt hatte. Das kleine Mädchen war mein Ein und Alles.

Größer als jede Romanze, die ich gehabt hatte und in den letzten vier Jahren hatte ich durchaus auch mal eine Beziehung geführt.

Derzeit treffe ich mich sogar mit einer Frau, die ich tatsächlich toll finden könnte.

Aber nichts ist so wichtig wie Lynni und wird es auch nie wieder sein.

Was ich sagen will ist, dass ich Elternabende besucht, Geburtstage ausgerichtet, Bücher vorgelesen, Hausaufgaben korrigiert, Haare flechten gelernt, die Anfänge der Frühpubertät erlebt, Arbeit auch noch Nachts spät aus dem Bett erledigt und eine Milliarde ungeplanter Sachen die einfach passieren erlebt habe.

Dinge, die ich mir im Leben nie zugetraut hätte, sind mein Alltag geworden.

Alles wobei ich dachte, ich sei dazu nicht bereit und will es auch nicht, hat sich so natürlich entwickelt, dass ich es überhaupt nicht groß durchdenken oder anzweifeln konnte.

Ich fragte mich, wie Eltern ihren Tag strukturieren, wenn sie mehr als ein Kind hatten und Berufe aufeinander abstimmen mussten. Das waren die einzigen Gedanken, die ich mir noch machte, nachdem ich meine Aufgaben und mein Leben irgendwie meisterte.

Ich verstand nun auch, was manch eine Mutter mir vorab mal in Interviews oder auch Privat erzählt hatte, nämlich, dass sie meistens gar keine Zeit hatte zum Überlegen, ob sie alles richtig tat.

Meiner Meinung nach war das vielleicht auch das Glück im Unglück dieses Zeitmangels. Lynni war nun jedenfalls schon zehn Jahre alt. Sie entwickelte eine besonders eigene Persönlichkeit.

So langsam konnte man erkennen, was ihre Meinung zu manchen Themen war.

Sie wusste bei vielen Sachen schon, was sie mochte oder nicht. Ich hatte sie nun auch fragen können, ob sie ihre bunten Kleider aus der Kindheit und mit lustigen Figuren darauf mochte oder ob nur ihre Mutter diese mochte?

Eine seltsame Frage, aber manchmal hatte ich die Mutter erwähnt, damit sie nicht in Vergessenheit gerät und manchmal weil ich ihr dankbar dafür war, so ein Kind zur Welt gebracht zu haben.

Da ich aber nicht viel über die Mutter wusste, musste ich mich an Dinge halten, die mir damals an meiner Tochter aufgefallen waren, so wie die Kleider oder das gepflegte Haar.

Dieses Jahr wollte Lynni, dass das Zuckerfest bei uns ausgerichtet wird, denn sie mochte es wirklich sehr mit Zayna alles vorzubereiten und interessierte sich unheimlich für die Traditionen.

Sie wollte auch mal die anderen einladen und Gastgeberin sein.

Irgendwann wusste sie wirklich viel über das Fest und den Fastenmonat.

So war sie, wenn sie etwas mochte dann hat sie sich engagiert und sich wie eine Erwachsene aufgeführt.

Sie sagte manchmal auch zu der Frau meines Bruders, dass ihr ihre Kleidung gefällt, denn Zayna zog sich immer bunt an.

Oft hatte diese auch weite Oberteile getragen, sowas mochte Lynni auch gerne.

Ich würde behaupten, dass Zayna alles kompensierte, was mir gefehlt hatte und dass Lynni in ihrem damaligen Alter eine Art Vorbild in ihr gesehen hat.

Ich hätte mir auch keine Frau vorstellen können, die besser in die Rolle gepasst hätte und die ich mir lieber als Vorbild für sie gewünscht hätte.

Sie war eine Konstante in ihrem Leben und brachte ihr mit Sicherheit keinen Quatsch bei, sondern lehrte sie weltoffen zu sein.

Ich wusste auch genau, dass ich mich auf Simon und Zayna immer verlassen konnte, wenn mir etwas zustoßen würde, daher haben wir entschieden die beiden zu diesem Zuckerfest nachträglich als Pateneltern von Lynni zu ernennen.

Ich meine, vielmehr hat Lynni es selbst entschieden und auch früh bemerkt, wie unsere Familie funktioniert.

Wir legen Wert auf Traditionen, lernen gerne auch Neue kennen und bringen uns dabei selbst ein, so wie mit der Patenschaft.

Als alle bei uns angekommen sind und wir bereit waren für das gemeinsame Essen, setzten wir uns an den Tisch und ich sah, dass Lynni aufgeregt war.

Sie schaute in der Gegend herum, spielte mit den Händen und gab sich größte Mühe immer Jedem zu reichen was die Person gerade brauchte.

Wenn die Kinder von Simon laut wurden, dann schaute sie sie mit ernstem Blick an und schaffte es damit tatsächlich sie wieder zu beruhigen.

Die Kinder unter sich hatten eigene Methoden im Umgang miteinander und diese bewährten sich meist als hilfreicher als die von uns Erwachsenen.

Ich konnte auch oft dabei zuschauen wie schlau die Geschwister einander manipuliert haben um das Spielzeug oder die Süßigkeit zu bekommen die sie haben wollten.

Beispielsweise wenn Simons Kinder und Lynni gemeinsam bastelten, haben die Mädchen immer die Bastelteile als schön betitelt, die sie selbst nicht haben wollten.

Der arme Junge der es ihnen geglaubt hat, versuchte alles um diese für sich zu ergattern.

Er war dann zufrieden, weil er dachte er hätte ihnen die Schnipser weggenommen, die sie unbedingt haben wollten und die beiden waren zufrieden, weil es nicht so war.

Wir würden es als Win-win Situation bezeichnen, vor allem für uns Eltern.

Wenn sie erst alt genug sind, könnte er es ihnen ja noch heimzahlen.

Nachdem mir fast vier Mal selbst von Lynni ein erwartender Blick zugeworfen wurde, der im Grunde genommen nur heißen sollte, dass ich schneller essen soll gab ich mir größte Mühe dieser Anforderung gerecht zu werden. Fast schon so, dass alle anderen am Tisch meine Schnelligkeit bemerkten und mich fragend ansahen.

Ich hatte aber nicht vor langsamer zu machen, denn ich wollte die Aufregung meiner Tochter nicht noch länger in Zaun halten. Problematisch war nur, dass mein Vater sich nicht beirren lies und in seinem Tempo so lange aß, bis weder auf seinem noch auf sonst einem Teller noch was übrig geblieben ist.

Nachdem er seinen Teller also quasi abgeleckt hat, sah Lynni mich wieder erwartungsvoll an.

Wir hatten vorab entschieden die beiden nach der Patenschaft zu fragen, aber spaßeshalber die noch immer nicht gelesenen Unterlagen vom Amt zu Tisch zu bringen und die Patenschaft schriftlich darauf zu ergänzen.

Ich weiß nicht woran es lag, aber das Kind wollte alles immer ganz offiziell machen.

Ich denke sie könnte mal eine gute Beamtin werden.

Ganz anders als ich eben.

Ich entschied schließlich auch mit meinen fast 38 Jahren auf ein offizielles Dokument eine Kritzelei hinzuzufügen und uns damit einen Spaß zu erlauben.

„Ich möchte Etwas sagen, also ich würde gerne, ja Papa? Kann ich jetzt?"

Ich nickte lächelnd.

„Ich weiß ich bin noch jung und nicht so lange bei euch, aber Erwachsene sagen doch immer <<quasi>> zu Allem. Also quasi kenne ich euch länger als ich die meisten anderen Erwachsenen kenne",

begann Lynni ihre Rede und ich hoffte innerlich, dass sie diese sympathische Art immer behalten würde.

„Ich fühl mich super bei euch. Ich denke mein Papa und ich wissen, dass wir schon oft chaotisch sind. Wobei ich, obwohl ich das Kind bin, denke eher er als ich. Aber es ist alles besser als es war."

Sie verlor recht schnell den Faden bei ihrer Rede und ich versuchte sie durch das Winken mit den Zetteln daran zu erinnern, wo sie hin wollte.

Ich denke mit 10 Jahren darf man ruhig mal eine Rede in die länge ziehen und falsche Pointen setzen. Sie schaute mich nun an und beruhigte sich etwas, ihre Stimme nahm eine viel ruhigere Tonlage an und dann öffnete sie ihre fröhlichen Augen ganz weit und setzte ihre Ansprache fort.

„Also, was ich sagen will, ist, dass ihr meine Familie seid und ich euch nicht verlassen möchte,…".

Da konnte sie den Satz nicht mehr beenden und wurde traurig.

Sie zeigt ihre Gefühle nicht oft bezogen darauf, dass sie bereits ihre leiblichen Eltern verloren hatte, aber natürlich musste so ein Moment kommen.

Solche Momente werden immer Teil unseres Lebens sein. Ich wusste nicht, ob ich froh drum war zu erleben, dass sie solche Gefühle hatte und sie nicht verdrängte oder ob ich einfach mit ihr traurig sein sollte.

Sie musste viele ernste Dinge schon verarbeiten, kein Wunder das ihre Ansprache in diese Richtung ging und sich ihre Angst zeigte. Sie machte sich mehr Gedanken als andere Kinder in dem Alter.

Ich entschied zu übernehmen.

„Was Lynni sagen möchte ist, sie hat eine unglaublich tolle Tante und der Onkel ist auch ganz in Ordnung. Sie und ich haben uns Gedanken aller Art gemacht.

Falls ich mal für einige Jahre in Japan leben müsste um die Tempel zu erforschen oder ich einfach mal Urlaub machen müsste, aber auch unabhängig davon, würde sie euch wahnsinnig gerne als Pateneltern in ihrer Nähe haben."

Meine Tochter fand ihr Lachen wieder und schaute mich nun nur noch dankend und zufrieden an.

Mein Bruder verpasste mir erst einen Stoß an den Arm und beschwerte sich darüber als „in Ordnung" bezeichnet zu werden, dann kamen ihm die Tränen aus den Augen geschossen.

Zayna und er packten sich an der Hand und obwohl wir alle wussten, dass es nur symbolisch gemeint war und die beiden sich gemeinsam mit meinen Eltern sowieso um sie kümmern würden, egal was wäre, freuten wir uns darüber von Lynni diesen Liebesbeweis an die Familie zu erfahren.

Lynni wartete dennoch auf eine klare Antwort, so war sie eben. Ob traurig oder froh, sie musste Strukturen erkennen. Also legte ich die Papiere, die ich bereits vorbereitet hatte auf den Tisch, nahm meinen Stift in die Hand und suchte eine leere Stelle um einzufügen was gerade besiegelt wurde.

Mein Bruder war irritiert und sagte, ich solle doch zumindest lesen, was dort geschrieben ist und ob ich es irgendwann wieder brauchen würde bevor ich einfach drauf los schreibe.

Ich hatte kein großes Interesse daran, denn obwohl ich beruflich viel schrieb oder auch privat für mich, fand ich solche offiziellen Dinge langweilig.

Sobald Dinge und Dokumente geklärt waren, warf ich in keinen Vertrag und in kein Blatt mehr einen Blick wenn nicht dringend gefordert.

Als ich also den leeren Schreibplatz suchte, überflog ich die Papiere nur kurz, wollte gerade zum Schreiben ansetzen, da sah ich ein mit << Ja >> gekennzeichnetes Kästchen bei welchem angegeben wurde, dass der Brief der leiblichen Eltern bereit liegt für das Kind sobald es 16 Jahre alt ist.

Ich hatte mich im Laufe der damaligen Recherchen über alles Mögliche informiert, jegliche Szenarien durchgespielt.

Ich wusste von Inkognito Adoptionen, bei welchen die Adoptiveltern vor allem geschützt werden, also das Verfahren so anonym wie möglich ablaufen würde.

Jedoch habe ich nicht von einem Brief gewusst, den Jemand hinterlassen kann.

Die Behörden haben mich auch nicht darüber informiert, dass ihre verstorbenen Eltern etwas hinterlassen haben.

Ich habe wohl offensichtlich das Gesicht verzogen als ich dieses << Ja >> gesehen habe und alle starrten mich an während sie warteten, dass ich meinen Quatschsatz hinschreibe.

Meine Schwägerin fragte mich, ob alles in Ordnung sei und ich nickte automatisch.

Im Grunde genommen war es das ja auch.

Lynni kannte ihre Eltern und wusste, dass sie adoptiert ist.

Ob da nun ein Brief war oder nicht konnte mir in dem Sinne egal sein.

Ich wollte nur gerne wissen, warum man als Adoptivvater davon nicht in Kenntnis gesetzt wurde.

Nun gut, ich meine ich hätte die Dokumente ja auch vor einigen Jahren schon lesen können, da musste ich mir zum ersten Mal eingestehen eine schlechte Taktik zu haben bei meinen bürokratischen Verpflichtungen.

Ich schrieb jedenfalls schnell darauf, dass Lynni jetzt Pateneltern hatte und legte den Zettel für diesen Abend erst mal zur Seite, da wir alle noch Nachtisch essen und Spiele spielen wollten.

So würde keiner weiter fragen, was los sei. Ich wusste aber ich müsste morgen in diesem Amt anrufen und klären, was mit diesem Brief ist und ob es diesen wirklich gibt. Vielleicht hatten die Eltern ja irgendetwas für das Kind zur Seite gelegt, Erbrecht oder Ähnliches was greifen würde.

Ich hoffte, sie hatten ihr ein paar Erinnerungen verstaut. Zumindest die Mutter, die während sie auf den Tod gewartet hat, wahrscheinlich nichts anderes als das Kind im Kopf hatte. Ich hoffte, dass es so eine Mutter war, ich wusste aber nicht, ob ich es von meiner Tochter jemals erfahren würde.

Sie war vier Jahre alt, da kann man sich schon an das ein oder andere erinnern, so denke ich. An meine Kindergartenzeit erinnere ich mich auch.

Obwohl ich natürlich nicht weiß, ob diese Erinnerung durch alte Bilder meiner Eltern verstärkt oder gar erst entstanden ist.

Ich war irgendwie unruhig geworden seit ich diese Dokumente überflogen hatte.

Der restliche Abend war für Lynni wichtig, aber ich wollte eigentlich nur noch, dass die Gäste alle gehen und ich mir in Ruhe Sorgen machen könnte.

Am nächsten Morgen um 8 Uhr hatte ich das Telefon bereits am Ohr, wurde aber erst einige Male weitergeleitet und in Warteschleifen verdrängt bevor mir zur Auskunft gegeben wurde, dass es tatsächlich einen Brief der leiblichen Eltern, um genau zu sein oder wie erwartet, von der Mutter, gibt.

Sie dürfen am Telefon keine weiteren Angaben machen. Da ich aber nun der offizielle Vormund bin, darf ich beantragen den Brief zu erhalten und diesen für sie aufzuheben.

Noch bevor ich den Brief einige Tage danach per Einschreiben erhielt, wusste ich, dass ich mich in einen moralischen Konflikt stürzen werde sobald dieser ankommt.

Denn ich wollte wissen, was geschrieben steht, ich wollte sie beschützen und ihr nicht einfach in einigen Jahren einen Brief hinknallen, der sie emotional belasten könnte, in dem, weiß Gott was, stehen könnte und sie doch nun wirklich schon genug durchmachen musste in ihrem Leben.

Wir Menschen wissen es einander mit Worten die letzte Kraft zu nehmen, ob gewollt oder ungewollt. Natürlich ging ich nicht davon aus, dass die Mutter sie verletzen wollen würde, aber eigentlich würde dies doch automatisch passieren allein schon, weil es so einen Brief von ihr gibt.

Im Grunde hatte Lynni vielleicht ihren Tod nur verarbeiten können, weil sie eben so klein war.

Wurde ich nun also tatsächlich zu einem dieser Väter, der die Post der Kinder öffnete? Sie war erst zehn Jahre alt, also musste ich mich diesbezüglich noch nicht fühlen wie ein Kontrollfreak, der seine pubertierende Tochter ihrer Freiheiten beraubte.

Alles andere an dieser Briefgeschichte und meinem Verhalten war jedoch fraglich und bedenklich.

Denn ich war mir unsicher, ob ich es aus egoistischen Gründen tat oder wirklich nur wegen Lynni.

Sie würde mich in ein paar Jahren eventuell hassen dafür, vielleicht aber auch nicht.

Konnte ich sie überhaupt schützen vor emotionalem Chaos?

Ich habe das Gefühl, erst jetzt zu wissen wie schwierig es ist, Kinder ihr Leben auch wirklich leben zu lassen. Bedeutet, es ist schwierig sie so leben zu lassen und ihnen das Recht zu geben manche Gefahren und Erfahrungen selbst zu erleben und machen.

Denn jeder, der Mutter oder Vater ist, weiß oft welche Dinge mit großer Sicherheit schief gehen werden. Ich will sie beschützen, vor schlechten Freunden und dummen Entscheidungen, aber ich kann aus ihr ja auch nicht eine Marionette machen.

Schon im jungen Alter bemerkt man das an so vielen Situationen. Natürlich ist es eine Ausnahme über adoptionstechnische Dinge nachzudenken und zu entscheiden, aber im Allgemeinen gibt es nichts schwierigeres als sie zu dem Menschen werden zu lassen, der sie sind und zu akzeptieren, dass sie nicht an meinen Fehlern lernen konnte.

Sie wird ihren Charakter zum Großteil alleine formen.

Es könnte sich dennoch auf sie auswirken, was in diesem Brief stand. Ich wusste nicht, ob meine Tochter bemerkte wie nervös ich in diesen Tagen zwischen Zuckerfest und dem Brieferhalt war, aber sie bemerkte es definitiv nachdem ich den Brief bekommen und gelesen habe.

Ich musste mich die letzten beiden Monate beruhigen, bevor ich nun weiter darüber schreiben kann was passiert ist seit wir den Brief bekommen haben.

Ich fange aber bei genau diesem Tag an, denn ich konnte nicht glauben, was drin stand.

Nein, vielleicht wollte ich nicht glauben, was ich gelesen habe.

Ich hatte das Gefühl mein Herz würde rasen, fast so als würde ich gleich umkippen, weil meine Beine mich nicht mehr tragen konnten.

Ich denke, ich habe auch gezittert als ich fertig war mit Lesen. Zum Glück war Lynni noch in der Schule, denn ich hatte keine Ahnung, wie ich ihr erklären sollte, was da stand.

Oder was mir zumindest in den Kopf kam als ich es las.

Alles was ich mir vorab ausgemalt hatte, wäre mir lieber gewesen als das eigentlich Geschriebene, denn es verunsicherte mich.

Ich wusste weder wie ich es sagen sollte, noch wie ich es bis zu ihren 16. Geburtstag nicht sagen sollte.

Nein, das würde nicht gehen. Wie auch immer ich im Kopf angesetzt habe mir die Situation selbst zu erklären, ich scheiterte.

Ich wusste nicht, ob ich mich jemals beruhigen würde, es machte nicht den Anschein danach.

Ich setzte mich und schnappte nach Luft bevor ich den Brief noch ungefähr zehn Mal gelesen habe.

Ich bekam Angst, was wenn meine Gedanken stimmten und ich Recht hatte?

Aber wie sollte das möglich sein?

Ich habe die Frau schließlich gesehen, sie war es nicht. So hieß sie auch nicht. Ich kenne aber nur einen Menschen, der mich so verunsichert hat, ob anwesend oder abwesend, aber auch das konnte nicht sein.

Wie sollte es auch? Trotz meiner Angst musste ich dem Kind das Geschriebene zeigen, jetzt schon.

Ich wusste nicht, ob ich lieber noch gewartet hätte, wahrscheinlich schon.

Wohl aber nur damit sie reifer ist für alles was möglicherweise nun auf uns zukommen könnte.

Der Brief, der nicht besonders lang war, bot so viel Raum für Verwirrung und emotionale Fehlleitung.

Plötzlich wurde ich auch wütend.

Ich las die wenigen Sätze erneut und ich packte die Dokumente aus, die ich hatte.

Mein Telefon legte ich griffbereit neben mich, denn ich wollte die Adoptionsverwaltung anrufen und vielleicht sogar verklagen.

Ich fand in den Dokumenten erst einmal nichts was mir hätte helfen können. Ich wollte Namen finden oder andere Informationen, aber natürlich ist das schwierig bei so viel Vorsicht, die während dem Adoptieren geboten wird.

Die Frau hieß nicht so, ich war mir dennoch sicher. Lynni nannte sie auch nicht so.

Ob sie einen zweiten Namen hatte?

Aber warum sollte sie gerade mit diesem Namen den Brief beenden?

Sie konnte nicht den gleichen Namen haben, wie die Frau die ich so sehr wollte.

Als was anderes kann ich sie ja nicht bezeichnen, sie war ja nie mehr oder weniger für mich.

Sie war aber jahrelang präsent.

Ich wünschte ich könnte anders beschreiben, was sie für mich war.

Ich musste meine Tochter fragen, ob ihre Mutter einen zweiten Namen hatte. Ich musste mich auch beruhigen, denn der Name Ava ist schließlich nicht einmalig auf der Welt.

Allein diesen Namen irgendwo geschrieben zu sehen, konnte mich doch nicht so aus der Fassung bringen.

Nein, es durfte mich nicht so aus der Fassung bringen, schließlich empfand ich nichts mehr für sie und die Situation hatte auch nichts mit ihr zu tun.

Vielleicht könnte meine Tochter aufklären, was ich daran nicht verstand. Der Brief an sich war nämlich nicht das was mir Angst machte, sondern das Gefühl in meiner Magengrube, welches ich so vor vielen Jahren das letzte Mal empfand.

Es stand nichts verwerfliches drin, auch wenn es jemand geschrieben hat, der sehr traurig gewesen sein muss.

Ich blätterte und blätterte in den Dokumenten und schaute auf die Uhr, wann denn die Schule vorbei sein wird.

Im Leben habe ich nicht mehr und genauer nachgelesen, was ich unterzeichnet habe, doch klarer wurde nur, dass ich total irre gewesen sein muss.

Ich habe Lynni also abgeholt aus der Schule, wir sind nach Hause gekommen und haben uns auf den Teppich gesetzt, unser Ritual.

Noch war sie nicht zu alt dafür geworden und wollte es weiterführen.

Ich sah wie sie bereits ahnte, dass ich etwas auf dem Herzen hatte. Ich sah sie an, sie war zu einem hübschen jungen Mädchen herangewachsen.

Ich wünschte, sie hätte nicht so viel Leid erlebt bevor sie ein Teil meines Lebens wurde, sogar wenn das heißen würde, dass sie nie meine Tochter geworden wäre.

Ich hatte noch kein Wort gesagt, aber sie versuchte mich mit ihrem Blick zu beruhigen.

Dann schnappte sie sich eine Münze und zog sie hinter meinem Ohr hervor, wie ich im Krankenhaus damals bei ihr.

Sie war viel zu erwachsen für ihr Alter und gut, dass sie es mir in dem Moment nochmal bewies.

So entschied ich nämlich es auch zu sein und sagte die Wahrheit gerade heraus.

Ich erzählte eigentlich nur eine Halbwahrheit, denn ich wusste ja nicht viel über diesen ominösen Brief.

Ihre fröhlichen Augen wurden etwas kleiner, sie versuchte mich weiterhin anzulächeln, aber war sichtlich überfordert. Ich hatte ihr noch nichts von dem Namen im Brief gesagt.

Lediglich, dass es einen solchen Brief gab.

Ich fragte sie, ob wir ihn zusammen lesen sollen, doch sie wollte, dass ich ihn ihr vorlese. Ich war immer noch unsicher, sie war zu jung und ich dachte, ich sei ein Idiot, weil ich aus meinem Gefühl heraus entschied diesen Sturm bereits jetzt auszulösen. Aber ich begann zu lesen.

Ich habe Satz für Satz vorgelesen, mit kurzen Pausen dazwischen und habe ihre Hand dabei gehalten. Bevor ich zum letzten Satz kam, sagte sie es mache doch gar keinen Sinn. Ich verstand nicht worauf sie hinaus wollte.

Sie sagte, warum erklärt ihre Mutter, dass sie sie weggegeben hat, wenn sie doch im Sterben lag. Sie hatte keine Wahl.

Ich erklärte ihr, dass sie nicht wusste ob und wann sie sterben würde, sie hätte mit Sicherheit noch bei ihr bleiben können, nachdem ich sie damals im Krankenhaus kennengelernt hatte.

Ich wusste nicht, ob ich versuchte mir einzureden, dass es so gewesen sein muss, denn eigentlich klang das was Lynni sagte deutlich sinnvoller.

Als ich dann aber das Ende der Nachricht vorgelesen habe und den Namen Ava, den ich kaum laut aussprechen konnte, da schaute sie mich ganz irritiert an.

„Wer ist Ava?" Ich spürte wie meine Atmung wieder dabei war sich zu verändern, versuchte aber schnell mich zu fangen.

Sie nahm mir den Brief aus der Hand und las selbst die letzte Zeile nochmal.

Sie war sichtlich nervös.

Sie zeigte zwar auch sonst wenig Gefühle, aber ich habe an dieser Stelle einen Ausbruch erwartet.

Sie schien fast schon sauer wegen diesem Brief zu sein. Vielleicht hatte ich das Verdrängen ihrer Gefühle doch unterschätzt.

Ich wusste einen kurzen Moment nicht, ob sie gleich weinen würde oder einfach weiterhin wütend die Augen zusammenfalten.

Ich denke auf ihre eigene Art war das wohl schon ein schlimmer Gefühlsausbruch.

Ohne ihr auch nur die Frage nach einem Zweitnamen zu stellen, sagte sie, dass ihre Mutter nicht so hieß und dieser Brief nicht an sie gerichtet sein konnte.

Auch das sagte sie in diesem wütenden Ton, den ich eben erst kennengelernt habe.

Diese Option hatte ich im Kopf noch gar nicht durchgespielt, dass die Behörden ihr fälschlicherweise den Brief aufbewahrt haben und dieser eigentlich an ein anderes Kind gerichtet war.

Sie war vielleicht in dem Alter schon klüger als ich. Ich wollte es ein für alle Mal klären, sie sollte Frieden schließen können mit der Adoption und der Vergangenheit.

Ich habe den Sturm ausgelöst und musste ihn auch wieder beenden.

Ich rief nochmal die Adoptionsstelle an, das Heim in dem Lynni untergebracht war, aber telefonisch wollte mir keiner eine Auskunft geben.

Ich entschied also nach Deutschland zu reisen und dem Ganzen auf den Grund zu gehen.

Im schlimmsten Fall könnten sie ihren Fehler vielleicht versuchen zu revidieren und die richtige Person finden, an die dieses Schreiben gerichtet war.

Ein Kind zu adoptieren ist keine einfache Sache, vor allem nicht bei dem tragischen Tod der Eltern vorab, es bedeutet immer wieder mit Dingen konfrontiert zu werden die leibliche Eltern so nicht durchleben.

Immer wieder Erklärungen zu suchen, das Kind an etwas zu gewöhnen in das es nicht eingeboren wurde, es zu sozialisieren in dem Kreis, in dem man lebt, aber zu versuchen es auch nicht zu entwurzeln.

Es bedeutet auch mit schwierigen Vorgeschichten klarkommen zu müssen und viel Akzeptanz in einer noch neuen Beziehung.

Ein solcher Fehler, der so viele ungreifbaren Gefühle in einem auslösen kann, dürfte den Behörden nicht passieren.

Meinen Eltern sagte ich, dass ich beruflich nach Deutschland muss für drei Tage und sie haben sich, ohne zu hinterfragen, warum ich so spontan einen Auftrag angenommen habe, sehr gefreut auf Lynni aufzupassen in der Zeit.

Sie haben sie direkt angerufen und ihr von all den Filmen und Ausflügen erzählt, die sie schauen und machen können.

Zumindest in der Hinsicht konnte man meine Tochter beneiden, ihre Großeltern legten sich richtig ins Zeug.

Auch ihr sagte ich, dass ich beruflich weg müsste für ein paar Tage, denn wir hatten ausgemacht nicht weiter über diesen Brief nachzudenken oder darüber zu reden.

Für sie war klar, dass es ein Fehler sein musste, es war ihr nicht schlüssig und ich denke sie nahm sich das Recht nicht weiter darüber nachzudenken, weil sie ihre Mutter bereits verabschiedet hatte.

Vielleicht war sechzehn als Alter für den Brieferhalt auch darum angegeben, weil Kinder in dem Alter neugieriger sind und bereit für neue Empfindungen.

Ich konnte nicht aufhören darüber nachzudenken, ob mein größter Fehler war diese

Geschehnisse jetzt schon in unser Leben gelassen zu haben.

Wenn es aber ein Fehler war, konnte ich vielleicht einem anderen Kind ersparen nie von seiner Mutter zu hören.

So oder so saß ich mich also umgehend in den Zug nach Deutschland.

Ich hatte nur die Adoptionsakte mit dem Brief und frische Klamotten für zwei Tage dabei. Wichtiger war mir zu überlegen wie ich die Situation schnellstmöglich aufklären konnte.

„Meine Adoptivtochter geht von einem Fehler aus, weil ihre Mutter nicht so hieß.

Ich habe mich vorher nicht für die Dokumente der leiblichen Eltern interessiert, denn es ging mir nur um das Kindeswohl bei der Adoption.

Die Situation war sehr befremdlich für mich. Laut meinem Wissensstand allerdings sind beide Eltern verstorben, ich brauche nur die Bestätigung.

Dann kann ich ihnen das Schreiben dalassen und sie suchen das passende Kind zu dieser Mutter."

Die Beamtin, die ich bereits im Krankenhaus vor sechs Jahren kennengelernt habe, schaute mich mit großen Augen an und wirkte fast so als hätte sie erwartet, dass ich komme.

„Herr Leopold, ich kann keine Briefe ohne Absender oder einem Nachnamen zurückverfolgen lassen um es irgendeinem Kind zu schicken.

In meiner ganzen Laufbahn habe ich es außerdem noch nie erlebt, dass solch ein Fehler gemacht wurde bei sensiblen Inhalten."

Sie sprach diese Worte, aber ihr Gesicht sah bekümmert aus, so als wüsste sie doch von einem Fehler, den sie gerade versuchte gut zu verstecken.

„Sie können mir doch zumindest bestätigen, dass die Mutter von Lynni nicht Ava hieß?"

Sie schaute mich nun noch stechender an, fast so als würde sie nicht mehr sprechen oder schlucken können.

Ich konnte nicht anders als ihr direkt in die Augen zu schauen in der Hoffnung, diese würden mir verraten, warum mein verdammtes Gefühl mich offensichtlich nicht getäuscht hat.

Nachdem sie ein paar Sekunden lang überlegte, was sie sagen könnte, bat sie mich in ihr Büro mitzukommen und zu warten, sie würde kurz telefonieren müssen.

Ich überlegte, ob ich vielleicht hätte mit einem Anwalt kommen sollen oder was mich wohl erwartete.

Ich wurde unheimlich nervös, weil sie es auch war.

Die Beamtin kam nach einigen Minuten wieder zurück mit einer weiteren Akte in der Hand und schien sichtlich unterdrücken zu wollen, dass etwas nicht stimmte.

„Herr Leopold, bei der Adoption ihrer Tochter haben weder sie noch ich alle Dokumente berücksichtigt, die relevant gewesen sind."

Ich musterte sie eindringlich. Sie konnte kaum aussprechen was sie mir sagte.

„Welche Dokumente? Sie haben mir doch gerade erst gesagt, sie haben noch nie mitbekommen, dass Fehler bei sensiblen Inhalten gemacht wurden."

Sie schluckte erneut recht besorgt und fuhr dann fort.

„Als sie vor ein paar Tagen diesen Brief angefordert haben, ist mir aufgefallen, dass meine Kollegen mir bei der Bearbeitung des Falles nicht alle Informationen gegeben hatten und somit eine Kette an Fehlinformationen entstanden ist. Dieser Fehler unsererseits ist grausam und ich weiß nicht wie man diesen entschuldigen könnte."

Mich interessierte nicht mehr der Fehler, nur noch worum es ging.

Also bat ich sie mir zu erklären, was in diesen Dokumenten drin stand ohne sie eines weiteren Blickes zu würdigen, denn ich versuchte sachlich zu bleiben und ich hatte um ehrlich zu sein so viel Angst wie selten zuvor in meinem Leben.

„Ihre Adoptivtochter wurde bereits ein Mal adoptiert.

Die Mutter und der Vater, den sie verloren hatte, waren ihre Adoptiveltern. Sie kam mit ein und halb Jahren zu ihnen."

Ich konnte nichts mehr dazu sagen, ich dachte weder an die Beamtin noch die Adoption oder einen Anwalt und eine Klage, ich dachte nur an mein Mädchen.

Mit einem Jahr erinnert man sich bestimmt nicht mehr an ein Gefühl oder bei wem man aufgewachsen war bis dahin, vielleicht unterbewusst, aber nicht wenn man die nächsten drei Jahre mit anderen Eltern verbringt und anschließend mit mir.

Ich griff mir ins Gesicht und versuche die Wut wegzudrücken, dabei nicht in einander zusammenzubrechen und zu begreifen, was diese Frau gerade sagte.

Die Beamtin wiederrum entschuldigte sich, sie sagte sie würde jeglichen nächsten Schritt, den ich plane, verstehen, denn solche Dinge müssen vorher klar sein, sogar bei weitestgehend anonymen Adoptionen. Aber wie schon oft zuvor in meinem Leben interessierte mich nicht, warum es so war wie es war.

„Leben ihre leiblichen Eltern noch? Ist der Brief von ihrer leiblichen Mutter und diese heißt Ava?"

Ich versuchte klar zu denken, über das was ich empfand, wenn ich diesen spezifischen Namen aussprach hinwegzusehen und für mein Kind herauszufinden, was sie erlebt hatte.

Bereits ohne diese Informationen hatte Lynni soviel Leid ertragen, dass ich nicht fassen konnte, dass es da noch mehr gibt.

Ich hatte sie bisher nicht zum Psychologen geschickt, denn ich dachte den tragischen Tod ihrer Eltern im Kindesalter würden wir mit Liebe und familiären Zusammenhalt aufarbeiten.

Wie soll man aber etwas aufarbeiten, was so verkorkst war?

„Wir wissen nicht wo der Vater ist, die Mutter lebt aber noch und wäre bereit zu einem Treffen mit dem Kind."

Sobald sie diesen Satz ausgesprochen hatte, wurde mir klar, dass ich natürlich egoistisch gehandelt habe bei all dem.

Ich hatte Angst man könnte sie mir wegnehmen. Ich schrie die Frau nun an, wie die Mutter auf die Idee kommen würde, dass es zu einem Treffen käme und warum sie überhaupt Bescheid wüsste, was gerade passiert.

„Wir haben nachdem uns der Fehler, den wir gemacht haben aufgefallen ist, versucht herauszufinden, ob die leiblichen Eltern noch leben und dabei die Mutter kontaktiert, es tut mir so leid."

Ich war im Leben selten aggressiv, aber ich nährte mich der Frau, schlug mit beiden Händen auf ihren Schreibtisch und fragte, ob sie der Mutter meinen Namen gesagt hätten.

Sie schüttelte verängstigt den Kopf und verneinte es natürlich, denn das wäre verboten.

Sie hatte lediglich durch den Austausch erfahren, dass die Mutter sie gerne kennenlernen würde.

Mein Leben schien sich ungewollt zu verändern, erneut.

Ich wusste nun, dass Lynni eine Mutter hatte, die noch lebt. Ich hatte Angst sie würde lieber bei ihr wohnen wollen oder die Mutter würde sie zurück wollen.

Ich konnte doch aber dem Mädchen nicht verheimlichen, was ich nun wusste.

Nicht wie dieses dämliche Amt, dass mir nur deren Fehler eingestanden hat, weil ich her kam.

„Sie müssen natürlich bis zum sechzehnten Lebensjahr ihrer Tochter sowieso nichts einleiten, sie können in Ruhe darüber nachdenken was sie tun möchten."

Sie wagte es mir noch Ratschläge zu geben und mir vorzuschlagen mein Kind jahrelang im Unwissen zu lassen. Jahre, die sie mit ihrer Mutter verbringen könnte, wenn sie das wollen würde.

Als ich gerade gehen wollte, sagte die Beamtin mit leisem Ton, dass die Mutter erlaubt hat ihren Namen und die Adresse an die jetzigen Adoptiveltern weiterzugeben.

Ich hatte den Türgriff schon in der Hand, blieb stehen und zögerte einen Moment.

Es war nicht die Zeit an mich zu denken, nur an Lynni.

Trotz meiner Angst, meinen Bedenken und allem Anderem, was mir durch den Kopf ging.

Also drehte ich mich um und schaute die Frau eindringlich und wartend an.

Sie drückte mir einen Zettel in die Hand und ich sah, dass mein Gefühl mich nicht täuschte.

Das Unmögliche ist möglich geworden. Der Zettel bestätigte mir, dass sie Avas Tochter war und dass nicht von einer der vielen Namensträgerinnen sondern von Ihr.

In Sekundenschnelle führte ich mir die Ähnlichkeiten vor Augen, ich erinnerte mich an Gefühle, Momente und Aufeinandertreffen.

Ich dachte an Bernard und Davud. Ich war so perplex, dass ich einfach in dem Büro stand ohne mich zu bewegen.

Dabei bot ich meinen Gedanken den Raum mich verrückt zu machen.

Die Beamtin sprach mit mir. Ich sah, dass sie ihre Lippen bewegte und wie besorgt sie aussah, aber ich konnte nichts hören oder darauf reagieren. Ich hielt den Zettel in einer Hand und die Akte mit dem Brief in der anderen und versuchte jeden Satz des Briefes Revue passieren zu lassen.

Ich hatte aber eigentlich nur diese Frau und Lynni vor Augen.

Als die Beamtin mich leicht an der Schulter festhielt um zu sehen, ob es mir gut gehen würde, da konnte ich wieder reagieren.

Ich wollte sie nicht verklagen oder sie und ihre Verwaltung nieder machen, aber sie wollte verheimlichen, dass es andere Dokumente gab.

Sogar noch als ich hergekommen bin, wollte sie sich am Anfang rausreden.

Ich wollte ihr etwas an den Kopf schmeißen, worüber sie noch lange nachdenken würde, aber mir fiel einfach nichts ein.

Ich verließ das Büro mit einer knallenden Tür und einem womöglich gebrochenem Herzen.

Liebe Lynni,

nichts auf der Welt wird mich jemals so verletzen wie dir diesen Brief schreiben zu müssen. Ich stellte mich jedoch vor die Wahl dir entweder eine verdammt schwierige Zeit aufzubürden oder dir die Möglichkeit zu bieten eine halbwegs normale Kindheit zu erleben.

Glaube mir, du wurdest und wirst auf ewig geliebt, unabhängig von dem was das Leben uns geboten hat. Die schwere Erkrankung von mir und das Fehlen deines Vaters bedeuten nur, dass du als eine starke Persönlichkeit deine Zukunft formen wirst. Stärke hat das Leben dir in all seiner unfassbaren Ungerechtigkeit geschenkt.

Ich finde es schwierig die richtigen Worte für das zu finden, was ich vorhabe zu tun oder was ich empfinde, denn wie sollst du mir glauben was ich fühle nachdem ich entschied dich nicht bei mir zu behalten?

Ich verliere das Recht dir mütterliche Ratschläge zu geben, ich bitte dich nur, nicht immer vernünftig zu sein, egal wie irreführend diese Aussage dir erscheint.

Das Leben bietet mehr als Vernunft, es bietet Glückseligkeit für die Mutigen unter uns.

Ich werde niemals mit dem Verlust leben können, dich zu verlieren und ich hoffte von dem Tag an, an dem ich von der Schwangerschaft mit dir erfahren habe, dass du die glücklichste Person auf Erden sein wirst.

Damals konnte ich nicht ahnen, dass ich nicht zu deinem Leben gehören werde, es wäre unvorstellbar gewesen.

Aber Mütter haben die Pflicht dazu, in ihrem Ermessen das zu tun was sich am besten für das Kind anfühlt und dabei nicht an sich selbst zu denken.

Ich weiß nicht, ob dir meine Emotionen hier ausdrücken können was ich wirklich fühle, denn wenn du auch nur ein Stück weit nach mit kommst dann wirst du so deine Schwierigkeiten damit haben Emotionen zu verarbeiten.

Ich weiß aber, dass deine zukünftigen Eltern mir auf Ewig dankbar sein werden, dich geboren zu haben.

Ich möchte dir keinen weiteren Kummer zufügen, dich nicht mit meinen Geschichten quälen, ich konnte aber nicht davon ablassen dir zumindest diesen Brief zu hinterlassen.

Was das Leben mir auch bringen mag, wie lange ich noch lebe oder nicht, von nun an ist Alles belanglos.

Nur du bist wichtig, vergiss das nie. Deine dich immer liebende Mutter, Ava

11-2016

Als ich nach Hause gekommen bin, wusste ich, dass ich keinem Etwas vormachen konnte. Ich war kreidebleich seit ich erfahren habe, wessen Kind Lynni ist und dass sie bereits zwei Mal das Elternhaus gewechselt hat.
Wenn man mich dazu nimmt, dann drei Mal in zehn Jahren.
Direkt als ich sie abholen wollte nach der Rückreise, entschloss ich auch meinen Eltern davon zu erzählen, dass sie bereits zum zweiten Mal adoptiert wurde. Die Tatsache, dass sie Avas Tochter war, wäre irrelevant, denn meiner Mutter hatte ich nie etwas von diesen Gefühlen erzählt und mein Vater wüsste es wahrscheinlich nicht mehr.

Als ich also in ihrer Wohnung ankam, habe ich erst den beiden davon berichtet um sie um Rat zu fragen, bevor ich es ihr sagen würde.
Aber auch sie waren der Meinung ihr das nicht vorenthalten zu können, es wäre ungerecht.
Als ich dann den Namen der leiblichen Mutter sagte, merkte ich nicht nur, dass mein Vater meiner Mutter wohl alles im Leben erzählt, sondern dass ich wohl sehr verliebt gewesen sein muss, denn beide wussten genau wer Ava Sopher ist.
Sie schauten mich besorgt an. Ich schaute meinen Vater vorwurfsvoll an, weil er seinen Mund nicht gehalten hatte damals.
Meine Mutter ging auf mich zu und wollte mich drücken. Ich hatte vergessen wie schnell sie in Sorge war, wenn es um ihre Familie ging.
Ich wollte aber nicht umarmt werden, ich wäre sonst im gleichen Moment in mich zusammengefallen und hätte wie ein kleines Kind geweint.
Ich zeigte ihnen stattdessen den Brief und die besorgten Gesichter wurden nur noch düsterer. Die einzige Kraft, die ich noch hatte war jene, die ich Lynni schuldig war.
Meine Gefühle musste in dieser Sache erst einmal zweitrangig bleiben.
Ich musste mich schnell fangen, denn Lynni würde nicht ewig im Nebenzimmer spielen, wenn ich gerade von einer Arbeitsreise heim kam.
Ich musste also erneut in wenigen Minuten bereit dazu sein ihre und damit auch meine Welt auf den Kopf zu stellen, wegen einer Frau, die meine Welt schon oft auf den Kopf gestellt hat.

Ich wollte aber nicht in einigen Jahren der Typ Vater sein, der seinem Adoptivkind nicht die Wahl gelassen hätte, der ihr nicht gezeigt hat, was es heißt aufrichtig zu sein und bedingungslos zu lieben.

Meine Eltern unterstützten mich.

Wir entschieden natürlich, ihr nicht meine verworrene Geschichte zu erzählen, sondern nur das für sie Relevante.

So wie Lynni eben war, ließ sie sich Zeit um darüber nachzudenken, was ich ihr sagte. Sie hätte nie einfach aus dem Bauch heraus entschieden und ich verstand nun auch von wem sie das hatte. Es war mir immer noch unbegreiflich wie es dazu kommen konnte.

Es können nicht so viele Zufälle sein, die das Leben mir geboten hat.

Ich wusste früher oder später müsste ich Ava auch nochmal sehen. Ich müsste sie von Angesicht zu Angesicht fragen, warum sie ihre bezaubernde Tochter weggegeben hat. Es ist elf Jahre her, dass ich Kontakt mit ihr hatte.

Dieses Unwohlsein in mir wurde zu einem täglichen Gefühl. Ich wartete darauf, was meine Tochter sagen würde, was sie will und wie wir unser Leben weitergestalten sollen.

In all meiner Aufregung ignorierte ich was ich durch den Brief wissen musste, bis meinte Tochter letztendlich entschied ihre Mutter nun treffen zu wollen.

Dieser ganze Prozess, das Verarbeiten, das Zeit lassen zum Nachdenken, hat fast ein Jahr gedauert und Lynni war schon fast elf Jahre geworden.

Dies bedeutete nicht nur, dass Ava kurz nachdem sie mich und Cecile besuchte, schwanger geworden sein musste, sondern dass es Sinn machte, dass wir keinen richtigen Email Austausch hatten 2005.

Was hätte sie mir denn auch zu sagen gehabt?

Ich dachte eigentlich an nichts anderes mehr außer diese Geschichte von ihr und mir, ihr und Lynni, mir und Lynni.

Ich konnte nicht mehr konzentriert arbeiten und nur noch das nötigste erledigen um eben die Kosten decken zu können.

Ich habe es geschafft Lynni weiterhin zur Schule zu schicken und ihr dabei zu helfen ihr Hobbies nicht zu vernachlässigen.

Alles in allem war es aber eine eher betrübte Zeit für uns alle. Denn keiner wusste, was passieren würde.

„Papa, wir gehen dort zusammen hin, mais ne t'inquiète pas."

Sie wollte mir auf Französisch sagen, dass ich mir keine Sorgen machen muss um mir unseren Zusammenhalt noch einmal vor Augen zu führen.

Ihr Französisch war mittlerweile auch ausgezeichnet geworden.

Ich musste leicht auflachen. Dennoch konnte ich das Gefühl nicht loswerden mich schlecht zu fühlen, weil ich sie im Grunde doch noch belog.

Ich konnte aber nicht einem elf jährigen Mädchen erklären was da zwischen zwei Studenten lief, die es nicht hinbekommen haben, obwohl sie scheinbar beide verliebt waren.

Verliebt sein reicht eigentlich noch immer nicht aus um auszudrücken, was diese Frau für mich war und dass ich immer jeden mit ihr verglichen habe.

Ich hatte zu große Angst davor es Lynni zu sagen, ihr etwas erklären zu müssen was ich womöglich nicht konnte.

Es ist für mich schon schwer zu begreifen, wie sollte sie es aufnehmen.

Als wir in Deutschland angekommen sind und ich dem Taxifahrer die Adresse hinhielt, fragte er mich, ob ich direkt zu den Anlagen des betreuten Wohnens wollte.

Ich war erneut verwirrt, denn ich wusste nicht, was das für eine Adresse war, aber ich konnte mir nicht erklären, warum er nach betreutem Wohnen fragte.

Dann fiel mir ein, was ich im Brief gelesen habe.

Sie war schwer krank.

Ich habe es einfach vergessen, nicht weiter darüber nachgedacht, alle anderen Dinge waren mir wichtiger.

Ich gehe gerade mit meiner Tochter zu ihrer Mutter ohne vorher geprüft zu haben was sie hat und ob das Kind sie sehen sollte in was auch immer für einem Zustand.

Ich war mit Abstand der schlechteste Vater den es gab.

Ich habe ihr Entscheidungen überlassen, die ich ungeprüft habe stehen lassen, weil es um Ava ging.

Die Sorge darum wie Lynni es vertragen würde, wippte mit der Sorge um Ava, die mir plötzlich in den Sinn kam ohne ein Gleichgewicht herstellen zu können, denn beide Seiten wiegten schwer. Ich habe dem Taxifahrer zugenickt und nach einer fünfundzwanzig Minütigen Fahrt erreichten wir die Anlage.

Diese war nicht wie ein Altersheim, denn so stellte ich es mir zunächst vor als der Taxifahrer mich fragte.

Es war vielmehr eine modernisierte Wohnanlage, einfach behindertengerecht aufgezogen mit einer Hausverwaltung die 24 Stunden erreichbar und auch wirklich im Haus war. Das Haus war in fröhlichen Farben gestrichen und hatte einen Innenhof mit vielen gepflegten Pflanzen. Es sah teuer aus.

Ein Gedanke, der an dieser Stelle auch nichts verloren hatte. Aber viel wusste ich über sie ja auch damals schon nicht.

Vielleicht hatte sie ja wohlhabende Eltern und Lynni hätte davon profitieren können.

Ich lächelte mein Kind an, nahm es an die Hand und versuchte ihr den Mut zuzusprechen, der mich derzeit innerlich verließ.

Ob ich überhaupt mit reingehen sollte, war die Frage, denn ich hatte nun auch Angst Ava einen Schrecken einzujagen. Ich bin gesund und habe mich dennoch grauenhaft gefühlt, nachdem ich ihren Namen gelesen habe und wusste, dass es auch wirklich sie ist. Wie würde es ihr dann gehen, wenn sie mich sieht?

Doch Lynni ließ nicht davon ab mich dabei haben zu wollen bei jedem Schritt.

Als wir an ihrer Wohnung klingelten, schwitzte ich wie selten zuvor.

So habe ich nur geschwitzt als sie eines Tages plötzlich vor Ceciles und meiner Wohnungstür stand und ich ähnlich wie heute genauso wenig wusste was mich erwarten würde.

Ich verdammter Idiot hätte sowohl dem Kind als auch ihr sagen sollen was Sache ist.

Zu spät.

Ich hätte es aber auch nicht hinbekommen.

Ob ich es jetzt hinkriege klar zu denken stand noch aus. Es dauerte einen Moment bis sie die Tür geöffnet hat.

Beim Blick in die Tür wurde auch schnell klar wieso.

Sie nutzte einen Rollator zum Laufen.

Sie war gerade mal siebenunddreißig Jahre alt und hatte einen Rollator wie meine Großtante, die beinahe achtzig war.

Ich starrte nur den Rollator an und traute mich nicht sie anzusehen, denn ich wusste nicht wie sie reagieren würde.

Lynni hingegen streckte ihr die Hand aus um sie zu begrüßen. Mit großer Mühe reichte auch sie ihr die Hand. In diesem Moment schaute ich nun doch zu ihr.

Der Schlabberlook, die fröhlichen Augen, das nervöse Auftreten, ihr schönes Gesicht und die zerzausten Haare, es war alles noch wie damals.

Allerdings mit einem erschöpften Tuch bedeckt, so als wäre sie sehr müde.

Ich wusste nicht was sie wohl gerade dachte, sie sah mich ein paar Mal kurz an und drehte sich schnell wieder weg, versuchte sich auf das Kind zu konzentrieren.

Dann bat sie uns herein mit zittriger Stimme. Sie hatte mich weder darauf angesprochen, was ich hier tat, noch vor dem Kind meinen Namen genannt.

Ob sie sich vielleicht nicht mehr an mich erinnerte? Das war mein erster Gedanke.

Aber diese kurzen Blicke an der Tür und das Zittern sagten was anderes. Außerdem wäre es doch Irrsinn, meine Wahrnehmung damals konnte nicht so dermaßen falsch gewesen sein.

Wir verbrachten den ganzen Tag in ihrem Wohnzimmer zu dritt und sprachen.

Zwischendurch kam eine Frau vorbei, die ihr die Beine massierte oder sie an irgendwelche Medikamente erinnerte.

Sie entschuldigte sich für die Störung aber erklärte uns, dass sie jeden Tag Beinmassagen erhält, ohne Ausnahme.

Als ich die beiden so beieinander sitzen sah, fragte ich mich wie ich die Ähnlichkeit nicht vorher bemerkt habe.

Im Aussehen oder auch im Verhalten und im Charakter.

Sogar wenn ich es bemerkt habe, wie hätte ich auf die Idee kommen sollen da eine Verbindung zu vermuten.

Ich konnte mir zumindest deswegen keine Vorwürfe machen. Ich wollte so vieles fragen, aber eigentlich sollte sie erst einmal Lynni erklären, was passiert war.

Das tat sie auch. Sie störte sich nicht daran, dass ich dabei gesessen habe und sagte auch, wie leid es ihr täte, was das Kind alles durchmachen musste mit ihren ersten Adoptiveltern.

Sie hat sich so sehr gewünscht das Richtige zu tun. Dann kämpfte sie mit den Tränen.

„Ich war 26 Jahre alt als ich dich bekommen habe. Gerade kurz vor meinem Studienabschluss und verheiratet mit deinem Vater Davud."

Mir schoss es kalt durch den Rücken als ich sie erzählen hörte und nun klar war, dass er ihr Vater war.

„Wir waren sehr froh darüber dich zu bekommen, haben kurz vorher erst geheiratet. Du weißt ja, dass Erwachsene das machen, wenn sie sich lieben."

Erneut musste ich versuchen so neutral wie möglich zuzuhören und kein Urteil darüber zu fällen, was sie gerade erzählt.

Sie hat es also tatsächlich durchgezogen, nachdem sie bei mir zu Hause war.

„Lynni, ich bin kurze Zeit nach der Geburt krank geworden.

Ich versuche es dir so einfach und verständlich wie möglich zu erklären. Ich habe tägliche Schmerzen und ich weiß nicht genau wie sich diese Krankheit entwickelt.

Ich war nicht immer in der Lage dazu auf dich als Baby aufzupassen wegen dieser Schmerzen und Störungen.

Ich musste entscheiden, was ich tun sollte und ich kannte mich mit dieser Art von Schmerz noch nicht aus.

Bis heute und auch weiterhin werde ich immer wieder Schmerzen haben. Die Schmerzphasen können manchmal sogar noch stärker werden. Ich musste versuchen, dir zu ermöglichen eine fröhliche Kindheit zu haben."

Ihr lief eine Träne nach den anderen das Gesicht herunter und sie konnte es auch nicht schaffen diese Tränen zurück zu halten, so tief saß diese Wunde.

Alles was sie sagte kam nur ganz leise oder ganz schrill heraus, weil sie die Emotion nicht unterbinden konnte.

Lynni hörte gespannt zu und auch sie war sehr bedrückt.

Ich wusste nicht, ob sie verstehen würde, was Ava erklärt. Aber einfach auszudrücken, dass man eine Krankheit hat, ging schwer.

Mit elf Jahren konnte man sich, denke ich, auch schon etwas darunter vorstellen.

Zumindest konnte man verstehen, dass nicht alles in Ordnung gewesen ist.

Als Ava dann fortfahren wollte, unterbrach Lynni sie und fragte was mit ihrem Vater gewesen sei, ob er auch krank war.

Ava schaute sie besorgt an, drehte sich dann zu mir und schnell wieder weg.

„Er hat uns verlassen Lynni. Ungefähr sechs Monate nach der Geburt.

Vielmehr hat er mich verlassen und du warst die Leidtragende.

Es tut mir so leid, dir nichts Schöneres sagen zu können.

Dein Vater ist ein guter Mann, er ist lieb und du sollst nichts schlechtes von ihm

denken."

Sie versuchte mit aller Kraft einem Kind Dinge zu erklären, die sie in dem Alter noch nicht hören oder verstehen muss, um die sie aber nun nicht drum herum kam, weil ich die Situation aufklären wollte.

Ich machte mir erneut Vorwürfe.

Ich wüsste aber auch nicht wie ich meinem Kind sagen sollte, dass ich zu krank war um sie selbst groß zu ziehen und dass ihr Vater ein Arschloch war, der vor der Verantwortung weggerannt ist.

So viel war mir jedenfalls klar nachdem ich Ava zugehört hatte und auch sah mit welcher Mimik und Gestik sie davon erzählte.

Es dämmerte mir, warum sie in dem Brief geschrieben hat, Lynni solle nicht immer nur vernünftig sein im Leben.

Sie hatte schon damals mit aller Kraft versucht vernünftig zu sein.

Schon als ich sie das erste Mal sah, war mir das klar gewesen. Lynni reagierte wie selten zuvor, sehr emotional, aber dennoch ernst und gefasst.

Sie schien sehr traurig darüber zu sein, dass ihr Vater anscheinend einfach gegangen war.

Das zeigte sich daran, dass sie ständig nochmal fragte wieso und was er tat.

Ava fiel es nach einigen Fragen schwer, ihn weiterhin nicht wie einen Idioten dastehen zu lassen.

Lynni weinte nicht, sie vergoss ein paar Tränen, ich wusste nicht ob aus Mitleid mit Avas Situation oder weil ihr im Allgemeinen alles zu viel wurde.

Ich fragte sie auch oft, ob sie gerne eine Pause machen möchte oder spazieren, aber sie blieb fest entschlossen das Gespräch weiterzuführen.

Anders als in der Situation, in der wir von dem Brief erfahren haben, war sie weniger aggressiv und viel ruhiger. Ich hatte das genaue Gegenteil erwartet.

Aber ich war sehr stolz auf sie.

Es wurde immer später und nachdem die beiden einander grundlegende Kennenlernfragen gestellt haben, wir gegessen hatten und die ersten Erklärungsversuche zur Adoption gefallen sind, ist Lynni weggenickt auf dem Sofa.

Ich wollte sie nicht direkt wecken, denn sie hatte eine anstrengende Reise hinter sich, geschweige denn was sie alles fühlen musste nach diesem Gespräch.

Ich war mir unsicher ob da noch eine Bombe auf uns zukommen würde.

Ava bat mich ihr die Decke zu reichen und deckte sie zu.

Dann gingen wir in die Küche um sie nicht doch noch zufällig zu wecken.

Wir starrten uns eine Weile nur an und keiner sagte einen Ton.

Ein Szenario wie wir es schon oft vorher erlebt haben, wenn wir mit einander versucht haben zu reden.

Ich habe auch nicht den blassesten Schimmer gehabt, was wir hätten sagen können.

„Hast du sie adoptiert, weil sie meine Tochter ist?"

Ava wusste anscheinend doch was sie sagen wollte und ihre Frage hätte durchaus auch Sinn machen können, wenn ich ein Stalker wäre oder ich auch nur einen Funken Ahnung von ihrem Leben gehabt hätte.

Mir würde es auch schwer fallen mir zu glauben, dass es Zufall war.

Ich konnte ihr also nicht mal übel nehmen, dass sie das Gespräch so begonnen hat.

Ich erklärte ihr dennoch wie es dazu kam, dass gerade ich Lynni adoptiert habe.

Ähnlich wie ich war sie wohl noch nie in ihrem Leben so verloren gewesen wie in diesem Moment.

Ich wusste auch nicht ob sie mir glaubte. Es war irre gewesen.

Wenn ich mir sowas vorher hätte je ausmalen können, hätte ich gedacht, dass bei einem solchen Aufeinandertreffen sowohl Lynni als auch Ava und ich ausflippen werden.

Es verlief alles so unfassbar ruhig, dass ich Angst bekam, ob bei uns was nicht stimmte.

„Ich habe Polyneuropathie Theo.

Ich weiß, dem Kind kann ich nicht viel darüber erzählen, denn sogar Betroffene verstehen die Krankheit kaum selbst.

Ärzte sind oft ratlos. Aber mit dieser Krankheit ist nicht zu spaßen, sie betrifft die Nerven."

Ich schaute sie an und musterte sie einen Moment. Sie sah rein äußerlich nicht so aus, als hätte sie eine schlimme Krankheit bis auf diese Erschöpfung, die man ihr ansah.

Über den Verlauf und das Krankheitsbild wusste ich auch nicht viel. Ich habe noch nie etwas von dieser Krankheit gehört.

„Du hast Schmerzen?", fragte ich recht naiv.

Sie lächelte kurz auf, denn das war eine Frage, die sie täglich gestellt bekommen hat.
„Jeden Tag", sagte sie dann und knetete ihre Hände wie auch früher als sie nervös
wurde.
Ich wusste zu diesem Zeitpunkt nichts über Nervenerkrankungen.

Ich wusste nicht, dass Nerven schmerzen können oder wie sie schmerzen, ich wusste
nichts über neurologische Forschung oder Medizin und vor allem war mir nicht klar,
dass ich von diesem Tag an einer Krankheit den größten Raum in meinem Leben
eingeräumt habe.

Polyneuropathie

02-2017

Rückblickend weiß ich, dass mir am Abend als die beiden sich kennengelernt haben und
ich stolz war auf meine Tochter, weil sie alles so gut meisterte, klar gewesen ist, dass
sich alles ändern würde.
Wir redeten in der Küche, wir stritten, Lynni wachte auf und kam zu uns, sie weinte.
Der Abend hat sich angefühlt wie eine Ewigkeit.
Keiner wusste mehr, was er denken sollte.
Die Ruhe, die wir alle aufbrachten, half uns, aber schien in manchen Minuten mehr
Fassade zu sein als Realität.
Wir griffen alte Themen auf. Ich wurde sauer.
Nicht nur, weil wir in unserer Jugend keine Chance hatten, sondern auch weil sie mir
nicht sagte, dass sie krank ist.
Die Funkstille, die herrschte, habe ich schließlich eingeführt.
Sie hätte sich noch einmal melden können.
Wir diskutierten vieles ins Unendliche ohne auf einen Nenner zu kommen.
Lynni stellte ständig Fragen zu ihrem Vater. Doch wir mussten noch an diesem Abend
eine Entscheidung treffen, die wichtigste aller Entscheidungen.
Wir mussten festlegen wie es weitergehen würde für Ava und ihre Tochter. Es war
zunächst zweitrangig welches Gefühlschaos alles in mir und Ava ausgelöst hatte.

Lynni musste entscheiden, ob sie ihre Mutter in ihrem Leben haben will oder nicht.

Ihr Wort sollte an diesem Abend dahingehend unser aller Schicksal entscheiden, dass sie festlegen musste, ob der Kontakt in Zukunft bestehen wird.

Wie sollte sie das aber an diesem Abend entscheiden? Sie erfuhr in ihrem jungen Alter, dass sie mehrfach adoptiert wurde, ihre leiblichen Eltern leben, die Mutter krank ist und ich sie auch noch kannte.

Denn so sehr ich mich in meiner Ahnungslosigkeit bemühte, sie nicht noch damit zu belasten, konnte sie unsere teilweise hitzigen Gespräche nicht überhören.

Ich wollte, dass sie sich Zeit nimmt.

Natürlich musste der Grundstein an diesem Abend fallen, aber eigentlich mehr unbewusst als bewusst.

Ich wollte sie nicht mehr überrumpeln, denn was sie erlebte, reichte für ein ganzes Leben. Ava wollte sie auch nicht drängen, aber ihr großer Wunsch sie kennenzulernen stand ihr in den Augen geschrieben.

Die gleichen Augen, die auch Lynni hat. Ich wollte noch so vieles fragen, denn entgegen meiner Theorie, dass man im Nachhinein nicht mehr über das << warum >> nachdenken soll, wollte ich jedes verdammte << warum >> erfahren.

In mir glühte es.

Ich wollte meine Adoptivtochter beschützen.

Ich wollte meine Antworten. Ich wollte Ava durchschütteln.

Doch vor mir stand an diesem Tag eine Frau, die ihre Tochter weggeben musste, weil sie sich nicht mehr um sie kümmern konnte.

Ich kann weiß Gott nicht nachempfinden wie sich eine Mutter dabei fühlen musste, aber ich konnte sehen, dass das Leid ihr ganzes Leben erfüllt hat. Ich konnte ihr nicht noch mehr Leid zufügen und ich hoffte innerlich, dass Lynni so stark ist, dass auch sie es nicht tat.

Wir mussten bereits am kommenden Tag zurück, denn die Schule wartete nicht und in unserer Verwirrung wollten wir auch keinen dramatischen zweiten Tag dieser Art erleben. Ich strich Lynni über den Kopf und strich ihr durch die Haare, dabei sah ich sie einfach nur an, ohne ein Wort zu sagen.

Sie sollte einfach spüren, dass ich für sie da bin und jeden nächsten Schritt unterstützen würde. Ich war mir dessen bewusst, in erster Linie ihr Vater zu sein.

Auch wenn ich natürlich zugeben muss, dass ihre Neugier nach ihrem leiblichen Vater mich verunsicherte.

Wahrscheinlich war es normal, doch wenn man ein Kind zu sich aufnimmt und es groß zieht, dann dient jede Kleinigkeit dem Zweck der Selbstzweifel.

Ich wusste nicht, was Davud tat, warum er ging, warum das Mädchen durchmachen musste, was sie musste, aber ich war mir sicher, dass sie von Ava und ihm nur die guten Charaktereigenschaften geerbt hatte.

Auch wenn es mir bei dem Gedanken an ihn gruselte, muss in ihm auch Stärke und Gutmütigkeit gesteckt haben, denn all das repräsentierte dieses Kind.

Sie verabschiedete sich von Ava ohne eine Umarmung, aber mit dem Versprechen wieder zu kommen.

Ich musste mich zusammenreißen. Ich kann nicht sagen, ob ich gerührt war, mich für Ava oder Lynni freute - verbunden mit einem Haufen an Ängsten - oder aber einfach froh gewesen bin, Ava wieder in meinem Leben zu haben.

Es verging auch eine Zeit, in der Lynni kaum mehr über das Treffen sprach, ich konnte nicht damit umgehen.

Ich wollte am liebsten ihre Gedanken lesen und für sie da sein.

Ich wollte, dass sie sich mir öffnet mit all ihrem Kummer, der Angst, der Liebe, doch mir war allmählich auch klar geworden wie meine Tochter tickte.

Sie war nicht so. Sie konnte explodieren. Oft zeigte sie ihre Trauer in Form von Wut.

Sie konnte für einen da sein und liebenswerter mit einem umgehen als jeder andere Mensch, aber sie erwartete das Gleiche von keinem sonst.

Sie sprach viel über Alltägliches. Schon immer. Vor allem über die Schule, aber sie wusste genau was sie erzählen wollte und was nicht.

Ich habe sie letztendlich dann doch überredet zum Psychologen zu gehen, zumindest für ein paar Sitzungen, denn auch wenn ich weiterhin nicht das Gefühl hatte, dass sie Probleme hätte, war die Angst zu groß, dass ich es einfach nicht bemerken würde und ihr zu viel Eigenständigkeit zumutete.

Ich bezahlte einen privaten Psychologen um nicht erst Monate auf einen Termin warten zu müssen.

Ich weiß aber bis heute nicht, ob ihr diese Sitzungen geholfen haben. Als Elternteil konnte ich den Psychologen natürlich nach grundsätzlicher Stimmung und Entwicklung fragen, doch nicht auch in ihren Kopf schauen um zu sehen, ob sie sich auf alles eingelassen hat.

Ungefähr zwei Monate nachdem wir bei Ava waren, welche sich in der Zwischenzeit ein paar Mal bei mir meldete nur um zu sehen wie es Lynni ging, wollte sie ihre Mutter erneut besuchen. Ich habe ihr natürlich auch angeboten sie ab und an mal anzurufen, aber dazu fühlte sie sich nicht bereit.

Wir fuhren also hin, ich sagte meinen Eltern Bescheid. Sie waren sehr besorgt.

Doch weniger um Lynni als um mich.

Seit wir das erste Mal bei ihr waren, habe ich meine Familie kaum gesehen, ich habe mich so sehr auf mein Kind konzentriert und versucht klar zu denken, dass ich mich wohl zurück gezogen habe ohne es zu merken.

Auch mein Bruder musste mehrmals Absagen für Einladungen kassieren. Ich würde es ihnen irgendwann erklären, dachte ich. Ich musste einen klaren Kopf behalten, soweit das eben möglich war und wenn ich an die Interventionen, Predigten und Ratschläge dachte die ich sonst gerne annahm, war es mir zu viel in dieser Phase meines Lebens.

Ich musste zwar nicht wie Lynni verarbeiten, was alles geschehen war, aber auch mir sah man an, dass wohl mit Abstand das unmöglichste Ereignis meines Lebens eingetreten ist.

Meine Tochter schickte ich zum Psychologen und dabei wusste ich nicht, ob ich selbst auch ein paar Therapiesitzungen gebraucht hätte.

Meine Arbeit, meine Karriere, alles worauf ich mich im Grunde genommen jahrelang konzentrierte und wovon ich lebte, auch im Sinne von seelischen Frieden, welcher durch die Arbeit erzeugt wurde, war plötzlich zweitrangig geworden.

Freunde, mit denen ich mich sonst getroffen habe um von meinen Reisen, Interviews und Karikaturen zu erzählen, habe ich eher flüchtig kontaktiert.

Eigentlich war es viel mehr ein Reagieren auf ihre Anrufe oder Nachrichten.

Ich hatte E-Mails im Postfach von vor Wochen, die ich nicht einmal geöffnet habe, weil ich wusste, ich würde diese Aufträge nicht annehmen, schließlich müsste Lynni dann zu meinen Eltern und das war mir zu viel.

Meine beinahe Beziehung, die ich damals als gute Möglichkeit empfand und bei der ich die Frau auch wirklich mochte, habe ich einfach im Wind vergehen lassen, nachdem sich all die Neuigkeiten ergeben haben.

Es ist tatsächlich wahr was man manchmal an Floskeln hört. Wenn man jemanden mag, aber nicht unbedingt das Verlangen hat die Person ständig um sich herum zu haben oder sie gar vergisst, wenn man an alte Gefühle erinnert wird, dann sollte man sie lieber nicht ihrer Zeit und ihrer Liebe berauben.

Ich musste sogar in all diesem konfusem Dasein lachen, wenn ich so darüber nachdachte, was ich als junger Kerl dachte und was das Leben dann gebracht hat.

Ich würde nicht sagen, dass ich meine jugendliche Vorstellung misste, denn irgendwie war mein Leben trotz all der nie geplanten Dinge gut so wie es war und wie es ist.

Man muss sich recht früh in seinem Alltag bewusst machen, dass es immer anders kommen wird als man plant aber, dass unsere Pläne uns dennoch an dieses Ziel führen.

Wir gingen also nochmals zu Ava, auf Lynnis Wunsch hin.

An diesem Wochenende ging es Ava allerdings etwas schlechter als beim letzten Treffen. Sie stimmte dem Besuch zwar direkt und ohne zu zögern zu, aber sie warnte mich, dass sie im Rollstuhl säße wegen einer schlechten Phase.

Dieses Mal entschied ich Lynni vorab mit einzubeziehen in Alles, was sie erwarten könnte.

Sie schien einen Moment lang irritiert wegen des Rollstuhls, aber vielmehr weil Ava sagte, es sei eine Phase und Lynni zu dem Zeitpunkt dachte man würde nur im Rollstuhl sitzen, wenn man nie wieder laufen könnte.

Ich muss gestehen, dass ich ja auch nicht wusste ob es bedeutet, dass Ava nun immer im Rollstuhl sein wird oder nicht.

Ich kannte mich auch nicht aus, obwohl ich versuchte mich über die Krankheit, die sie hat, zu informieren. Jeden Abend nachdem ich Lynni ins Bett schickte, las ich online was diese Polyneuropathie bedeuten würde.

Ich muss aber sagen, das Internet ist Freund und Feind zugleich.

Ich fand nicht nur Widersprüchliches, sondern auch Beängstigendes. Auf manchen Websites gab es Bilder, auf anderen ewig lange Erklärungen.

Doch das einzige, was mir klar geworden war, ist, dass es eine Krankheit ist, die sich sehr individuell ausdrückt. Fast kein Betroffener hat deckend gleiche Symptome, geschweige denn immer gleiche Ursachen für das Aufkommen des Krankheitsbildes. In vielen Fällen konnte man die Ursachen gar nicht erst feststellen, denn die neurologische Forschung ist komplex.

Immer wenn ich gelesen habe, dass sich die Krankheit individuell ausdrücken würde, hat mein Gehirn automatisch gute Dinge mit dem Wort individuell verbunden.

Doch eigentlich war diese Wortwahl nur der Versuch auszudrücken wie unterschiedlich die Symptome, der Schmerz und der Verlauf sein können.

Von diesem Moment an, hat das Wort individuell in mir nicht mehr ausgelöst, was es vorher hatte. Vielleicht ist es irrelevant sich so sehr mit der Wortwahl zu beschäftigen, aber es machte mich wütend nicht besser verstehen zu können, was mit Ava passieren würde.

Bei ihr angekommen machte uns ein Betreuer die Tür zu ihrer Wohnung auf, aber Ava saß bereits im Rollstuhl mit freudigem Blick direkt im Flur und die Anspannung, die ich bis dahin verspürte, löste sich ein wenig.

Es war in Ordnung sie so zu sehen.

Ich finde, wir tun oft so als würden wir jeden gleich behandeln doch eigentlich funktionieren wir nur nach dem was wir gelernt haben in unserer Gesellschaft.

Wir unterscheiden automatisch und ungewollt was für uns die Norm ist und was davon abweicht.

Da ich zu diesem Zeitpunkt das erste Mal in meinem Leben persönlich mit Jemanden zu tun hatte, der durch seine Krankheit von der „Norm" abweicht, konnte ich auch zum ersten Mal verstehen wie unbewusst schlecht wir auf Dinge reagieren, die eigentlich nicht weiter problematisch für uns sind.

Als wir nun also zum zweiten Mal bei Ava in der Wohnung standen war Lynni auch schon weniger reserviert.

Es schien als wusste sie genau, warum sie sich dazu entschied den Kontakt aufrecht zu erhalten.

Sie erzählte ihrer Mutter von der Schule und ihren Freunden.

Sie wollte eindeutig eine Bindung aufbauen und verurteilte sie nicht wegen dem was geschehen war.

Ich weiß nicht, was ich in ihrem Alter getan hätte, denn im Vergleich zu unserer Situation war ich ein sehr verwöhntes Kind, welches das Glück hatte so aufzuwachsen wie ich es tat.

„Weißt du Papa, vielleicht können wir Ava von unserem Ding erzählen."

Das war das eindeutige Zeichen dafür, dass sie sich wohl fühlte mit ihr, denn sie hatte noch nie jemanden von unseren Teppichgesprächen erzählt.

Ich wusste nicht, ob ich schon bereit dazu war gerade diese intimen Momente mit jemanden zu teilen, aber schließlich war sie keine Fremde im eigentlichen Sinn und Lynni wünschte es sich wohl.

Ich stimmte also zu und Ava strahlte auf bei dem Gedanken in Etwas eingeweiht zu werden, was Lynni als so Besonders empfunden hat.

„Weißt du Ava, falls mal die Gelegenheit dazu bestehen sollte, dass du gerade auch dabei bist, wenn ich aus der Schule komme und wir uns auf den Teppich setzen, dann kannst du ja einfach mit dem Rollstuhl auf den Teppich dazu kommen, oder wir helfen dir dich zu setzen."

Als meine Tochter diesen Satz ausgesprochen hatte, bildete sich mir ein Kloß im Hals, von dem ich dachte ihn mit Sicherheit nie mehr los zu werden.

Es fiel mir schwer mein Kind teilen zu müssen.

Ich kann es nicht in anderen Worten sagen. So sehr ich mich für sie freute, ihre Lebensgeschichte zu entdecken und so sehr Ava für mich war was sie nun einmal war, konnte ich nicht das Gefühl loswerden, dass ich diese Veränderung nicht mochte.

Wir waren seit ich sie zu mir geholt habe zu zweit gewesen und haben alles irgendwie gemeistert, ich war zwei in eins und so anstrengend es auch war, merkte ich wohl erst in diesem Moment wie sehr ich mich daran gewöhnt hatte und gelernt hatte unser Leben genau so zu lieben.

Ich war gerne der Vater, der auch Dinge übernahm, die man sonst vielleicht lieber mit seiner Mutter bespricht. Oder sie auch nur mal für ein Gespräch mit Zayna verbunden habe, weil ich dadurch meine Sicherheit nicht verloren habe.

Ich hörte ihren Satz noch viele Sekunden nachhallen im Kopf und gab mir die größte Mühe mein Gesicht nicht zu verziehen, kurz mal auf zulächeln. Sie schien zufrieden und offener denn je, vielleicht hatte sie direkt eine Bindung zu Ava verspürt, weil sie ja ihre Mutter ist.

„Papa, ist alles in Ordnung bei dir?",
hörte ich es urplötzlich in meinen Gedanken und nickte automatisch.

Was hätte ich sagen sollen, ihre Geste war großzügig und eigentlich konnte ich nur erneut stolz darauf sein wie sie mit allem umgegangen ist.

Ava sah mich mit einem gerührten Blick an, so als wollte sie mir sagen, dass sie versteht, was ich empfinden muss.

Bis zu diesem Moment hatte ich eigentlich immer nur das Gefühl, dass wir einander nie so richtig verstehen können.

Ausweichende Gespräche, Halbwahrheiten und seltsam romantische Halbaktionen waren viel mehr unser Ding gewesen.

Es war der erste beruhigende Blick, den sie mir zuwarf, in all den Jahren in denen ich sie kannte.

Es fühlte sich tatsächlich nicht befremdlich an, viel mehr als würden wir zusammenhalten und sie würde meine Gefühle wahrnehmen.

Ich fühlte direkt eine Wärme in mir, wurde aber quasi um mindestens 10 Jahre zurückgeworfen, weil ich mich fragte, warum sie mir nie zuvor zeigen konnte, dass sie meine Gefühle wahrnimmt.

Ich war weiß Gott auch nicht der Meister in meiner Sache, aber es passierte automatisch, dass ich ihr die Schuld zugeschoben habe für diese nicht erfüllte Liebessache zwischen uns.

Ich musste mich eigentlich wieder darauf konzentrieren was ich da tat, wo ich war und warum ich da war. Ich atmete tief durch und ging kurz zum Fenster um mich einen Moment lang zu beruhigen.

Ich war aufgeregt und nervös, verwirrt und ich konnte nicht fassen, dass sie mir immer noch gefiel.

Ich merkte es bei jeder ihrer Bewegungen, ihren Worten.

Ich hatte die Gefühle zu ihr Mal so beschrieben wie eine Kiste, die man auspackt und wegpackt. In jedem Fall aber beherbergt man sie.

Allerdings dachte ich, ich hätte diese verdammte Kiste in den letzten Jahren dann doch endlich entsorgt.

Ich dachte ganz selten an sie und wenn ich es tat war ich überzeugt davon, dass da nichts mehr gewesen ist.

Es ist schon irgendwie ironisch, denn kennen tat ich sie auch da nicht wirklich besser als 15 Jahre zuvor, aber es waren die gleichen Gefühle, die sich da Stück für Stück in mir zurück bildeten.

Ich atmete auch am Fenster stehend öfter laut ein und aus und mir wurde so richtig klar, dass ich total am Ende war. Die beiden unterhielten sich während ich mit mir selbst redete und ab und zu sah Ava zu mir rüber, weiterhin mit dem Versuch mich runterzuholen oder mir mit ihrem Gesichtsausdruck etwas Beruhigendes zu sagen.

Ich wusste natürlich, dass sie wohl einfach dankbar war für das Zusammenkommen und für Lynnis Art mit ihr umzugehen, auch dass ich es ermöglichte.

Ich stand eine Weile dort und schaute die beiden an, vertieft in meinen Gedanken oder mit meiner Atmung beschäftigt.

Plötzlich fiel mir alles sogar noch schwerer als beim ersten Treffen.

Es schien alles viel realer als zu dem Zeitpunkt als Ava nur ein Brief war, eine Frau die wir mal eben kurz besucht hatten um uns ein Bild von Lynnis Situation zu machen.

Sie war nun wirklich dabei ein Teil unseres Lebens zu werden.

Anders als in meiner Studienzeit bedeutete dies jedoch, dass weder ich noch sie einfach mal abtauchen konnten, wenn wir keine Lust mehr dazu hatten miteinander umzugehen. Wir waren vor allem Eltern.

Aber die Hintergrundmusik in meinem Kopf zu welcher all die Gefühle, Momente und Szenen, die ich in an diesem Tag erlebte, hörte einfach nicht auf zu spielen und immer, wenn ich mich kurz zum Fenster raus schauend stellte, wischte ich mir die Tränen weg, die unkontrolliert und ohne ganz konkreten Grund zum Vorschein kamen.

Ich weiß nicht wie „harte Kerle" das früher ausgehalten haben nie zu weinen, ich bin näher am Wasser gebaut als ich dachte.

Ich bin die absolute Heulsuse in dieser schiefen Familienkonstellation mit zwei Frauen, die ihre Emotionen besser im Griff haben als alle anderen Menschen, die ich kenne.

An diesem Tag fragte ich mich nur wie es weitergehen würde.

Was würde Lynni wollen? Würden wir das Sorgerecht nun teilen? Würde sie in Deutschland oder in Frankreich zur Schule gehen?

Würde ich mich wirklich wieder so in Ava verlieben wie damals schon nach dem ersten Zusammentreffen?

Beängstigend.

Man erinnert sich oft nicht an konkrete Geschehnisse, Gesagtes oder Daten aber an die Gefühle dabei sehr wohl.

Ich musste definitiv damit aufhören zu denken, dass mich im Leben nichts mehr so überraschen könnte oder ich mich im Leben nie so fühlen würde wie zu einem bestimmten Zeitpunkt, denn jedes Mal wurde ich aufs Neue eines Besseren belehrt.

„Theo kannst du bitte meinen Betreuer rufen?",

fragte mich Ava erschrocken als ich noch immer in meinen Gedanken war.

Ich bin erschrocken und ohne auch nur zu Fragen bin ich zur Anmeldung um jemanden zu holen.

Als Samu und ich zurück kamen, lag Ava schon beinahe ohnmächtig im Stuhl.

„Ava, können sie mich noch hören?

Haben sie all ihre Tabletten genommen und viel getrunken?"

Sie schaute Samu den Betreuer mit großen Augen an und schüttelte den Kopf, dabei zeigte sie mit einer Hand zur Küche.

Sie hatte an dem Tag noch gar keine Tablette genommen.

Es waren eigentlich vor allem Vitamine, die sie getrunken hat, neben starken Schmerzmitteln, etwas zur Beruhigung und Tabletten für ihr Herz.

Samu schien enttäuscht.

„Ich war so aufgeregt und froh mit meiner Tochter zu sprechen, ich habe es schlichtweg vergessen."

Ich konnte nicht ganz nachvollziehen, warum es schlimm gewesen sein soll, der Tag war noch nicht rum und sie war doch im Haus die ganze Zeit.

„Theo, so heißen sie doch?"

fragte Samu mich belehrend. Ich nickte.

„Wenn Ava ihre Medizin nicht nimmt, wirkt sich das zwar nicht tödlich auf sie aus, solch eine Krankheit ist es nicht.

Aber sie werden schnell merken, dass sie ohne ihre Vitamine, viel Trinken und den Schmerzmitteln kurz vor der Energielosigkeit ist und sich kaum halten kann.

Man kann sich diesen ermüdeten Zustand vor Erschöpfung nicht wie bei uns vorstellen.

Sie verliert jegliche Kraft und kann tatsächlich kaum die Hand heben oder bewegen.

Sie versucht es aber es geht nicht.

Ihr Körper schränkt sie insofern ein, dass sie wirklich konstant auf ihre Lebensweise achten muss und sogar dann gibt es schlechtere Phasen wie sie an dem Rollstuhl sehen können.

Wenn wir mal vergessen zu essen, trinken oder ein wenig Vitaminmangel haben bedeutet es vielleicht mal ein Gähner, mal ein schleppender Tag, bei ihr reagieren alle Nerven."

Ava schaute ihn so an als wollte sie, dass er aufhört zu reden, aber verhindern konnte sie es nicht, denn sie war tatsächlich zu einem Kleiderbügel mit Kleidern geworden innerhalb von Minuten.

„Ich erkläre ihnen das, weil Ava sie sehr gerne hat und ich will, dass sie verstehen, was bei ihr passiert.

Sie kann sich nicht aussuchen an welchem Tag es ihr besser oder schlechter gehen soll.

Ihr ganzes Leben richtet sich nach ihrem Körper und wenn sie gute Phasen hat, bemerkt kaum einer dass sie überhaupt krank ist, während sie innerlich immer kämpft."

Ich schaute Samu an, damals ein Fremder für mich und ich nickte ständig einfach nur.

„Es gibt noch schlimmere Tage als solche wie heute. An manchen Tagen ist die Haut bei jeder Berührung so empfindlich, dass Ava schon bei leichtem Druck durch die Bekleidung unfassbare Schmerzen leidet.

Ich will sie nicht erschrecken, nur ermutigen sie an ihre Medizin zu erinnern und ihr ein guter Freund zu sein."

Als er das ausgesprochen hatte, schaffte Ava es ihren Kopf zu heben und mich anzusehen.

Für einen kurzen Moment trafen sich unsere Blicke und während ich wieder mit den Tränen kämpfte, lächelte sie mich an und fing an ihre Hände zu drücken. Wie früher wenn wir beide miteinander zu tun hatten. Ich musste als ich das gesehen habe selbst auflachen.

Avas Betreuer schien verwirrt zu sein, als er bemerkt wie wir aufeinander reagierten. Zu Lynni zu schauen habe ich in diesem Moment gar nicht erst geschafft.

Ich weiß nicht wie lange wir einander so angesehen haben. Alles was Samu erzählte, ließ sie für mich nicht weniger anziehend wirken.

„Lähmungen und Muskelverspannungen sind alle paar Tage auf dem Programm bei Ava", fuhr er fort und erst dann wendeten wir uns voneinander ab.

Es war einer dieser seltenen Lebensmomente, in denen beide genau wussten, was passiert ist, ohne es auszusprechen.

Einprägsam, bedeutend und ausschlaggebend für alles was danach folgte.

„Kannst du deiner Mutter den Rollstuhl zum Bett fahren?",
einer der Sätze die täglich geworden sind.
Ich schreibe weiter, auch wenn es mir schwer fällt.

Ich schreibe, denn ich denke nur so kann ich meine Gedanken sortieren.

Was zwischenzeitlich passiert ist, kann ich nicht genau sagen.

Es ist wahr, nicht oft im Leben haben mir die Worte gefehlt. Doch immer wenn es um
Ava ging - ob als Bekannter, als Freund, als nicht ausgesprochene Liebe oder jetzt als
Ehemann - immer haben mir bei ihr die Worte gefehlt.

Im Jahr 2017 habe ich Ava geheiratet, meine Ava.

Sie trug zur Hochzeit ein weißes Kleid, klassisch, elegant, Satin.

Sie hatte zerzauste Haare und war nervös. Wir heirateten in einem solch kleinen Kreis,
dass ich nicht mal zwei Paar Hände bräuchte um die Leute zusammenzuzählen, die
dabei gewesen sind.

Lynni sah umwerfend aus, fast schon schöner als ihre Mutter.

Das werde ich natürlich nur hier in meiner Niederschreibung, quasi meinem Tagebuch,
erwähnen.

Der Vorteil eines solchen Tagebuchs, digital und am Computer als Dokument
gespeichert, ist, dass niemand sich dafür interessiert oder denkt man müsse es lesen.

Es ist eines von vielen Dokumenten und mir doch so hilfreich und wichtig.

Wir haben an unserer Hochzeit natürlich einen ersten Tanz gehabt, klassisch und
schnulzig. Frank Sinatra auf einer meiner Schallplatten.

Ich war glücklicher als je zuvor in meinem Leben.

Ich konnte es gar nicht fassen, was an diesem Tag passierte. Ich war geblendet von
meiner Glückseligkeit und dem Geschehen (Immer wenn ich hier schreibe, bin ich so
irre emotional, ich wundere mich manchmal selbst über mich).

Jedenfalls, war Ava war es auch. Lynni war es auch, geblendet vom Glück.

Die meisten anderen waren es wahrscheinlich nicht. Ich schätze viele gemischte
Gefühle setzten sich an diesem Tag im Freien zusammen an unsere große Tafel.

Ich habe den Tag damit verbracht meine Ehefrau und meine Tochter zu beobachten und
sie zu lieben.

Ich habe weder den Rollator von Ava noch die Tatsache, dass unser einziger Tanz an diesem Tag nicht mal ein Lied lang ging, wahrgenommen.

Doch natürlich war mir klar, dass diese Dinge präsent waren.

Ich wusste, dass Ava sich mehrmals nachschminken gegangen ist, weil ihre regelmäßigen Schweißausbrüche ihr keine andere Wahl ließen.

Keine Schweißausbrüche wie wir Gesunden sie kennen. Es war nicht die Nervosität, die sie bedrückte.

Wir beide hatten bereits alles falsch gemacht und hinausgezögert, was man hätte falsch machen können. Dennoch schien nichts mehr falsch, es machte alles einen Sinn.

Es schien weder belastend noch bedrückend, dass wir erst ungefähr 16 Jahre nach unserem Aufeinandertreffen diesen Schritt gewagt haben.

All die Gedanken, die ich mir in Jahren des Kontaktes oder auch der Fremde gemacht habe, waren wie weggeblasen an diesem Tag.

Ich habe auch nicht wahrgenommen, dass ich Ava nach jedem dritten Bissen unseres Hochzeitsmenüs geholfen habe die Gabel noch einmal richtig in die Hand zu nehmen oder ihr Glas gemeinsam zu halten während sie trank.

Es war irrelevant, dass es bei der Hochzeit keinen Alkohol gab, denn ich wollte nicht, dass nur sie ihn nicht trinken kann.

Es war mir völlig egal, wie kurz gehalten die Trauung war und wie schnell sich unsere Gäste verabschiedeten.

Denn ich hatte sie an meiner Seite. Ich habe es schon früher immer betont, ich bin kein wirklicher Romantiker, aber an diesem Tag war alles um mich herum perfekt.

Mein Vater hielt eine Rede, ich danke ihm auch jetzt noch für seine Worte.

Was er empfand rückte in den Hintergrund und er konzentrierte sich nur darauf mich und Lynni glücklich zu machen.

Er sagte ich hätte nun zwei Frauen im Haus, die es faustdick hinter den Ohren hätten und ich konnte mir das Grinsen kaum verdrücken.

Ich hatte kein Problem damit mir meinen Ehering selbst anzustecken, weil Avas Hände dafür zu zittrig gewesen wären.

Ich bewunderte sie. Sie gab sich die größte Mühe ihre Erschöpfung abzutun und einfach dort zu sein.

Sie wollte und konnte keinen Brautstrauß werfen, denn es hätte sie ermüdet.

Die Kraft in ihren Armen mussten wir proportionieren.

Wir legten jeder Frau an diesem Tag eine Blume auf den Teller und teilten somit ihren nicht vorhandenen Brautstrauß auf.

Ich kann zu diesem Tag im Nachhinein vielleicht mehr sagen als während alles tatsächlich passierte.

Ich sah natürlich die Gesichter meiner Familie und der engen Freunde, der Betreuer und Helfer von Ava. Beschreiben könnte man diese in Etwa als eine Mischung zwischen gerührtem Beisammensein, Freude und einem großen Teil Mitleid und Trauer.

Es war unvermeidlich, dass alle Mitgefühl zeigten für die Einschränkungen an diesem Tag.

Der Mensch funktioniert so. Ich kann es keinem übel nehmen.

Denn auch wenn ich gemerkt habe, dass kranke Menschen gerne kein Mitleid erfahren würden, wird es ihnen automatisch aufgedrückt.

Es gibt dunkle Tage an denen sie sich vielleicht tatsächlich nichts mehr wünschen als dieses Mitgefühl aber Ava sagt immer, dass es ihr leichter fällt, wenn man sie nicht anstarrte oder ihr versuchte zu helfen.

In all ihrem frohen Wesen sagt sie manchmal sogar scherzhaft sie bezahlt doch die Menschen, die ihr helfen sollen und Mitleid haben sollen, alle anderen sollen es bitte lassen, denn sie habe nicht so viel Geld. Ihre seltsame Art behielt sie sich immer bei.

Ich hatte den Vorteil sie schon gekannt zu haben als sie noch (total verspannt) auf Reisen gegangen ist und Männerherzen gebrochen hat.

Ich kannte sie immer nur als diese leicht beklommene und doch taffe Person. Ich werde sie auch immer nur als diese Person sehen, denn die Krankheit, die sie mit sich trägt, schwächt ihren Körper, aber nicht auch ihr Wesen.

Nach der Hochzeit ging es auch nicht in die Flitterwochen, sondern zurück in ihre Wohnung, wo sie erst einmal ihre Medizin eingenommen und sich etwas ausgeruht hat.

Sie lebte zu diesem Zeitpunkt noch in dem Wohnblock für betreutes Wohnen.

Lynni und ich lebten in Paris.

Ava entschied sich aber recht schnell dazu nach der Hochzeit zu uns zu ziehen.

Vielmehr sagte sie, Lynni geht da zur Schule und sie würde ohnehin beruflich nicht an Deutschland gebunden sein.

Ihr Job war vielmehr ein kleiner Nebenverdienst an guten Tage, sie sprach dabei einfach zu Leuten, die Ähnliches durchmachten wie sie und versuchte sich mit ihnen auszutauschen.

Welche Wirkung sie dabei auf die Leute hatte, merkte sie selbst gar nicht. Durch den jahrelang mitgeschleppten Frust und das Leid über die Adoption, die Krankheit und die damalige Ehelösung, merkte sie nicht, dass sie weiterhin eine Inspiration war für Andere.

Sie hat eine der schlimmsten Formen der Nervenerkrankung, wenn man das so sagen kann. Zumindest aber hat sie beinahe jedes der Symptome die man in Literatur und Internet finden kann.

Sie kennt viele Menschen, die sich aufgrund ihrer Erkrankung das Leben genommen haben oder es zumindest versucht haben.

Sie war zu vernünftig dazu, sagte sie immer. Aber eigentlich war sie eine verdammt starke Frau, die ich nun endlich angefangen habe kennenzulernen.

Viele Tage verbrachte sie bisher damit mir zu erzählen, was sie alles miterlebt hat während Krankenhausaufenthalten, Arztbesuchen oder Rehabilitationsmaßnahmen. Manche Sachen blieben mir eher im Gedächtnis als andere.

Sie traf beispielsweise eine Frau deren Augenlieder ständig zu gehen würden oder nur halb offen waren wegen ihrer neurologischen Erkrankung.

Sie lacht immer, wenn sie diese Person erwähnt, weil sie meint, sogar in ihrem Leid schaffte sie es noch über ihren Mann zu schimpfen, der ihr wegen ihrer Probleme sowohl den Haushalt als auch den Einkauf in ihrer Gänze übernehmen musste.

Sie treffen sich auch heute noch zufällig im Krankenhaus, wenn beide Mal bei einer Untersuchung sind zur gleichen Zeit. Diese Frau war aber trotz der körperlichen Einschränkungen eine positive Person in ihrem Leben.

Es gibt durchaus auch solche, die wegen der einen Krankheit und bedingt durch die viele Medizin andere Krankheitsbilder entwickeln, oder deren Psyche es nicht mehr schafft alles hinzunehmen wie es kommt.

Ava sagte einmal zu mir,

„wenn man im Krankenhaus ein paar Monate neben Frauen liegt die sich bereits versucht haben umzubringen und allem Anschein nach auch wieder versuchen werden, dann werden einem viele Dinge bewusster, die sonst so selbstverständlich gewirkt haben."

Mir war klar warum die Leute das Gespräch zu ihr suchen, sie ist auf ihre eigene Art gerührt und erschöpft aber im Vergleich, dennoch sachlich und ruhig. Wenn es um ihre Krankheit geht ist sie kein Nervenbündel wie sie es sonst so oft sein kann.

Ich weiß noch als Bernard meinte, Ava sei die Ruhe in sich und würde auch ihn beruhigen.

Damals war ich geschockt denn so kannte ich sie nicht. Heute ist mir klar, dass Bernard ihre Vernunft hervorgerufen hatte, weil er zu ihrem Alltag gehörte und sie lernte mit ihm umzugehen, eben wie mit ihrer Krankheit.

Dies soll kein Vergleich sein zwischen Mensch und Krankheit, aber ihre Art zu funktionieren, sortiert sich wohl danach. Nur wenn sie etwas wirklich aus der Bahn geschmissen hat, dann war und ist sie nervös. Einerseits finde ich das toll, denn ich habe sie wohl aus der Bahn geschmissen oder tat es auch viele Jahre später immer noch, andererseits wünschte ich mir auch Ruhe in ihr auszulösen, denn irgendwie kommt es im Leben doch darauf an. Das habe ich zumindest lange gedacht.

Ich war mir immer sicher, dass wir einander nach der Hochzeit so kennenlernen, dass alles ruhiger werden würde.

In der Tat wurde es das auch, aber wenn wir allein sind und einander in gewissen Momenten ansehen, dann sind wir beide wieder aufgeregt.

Sie zeigt es offen und auch ich. Wenn ich es irgendwie auszudrücken versuche, kann ich nur sagen, dass das Herz so schlägt, dass man in jeder Faser seines Körpers Verlangen und Glück spürt.

Ich bin jetzt schon ein paar Jahre mit Ava verheiratet und ich würde mich nun durchaus auch als Mann mittleren Alters bezeichnen.

Mit über 40 Jahren kann man schon mal sagen, dass man im Leben ein wenig erlebt hat. Die verschiedenen Phasen meines bisherigen Lebens waren alle für sich genommen spannend und ich bin beruflich viel herum gekommen ohne auch nur einen Tag in einem Büro zu verbringen.

Doch keine Phase bisher war so erfüllend wie die jetzige mit Ava und Lynni.

Ich spreche dabei nicht über die Krankheit meiner Frau, denn ja, sie schränkte uns an mancher Stelle ein. Samu ihr ehemaliger Betreuer, war ein echter Freund geworden. Man könnte behaupten er wurde zum vierten Familienmitglied denn für Ava war er das bereits vorher.

Wenn wir verreisen wollten, baten wir ihn mitzukommen im Falle, dass wir jemanden brauchen, der wirklich Ahnung von Betreuung hat.

Er zog zwar nicht mit nach Paris, obwohl ich es ihm zu Beginn angeboten hatte, aber er war immer erreichbar.

Daheim kümmere ich mich also weitestgehend um alles, was ich eben erledigen kann.

Wir sind auch umgezogen in eine Gegend, die ruhiger gelegen ist, auch näher zu einem Krankenhaus und auch familiärer.

Wir gönnten uns sogar einen Garten. Ich muss sagen, ohne meine Eltern und meinen Bruder und Zayna hätten wir das nicht gekonnt, auch sie unterstützen uns. Sie helfen uns mit den Finanzen, der Kinderbetreuung, Arztbesuchen.

Wenn wir sie nicht hier haben würden, könnten wir nicht einfach mal so in Paris leben ohne auch dort betreutes Wohnen zu organisieren. Es war mutig die ganze Pflege in der Familie zu lassen.

Ich kann nicht sagen, dass ich Angst habe, denn es ist ein intensiveres Gefühl.

Dennoch habe ich gelernt mit allen Launen umzugehen, die Ava an den Tag legt.

Ich weiß, dass wir an manchen Tagen einen Rollstuhl, an anderen einen Rollator und wiederrum an anderen Tagen nichts davon benötigen.

Ich denke unser Beisammensein hat für mich viel positives bewirkt, zum Beispiel kann ich nun verdammt gesunde Gerichte kochen und diese sogar genießen.

Lynni und Ava sind in dieser kurzen Zeit beinahe unzertrennlich geworden.

Wir finden also immer eine Lösung.

Aus diesem Grund spreche ich nicht oft über die Krankheit.

Es gibt Momente, in denen ich Ballast verspüre oder mich ärgere über dieses fiese Schicksal, denn es gehört dazu solche Momente zu haben und ich würde lügen, wenn ich nur über die erfüllende Liebe schreibe, die sie ist.

Es gibt Tage, an denen wir kaum ein Gespräch führen, denn diesen Abstand erlauben wir uns und brauchen ihn auch.

Die Ehe mit jemanden der tägliche Schmerzen leidet, kann kompliziert sein.

Ich würde aber nicht sagen, dass sie komplizierter ist als andere Beziehungen. Ich habe mich auf manche Tatsachen einstellen müssen und wenn es diese nicht gäbe, dann würden andere Dinge anfallen, die unseren Alltag bestimmen.

Heute schreibe ich diesen Eintrag eigentlich nicht wie sonst immer, um zu sortieren was mir widerfahren war oder meine Gedanken zu sortieren bezüglich Gefühle und dem Beruf. Ich fühle mich schon eine Weile sicher in Allem, ich habe mir einen Alltag kreiert, der meiner Familie und mir entspricht.

Nach dieser Lebensgeschichte, die wir alle drei bisher durchlebt haben, ist es eigentlich jeden Tag zum Verrückt werden, wenn man daran denkt wie alles gekommen ist, wie wir uns gefunden haben und was für ein Zufall manche Ereignisse gewesen sind.

Doch ich glaube an Zufälle, an das Schicksal. Falls ich früher nicht daran geglaubt habe, dann nur weil es mir noch nicht wiederfahren war.

Ich bin der lebende Beweis dafür, dass sich viel Drama zu einem Zusammenhalt entwickeln kann und dass das Zusammenkommen, was ursprünglich so ungreifbar war, manchmal zu einem anderen Zeitpunkt völlig natürlich entstehen kann.

Der Moment als ich Ava wiedergetroffen habe, war genau so wie ich mir unseren Taximoment vor vielen Jahren erhofft hatte.

Lynni wird morgen fünfzehn Jahre alt und ruft mich gerade um noch die letzten Kleinigkeiten zu planen. Mein sogenanntes Tagebuchdokument, ich verabschiede mich bis zum nächsten Schreiben, denn sonst kriege ich die volle Pubertät zu spüren.

Ich bin gespannt, was bis dahin passieren wird.

Was passieren wird...
Von Ava an Theo

01-2022

Lieber Theo, du dachtest also tatsächlich, dass ich nichts von deinem << Tagebuchdokument >> wissen würde?

Ich habe gerade alle Seiten gelesen, die du geschrieben hast. Nicht zum ersten Mal, eigentlich so oft wie ich noch nie zuvor Etwas gelesen habe und ich habe schließlich Literaturwissenschaften studiert.

Es ist aber vielmehr die Geschichte deines Lebens, Auszüge aus deinem Leben. Denn in einem Tagebuch schreiben Menschen gemeine Sachen, Dinge die sie niemandem anvertrauen können oder Erfahrungen, die einem peinlich sein.

Du schreibst von so vielen Dingen und keines dieser Dinge ist tagebuchtauglich. Ich weiß, ich bin sehr direkt.

Aber was bisher hier steht, sind all deine Empfindungen, die du detailreich ausgeführt hast und die im Grunde genommen nur bestätigen, was für ein Mensch du bist.

Indem du deine Geschichte zu Papier gebracht hast, hast du automatisch auch meine Lebensgeschichte zu Papier gebracht und es ist verrückt wieviel davon dir in Gedanken hängen geblieben ist.

Ich habe mich bisher immer als vernünftig bezeichnet und du hast mich anscheinend so auch wahrgenommen, doch wie vernünftig waren meine Entscheidungen im Grunde genommen wirklich?

Ich weiß es nicht mehr.

Denn als ich dich vor vielen Jahren im Taxi getroffen habe fand ich dich toll. Ich gebe es zu. Ich habe den Mut zusammengenommen und will dir auf dein Tagebuchdokument mit meinen tiefsten Empfindungen antworten.

Die seltensten Menschen können jeden seiner Schritte so analysieren und wiedergeben wie du es getan hast.

Allein schon deine Gedankengänge, während ich mit Bernard zusammen war oder auch wie du über Cecile nachgedacht hast, sind verblüffend real. Sowohl er als auch sie sind uns treue Partner gewesen, die uns die Liebe geboten haben, die jeder sich wünschen würde.

Reicht es aber aus geliebt zu werden?

In allem was ich erlebt habe, nachdem wir beide für eine Weile keinen Kontakt hatten, musste ich mich immer wieder fragen, warum ich es als vernünftig empfunden habe mit Menschen zusammen zu sein, die mich lieben, die ich aber nur nett fand?

All das Missempfinden, die Verwirrung, die Aufregung wie du sie bezogen auf mich beschrieben hast, zeigen mir nur erneut wie unvernünftig meine Entscheidungen gewesen sind und wieviel Zeit wir verloren haben wegen Dingen, die ich oder auch du dir als Richtig und Wichtig eingeredet haben.

Ich kann meine Emotionen nur schwer ausdrücken, schon immer wie du weißt.

Aber ich sitze hier und schreibe diese Zeilen aus tiefster Empfindung heraus und ich bin wütend über die verlorene Zeit, die wir hätten haben können. Auch wenn es an dieser Stelle vielleicht irrelevant ist, finde ich es gut zu wissen, was du über mein Äußeres denkst oder auch meinen Charakter, denn solche Dinge haben wir einander nie gesagt.

Ich bin ja schon dankbar dafür, dass wir es geschafft haben gemeinsam zu erkennen, dass wir zusammengehören auf eine Art, die eigentlich nicht zu unserem Schema passt.

Weißt du, ich habe dir auch nie genaueres von Davud erzählt, weil du mich nie danach gefragt hast.

Dein Beschützerinstinkt, von dem du selbst nichts weißt, ist riesig.

Ich weiß wie gerne du mehr über ihn gewusst hättest, schon als wir uns das erste Mal wieder gesehen haben, aber du hast es einfach hingenommen.

Du wolltest weder mich noch unsere Tochter damit belasten und das ist mehr als ich jemals für jemanden gemacht hätte.

Ich hätte dich nach deiner Exfrau gefragt, ich bin aber auch etwas eifersüchtiger als du.

Davud hat sich nach Lynnis Geburt von uns getrennt. Es müssen ungefähr sechs Monate danach gewesen sein, als Lynni gerade angefangen hat als Baby die Welt zu erkunden.

Ich würde gerne sagen, dass ich es ihm nicht übel nehme, denn ich weiß, es war keine leichte Nummer.

Aber ich nehme es ihm übel.

Nicht weil er mir mein Herz gebrochen hat, sondern weil ich mein Herz weggegeben habe wegen seines Egoismus.

Es war mit die schwerste Krankheitsphase, ich habe gerade erst Diagnosen bekommen und konnte selbstständig nichts mehr erledigen.

Ich konnte nicht einmal Lynni an die Brust nehmen, denn dazu reichte weder die Kraft noch die Muttermilch.

Durch die ganze Medizin, die ich genommen habe, wusste ich aber auch nicht wie gut es gewesen wäre.

An einem Morgen wachte ich nach einer schrecklich langen Nacht, wie sie viele seit Beginn der Krankheit sind, auf und sah wie er seine Sachen packte.

Er versuchte leise zu sein und irritierend an dieser Geschichte ist eigentlich nur mein Verhalten.

Denn ich bin sehr enttäuscht und ratlos gewesen, ich konnte ohne ihn rein körperlich nicht funktionieren, aber ich habe meine Augen wieder zugemacht und so getan als ob ich nichts mitgekriegt hätte.

Ich habe ihn einfach gehen lassen. Ich wollte, dass er geht. Bis auf die Stütze, die er mir während der ersten Monate notgedrungen gewesen ist, haben er und ich zwei Parallelleben gelebt.

Er liebte mich und das hatte mir gereicht.

Ich kann dir gar nicht sagen, was ich mir in meinem jungen Alter dachte.

Ich denke eigentlich ist genau dieses Alter dazu da sich auszuprobieren und Entscheidungen zu treffen, die nicht unbedingt glücken, aber mir wurde schon immer eingebläut ich müsste schon jung wissen, welchen Weg ich gehen sollte.

In meiner Jugend war ich nicht entspannt und heute bin ich krank.

Der einzige Funke, der immer wieder mal übergesprüht ist, warst du, aber damals schienst du mir keine vernünftige Wahl zu sein.

Sogar wenn ich mir sicher war ich würde meine Gefühle nun offenbaren und es wagen, tat ich einen Rückzieher.

Ich dachte erst wir hätten immer an einander vorbei gelebt, weil wir diese unterschiedlichen Lebensphasen hatten, aber heute denke ich da muss unterbewusst eine Angst geherrscht haben, die es sowohl dir als auch mir erschwerte.

Du hast schon ganz richtig geschrieben hier, wir haben bereits vieles falsch gemacht und dennoch fühlt sich so gut wie nichts mehr falsch an.

Ich weiß nicht wie du es geschafft hast, so viele Seiten mit Emotionen vollzupacken, du alte Heulsuse, denn ich versuche wirklich dir meine Sicht der Dinge zu erklären, dir etwas davon zurückzugeben, aber ich tue mich schwer.

Was mir leicht fällt ist allerdings dir zu danken. Denn du spielst hier ganz schön runter wie sich der Alltag mit einer chronisch kranken Person verhält.

Ich kann mir nicht vorstellen, dass du all die notwendigen Maßnahmen und Hilfen nicht wahrnimmst wie sie jeder andere wahrnimmt.

Deine Eltern mögen mich zwar, aber sie leiden, wenn sie daran denken, was du dir jeden Tag aufs Neue zumutest.

Als ich das erste Mal im Krankenhaus war, erlebte ich die wohl beängstigendste Zeit meines Lebens. Auch davon erzähle ich dir jetzt zum ersten Mal, obwohl du schon oft gefragt hast wie alles begonnen hat.

Das ist neben dem was aktuell passiert, die wohl einzige Zeit meines Lebens, die ich im Detail wiedergeben kann:

„Polyneuropathie, peripher und eine Autoimmunkrankheit vermuten wir".

Die Ärzte die gerade erst in ihre weißen Kittel geschlüpft sind, schauten ihren Oberarzt an und machen sich interessiert Notizen während sie mich anschauten als wäre ich von einer anderen Welt.

Es waren vier Personen. Vier Ärzte oder angehende Ärzte.

Die Diagnose war eigentlich an mich gerichtet. Also die vermutete Diagnose.

Was ich davon verstanden habe? So wenig wie ein Bär, der fliegen lernen sollte. Ich saß also auf diesem Bett, seit zwei Wochen forschte man und versuchte zu finden, was ich denn haben könnte.

Immer wieder hieß es,

„die Symptome passen aber irgendwie nicht zusammen. Strecken sie mal ihr Bein und heben sie mal ihre Hand. Fassen sie sich an die Nase".

Dann verstummten die Ärzte.

„Wir machen eine Nervenmessung".

In Ordnung dachte ich. Was soll das denn auch schon sein. Wie misst man Nerven? Man misst sie anhand von elektronischen Impulsen und mittlerweile kann ich sagen, es gibt auch bei dieser Messung so viele verschiedene Varianten, von denen ich noch einige kennenlernen sollte.

Damals aber dachte ich, ok, nach der Messung weiß man bestimmt woher der Schmerz kommt und warum ich nicht schlafen kann.

Doch diese zwei Wochen sollten der Trailer oder das Intro zu meinem noch monatelang weiterlaufendem Krankenhausaufenthalt werden.

In diesen zwei Wochen tastete man sich heran.

Begonnen bei Paracetamol, über Tilidin hin zu Oxy-irgendwas.

Wieder ein Name, den ich mir nie merken konnte. Es sei aber ein starkes Opiat. Meine Schmerzen standen wohl nicht so auf diese Opiate und verblieben weiterhin.

Morgens, Abends, Mittags – es war ja völlig egal welche Tageszeit es war.

In Conclusio kam immer dabei raus, dass ich weinte und es kaum ertragen habe.

Wie die Schmerzen sind, fragst du mich oft.

Ich weiß es nicht. Ich denke es ist ein Brennen, ein Ziehen. Ich habe immer gesagt, so muss sich die Hölle anfühlen, wenn man gerade verbrennt.

Wenn ich das sagte, war aber jeder geschockt oder vielmehr wussten sie nicht, was sie glauben sollten.

Sie fassten mich an Arm und Bein an.

Von außen jedoch war ich eiskalt. Ich verglühte innerlich und nach außen hin konnte es keiner nachvollziehen.

So in etwa spielt sich die gesamte Krankheit ab.

Man hat Schmerzen und keiner kann sie nachvollziehen, wenn man sie nicht selbst hatte oder hat. Diese Krankheiten der Nerven sind nämlich so wie Gäste, die abends unangekündigt kommen und man eigentlich müde ist und auch unvorbereitet, aber sie gehen nicht.

Das heißt diese Krankheiten bleiben.

Es sind Gäste, die einen Kaffee nach dem anderen trinken und nie auf Toilette oder Heim müssen.

In diesen ersten zwei Wochen also, hatte ich neben den Schmerzen, der Unwissenheit und den unerwarteten Blumensträußen, die viele gute Freunde und Arbeitskollegen schickten, nicht gemerkt wie sich diese Krankheit in mir eingenistet hat.

Erst langsam, ein leichtes Brennen in Armen und Füßen, aber nichts was einen davon abhalten würde spazieren zu gehen oder normal weiter zu arbeiten.

Auf einmal aber breitet sich das Ganze aus, es wird stärker. Auf einmal brennen innerlich die Arme bis zum Ellenbogen und die Beine bis zum Knie.

Innerlich verändert man sein Schmerzempfinden und man hält kaum mehr was aus.

Bereits ein Tag Schmerzen kann ein Mensch kaum ertragen, aber zwei Wochen, da verzweifelt man. Ich bin verzweifelt.

„Wir können nur vermuten dass es ein Guillaume Barree Syndrom ist.

Sie müssen autoimmun sein, denn es breitet sich aus. Wenn wir jetzt nicht reagieren kann es auch in den Brustkorb gelangen. Das wollen Sie nicht."

„Was ist denn eigentlich mit dem Nervenwasser oder der anderen Messung, die wir gemacht haben?"

„Wir müssen auf die Laborwerte des Nervenwassers warten, sie hatten dabei doch keine Schmerzen?"

Ich musste kurz Luft nehmen, denn natürlich tut es weh eine Spritze in seine Wirbelsäule zu bekommen und diese so lange dort zu halten bis genug Fläschchen mit Wasser gefüllt sind.

Vor allem dann, wenn erst der Knochen getroffen wird und der Einstich öfter passiert.

Aber ich verstehe natürlich, dass auch Ärzte nur Menschen sind und ihr Job für sie in etwa so sein muss wie meiner damals als ich noch arbeitete für mich.

Ich verkneife mir diese ehrliche Antwort, wie ich es oft tue um niemanden auf den Schlips zu treten.

Ich sage stattdessen:

Es war ertragbar. Kein Problem, dann warten wir noch auf die Laborwerte".

Die Ärzte aber hatten andere Pläne.

Ich sollte bereits Infusionen mit Antikörpern erhalten. Immun Glubile sage ich immer dazu.

Dabei hat auch diese Infusion einen anderen Namen.

Ich kann es mir nur nicht merken, bis heute noch nicht.

Sogar Samu hatte aufgegeben mir die Namen zu sagen. Manchmal sage ich auch leise im Nachklang Gluboline. Klingt auch falsch.

„Es kann sein dass diese Infusion wirkt, aber es kann auch sein, dass sie nicht wirkt. Während sie die Infusion erhalten müssen sie darauf achten, dass sie keine allergische Reaktion haben. Es ist eine starke Infusion. Eventuell bleibt ihnen die Luft weg, aber nur in seltenen Fällen".

Wie panisch Menschen sind habe ich bis dahin nie gewusst, beziehungsweise wie schnell wir panisch werden können, wenn wir uns nicht auskennen.

Es muss nur eine Situation entstehen, die dein ganzes Leben auf den Kopf stellt.
Ich empfange also 5 Tage am Stück diese sagenhafte Infusion, die für mich zu diesem Zeitpunkt in etwa so wie der Gummibären-Saft bei der Kindershow der Bärenbande war.
Mit diesem Saft konnten sie so hoch springen wie sie wollten und ohne diesen Saft waren sie einfache kleine Bären.
Verwundbar.
Ich wusste nicht, dass diese Infusion eigentlich der Alltag dieser Krankheit ist. So viele Menschen bekommen diese Infusion regelmäßig.
Ob sie bei mir angeschlagen hat? Das weiß ich bis heute nicht. Eventuell schon.
Eventuell hat die Infusion verhindert, dass sich der Schmerz noch weiter ausbreitet.
Aber möglich ist auch, dass nichts passiert ist.
In der Unwissenheit zu neurologischen Krankheiten erschienen mir die ersten zwei Wochen in diesem Krankenhaus so, als würden sich alle viel Zeit lassen, es keinen interessieren wie schlecht es mir geht und wie lange ich nicht mehr geschlafen habe.
Ich wollte heim. Unter der Voraussetzung, dass mich Jemand 24 Stunden am Tag pflegen kann, wurde ich also nach den zwei Wochen entlassen, mit den Worten:
„Momentan können wir nicht mehr machen, sie müssen beobachten, ob sich die Krankheit verändert oder schlimmer wird, dann müssten vielleicht noch Biopsien folgen, aber das machen wir hier nicht. Vielleicht eine Uniklinik. Hier ist das Rezept für die zwanzig verschiedenen Schmerzmittel, die sie brauchen".

Natürlich ist der letzte Satz ein Zitat meines Gedanken in dem Moment und nicht dessen was der Arzt gesagt hat.
Meine damalige Zimmernachbarin war immer freundlich.
Sie hatte eine Hirnhautentzündung und mit sich selbst zu kämpfen. Dennoch war sie eine der wenigen, die zu diesem Zeitpunkt Tag und Nacht miterleben konnte, wie ich

vom Schmerz schreie und weine.

Sie konnte mitkriegen, dass ich jede Nacht um 3 oder 4 Uhr in das Bad gegangen bin und kalt geduscht habe. Denn das war etwas was die Schmerzen zumindest während der Dusche beruhigen konnte.

Diese 10 Minuten waren es mir wert mich aus dem Bett in das Bad zu quälen. Denn mein Laufvermögen war auch schon eingeschränkt. Ich konnte nie schlafen, ich musste die Nacht irgendwie überstehen.

Jeden Tag hat es mir schon vorab vor der Nacht gegrault.

Ich dachte zu Hause würde es mir besser gehen. Davud könnte mich pflegen, ob ich hier oder dort die Tabletten nehme und leide ist ja völlig gleichgültig.

Dieser Gedanke hielt nicht lange an.

Denn was ich nicht berücksichtigte in dieser Kalkulation war, dass die Menschen in meiner Umgebung auch leiden. Sie sehen mich und leiden. Sie sehen mich und wollten am liebsten den Schmerz an sich nehmen.

Lynni hat mich gesehen und wollte eine starke Mutter an ihrer Seite haben.

Ich war immer sehr nervös. Eine Sache, die mich ärgern könnte oder die mir so nicht passte und ich fing an zu schreien. Ich beschwerte mich über quasi alles.

In einem Moment rastete ich aus und im nächsten entschuldigte ich mich für genau diesen Ausraster.

Davud und andere Freunde, die halfen, haben immer nur gesagt, dass ich mich nicht entschuldigen muss, jeder wäre so, wenn er schon zwei Wochen ständige Schmerzen hat. Ich weiß nicht, ob sie Recht haben, manche ertragen das Ganze wahrscheinlich ruhiger und bewusster.

Ich aber konnte einfach nicht mehr. Ich konnte zwar laufen, aber auf Toilette brauchte ich Hilfe. Ich brauchte auch Jemanden, der auf mich aufpasst, während ich meine drei Schritte laufe. Ich konnte kein Glas mehr halten. Keine Flasche öffnen. Banale Dinge, die heute oft mein Alltag sind, aber mich damals krank machten.

Man meint nämlich zu Beginn vielleicht, na und, es sind doch nur zwei Wochen. Dann lässt du dir eben helfen.

Aber so einfach ist es nicht. Man wird sauer, wenn man sein ganzes Leben lang etwas selbst machen konnte und das auf einmal nicht mehr funktioniert.

Man muss sich in diese Situation einfinden.

Für mich war es besonders schwer die Kontrolle über alles abzugeben.

Nicht nur meine Fähigkeiten mich selbst zu umsorgen.

Die Kontrolle darüber, dass ich nicht mehr zur Arbeit konnte. Die Kontrolle darüber, meinem Kind bei seinen ersten Schritten auf der Welt eine Unterstützung zu sein.

Es lässt sich kaum in Worte fassen, wie wütend diese Kontrolllosigkeit mich damals machte. Immer wieder versuchte ich mir selbst zu sagen, dass es für alles einen Grund gibt und ich das überstehen würde.

Aber dann fiel mir ein, es gibt kein Ziel. Diese Krankheit lässt mir nicht die Möglichkeit mich darauf einzustellen, wann sie vorbei ist. Es ist nämlich eine individuelle Krankheit, bei Jedem anders.

Das hast du schon gut herausgefunden und beschrieben mit dem Empfinden zu dem Wort „individuell". Auch ich bin daran hängen geblieben.

Ich stimme dir zu, normalerweise stellt man sich unter dem Ausdruck, etwas sei individuell etwas Schönes vor.

Ich dachte immer an individuelle Kunst und Geschmäcker.

Es waren also zwei Wochen und knappe 2 Tage, nach denen Ich entschied ich muss nochmal in eine Klinik.

Davud schlief bei mir und schlief somit gar nicht. Das hat mich fertig gemacht.

Er war eine ganze Zeit lang eine emotionale Stütze wie es keine bessere gäbe.

Meine Beine fingen an anzuschwellen und er gab mir Spritzen gegen Thrombose, wie auch du es seit der Hochzeit immer wieder mal gemacht hast.

Allgemein fühlte und fühle ich mich seit diesen ersten zwei Krankheitswochen immer unsicher. Ich saß zu Beginn den ganzen Tag da und stellte mir die Frage, ist die Krankheit nun schlimmer geworden oder nicht.

Dann weinte ich vom Schmerz. Meine Freunde waren auch alle in Sorge.

Aber wir dachten alle damals, es müsste ja bald vorbei sein, vielleicht noch ein paar Tage.

Jeder sagte mir immer wieder, bald ist alles wieder gut, eine Floskel.

Zu diesem Zeitpunkt beruhigte es mich ein wenig. Ich fuhr nochmal in ein Krankenhaus, ein anderes. Und dort hat die eigentliche Handlung ihren Lauf genommen. Denn wie so häufig beim Menschen, denkt man, es kann doch nicht noch schlimmer kommen.

Wir erreichen eine Grenze von der wir denken, unser Körper kann das nicht weiter ertragen, die Nerven liegen blank.

Doch weißt du was? Wir können noch mehr ertragen.

Beziehungsweise wir müssen noch mehr ertragen.

Wie bereits erwähnt, fuhr ich in ein anderes Krankenhaus. Allerdings wollte ich vorab, bevor ich nochmal nur Zimmer, Blutdruckmessgeräte und blaue Klamotten sah, einen Spaziergang machen.

Ich weiß nicht, warum dieser Spaziergang mir so in Erinnerung geblieben ist, denn solche gab es mittlerweile ja zu genüge.

Besser gesagt, es war eine Spazierfahrt. Denn ich konnte ja nicht viel laufen.

Davud, der mir jeden Wunsch erfüllen wollen würde, brachte von einem guten Freund einen Rollstuhl und ich freute mich. Wir wollten in einem naheliegendem Park eine Runde um den See machen. Also packte er den Rollstuhl in den Wagen und fuhr los.

Dort angekommen am Parkplatz setzte ich mich in den Rollstuhl.

Da begann für mich eine ganz neue Sicht auf die Welt (auf den Park).

Wenn ich sonst hier gewesen bin, dann war es ein schneller Spaziergang oder der Versuch zu joggen.

Manchmal hatte ich auch mein Springseil dabei. Aber jetzt war ich klein, ich saß im Rollstuhl, welcher irgendwie klapprig erschien als wir ihn dort aufbauten.

Bereits am Parkplatz ernteten wir seltsame Blicke. Blicke die sagen wollten,

„Die arme Mutter und ihre Tochter ist noch jung. Was sie wohl hat?"

Denn Davud hatte Lynni mit einem Band um sich gebunden und getragen, während er mich geschoben hat.

Da fühlte ich mich ja beinahe schon wohler mit den Blicken der Kinder, die im Vorbeilaufen starrten und deren Eltern diesen unangenehmen Moment versuchten zu unterbinden.

Die Blicke der Kinder sagten

„Was ist das für ein Stuhl und warum sitzt sie da? Ist das vielleicht ein Spiel?"

Wir sind kaum 10 Minuten gegangen und ich erhielt bestimmt 10 mitleidige Blicke.

Mir wurde zum ersten Mal bewusst, dass man kein Mitleid will, wenn man im Rollstuhl sitzt. Auch das hast du schnell erkannt Theo.

Ich fragte mich, ob ich auch so starrte oder so bewusst Mitleid zeigte, wenn ich sonst in der anderen Position bin.

Ich konnte nicht mehr viel drüber nachdenken, denn dieser Bodenbelag im Park hatte meine Beine und mich doch recht viel gerüttelt beim Fahren.

Ich empfand diesen Spaziergang nicht als entspannt oder wohltuend, mehr hoffte ich, dass wir die Runde bald packen und ich nicht anfange dort zu weinen in dem Stuhl.

Ich weine, wie du weißt, nicht mehr oft, aber damals und nur zur Anfangszeit meiner Krankheit schon.

All die darauffolgenden Monate, die realen Diagnosen und die Details möchte ich nicht mehr ausführen, denn diese Dinge konntest du in den letzten Jahren genau so miterleben.

Ich denke ich nutze diesen Schreibmoment auch gerade dazu dir zu danken dafür, dass du nicht ein einziges Mal das Gesicht verzogen hast, wenn die regelmäßigen Urinproben angestanden haben und ich aufgrund der Kraftlosigkeit oder des Zitterns auf meine Hand uriniert habe anstelle von dem Becher.

Du musstest den Becher auch viel zu oft halten in den letzten Jahren.

Mein nächtliches Schreien im Bad hast du ertragen.

Ich war dir diese Antwort zum Beginn meiner Krankheit noch schuldig, auch wenn ich nicht weiß, warum du immer wieder danach gefragt hast.

Theo ich sage es dir immer wieder, Menschen wie du sind selten auf dieser Welt.

Was du die letzten Jahre für mich gemacht hast und das nicht nur seit wir verheiratet sind, nein, schon seit du Lynni adoptiert hast, zeichnet dich aus.

Ich hatte bereits einen Ehemann, der es nicht geschafft hat, seinen Alltag an mich anzupassen und er hatte wirklich starke Gefühle für mich.

Daher wundere ich mich bei jedem Lesen deiner Zeilen in denen am wenigsten Missempfinden drinnen zu erkennen ist.

Wenn ich an Lynnis sechzehnten Geburtstag denke, wundere ich mich eigentlich, dass hier kein ganzes Kapitel dazu von dir geschrieben steht. Der erste Kuss unserer Tochter und ich denke einen Vater berührt das auf ganz andere Weise als eine Mutter.

Vor allem, wo sie es doch versucht hat so gut vor uns zu verstecken.

Pech nur, wenn Cousine und Cousin auch bei der Feier dabei sind. Dein Auftritt war köstlich amüsant für mich, wenn auch du sie sehr blamiert hast.

Ob es dich beruhigt, dass Haris immer noch ihr Freund ist?

Das so eine Seite in dir Steckt musste ich auch erst rausfinden. Das Wort << Danke >> kann eigentlich nicht ausdrücken, wie sehr ich dir dafür danke mich immer wieder überrascht zu haben.

Übrigens, verfasst auch Lynni ein Tagebuchdokument und denkt, wie du, ich würde es nicht wissen. Außerdem denkt auch sie nicht romantisch zu sein, was ja schon bei dir ein Irrglaube ist. Überall schreibst du, du wärst nicht romantisch und doch bist du der emotionalste Mann den ich kenne.

Mein lieber Theo, in dir steckt so vieles und so viele Menschen haben es unmittelbar nachdem sie dich kennengelernt haben gewusst, während du von dir immer nur in eher bodenständigen Tönen gesprochen hast.

Auf deiner Beerdigung gestern waren nicht nur Lynni, deine Eltern, dein Bruder und ich.

Es waren Menschen aus aller Welt da.

Menschen mit denen du zusammengearbeitet hast, vermute ich, denn das erzählten sie mir. Es war ein Witwer da, dessen Frau du in das Krankenhaus begleitet hast.

Ich habe es in deinem Dokument schon gelesen, nur habe ich jetzt auch ein Gesicht vor mir.

Die Beamtin, die dir bei der Adoption geholfen hat und auf die du vermutlich auch heute noch sauer bist wegen der Geheimnistuerei um Lynnis Adoptionsgeschichte, sie war auch da.

Eine Gruppe von Frauen, welche du begleitet hast bei ihren feministischen Aktivitäten, Samu, ein Taxifahrer, ein Mann und seine Tochter, die du im Krankenhaus getroffen hast.

Du hast es mir ermöglicht jeden dieser Menschen zu kennen, denn alle hattest du erwähnt bevor sie sich vorgestellt haben. Ich wusste bei jedem, was du empfunden hast bezüglich ihrer Person.

Es gab natürlich auch andere, die gekommen sind, Freunde und flüchtige Bekannte.

Cecile hat sich die Augen ausgeheult. Sie hatte ihre zwei Kinder dabei Theo.

Es erschienen außerdem Bernard und Davud, um mir ihr Mitleid auszusprechen, denn die Welt ist wohl doch kleiner als wir es manchmal denken.

Mein lieber Theo, dein Vater hat zu deiner Beerdigung eine Rede gehalten.

Ganz der Tradition entsprechend hat er es übernommen, so wie auch bei Simons und deiner Hochzeit.

Du konntest dir zu deinen Lebzeiten nicht annährend vorstellen, was es bedeutet ein Mensch wie du zu sein, von allen geachtet und geliebt.

Ich schreibe dir diesen Eintrag in dein Tagebuch um deine Lebensgeschichte nicht im Leeren enden zu lassen.

Ich schreibe, weil ich nicht verstehen kann, warum ich nicht mit dir sprechen kann und wie es passieren konnte, dass gerade du stirbst.

Ich bin die Kranke in diesem Haus, ich war auf meinen Tod vorbereitet.

Aber ich lebe.

Auf deinen Tod war ich nicht vorbereitet.

Du hast es geschafft, dass ich mich lebendiger fühle als je zuvor.

Wenn ich früher gewusst hätte wie selten kompliziert die wahre Liebe sein kann und dennoch so lohnenswert, hätte ich es nicht erlaubt ein ganzes vernünftiges Leben in ein paar kurze Jahre zu stecken.

Die schönsten Jahre meines Lebens.

Oder, um es in deinen Worten auszudrücken, dem einzigen Nachruf, den du geschrieben hast und den auch ich schreiben werde:

„Er sagte, dass man ihm die Möglichkeit gegeben hatte einige wunderschöne Jahre mit einer wunderschönen Person zu verbringen und dass ihm diese Jahre niemand mehr nehmen kann.

Sie wurde ihm genommen, aber sie hat ein Beet an Glück in seinem Herzen gepflanzt und dieses würde immer wieder neu erblühen, denn er würde nie vergessen es zu umsorgen.

Er würde möglicherweise das Beet eines Tages erweitern,

doch der Ursprung würde immer sie bleiben, da sie ihm gezeigt hatte, wie man sich darum kümmern muss.

In ewiger Liebe,

deine Fremde, deine Bekannte, deine Ehefrau

Widmung

Für meine Familie, meine Freunde
und all die mutigen und liebenden Menschen des Alltags.